KB164289

리아데일의 대지에서

WORLD OF LEADALE

【글】Ceez

【일러스트】텐마소

WORLD OF LEADALE **CONTENTS**

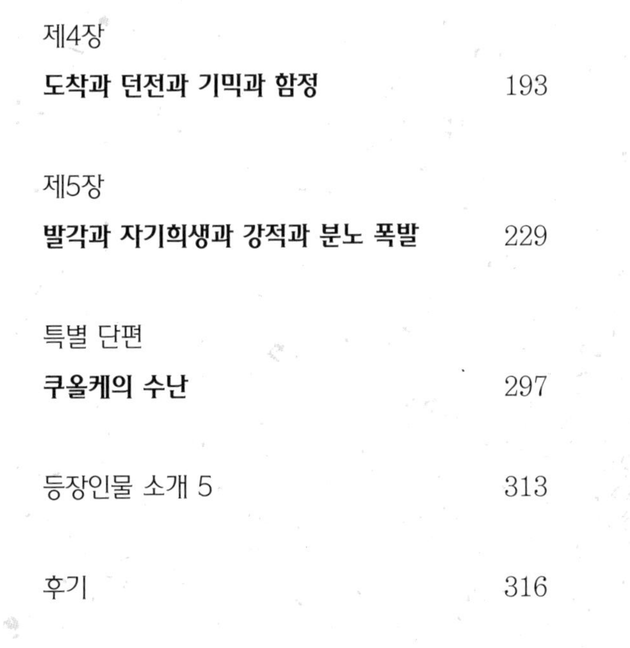

ILLUST. 텐마소

지금까지의 줄거리

카가미 케이나는 큰 사고를 당하고도 기적같이 살아남았지만, 다시는 자유로이 움직일 수 없는 몸이 되었다. 병상에 누워 지내는 케이나의 낙은 병문안을 오는 사촌과 VR 게임. 몸을 움직일 수 없게 되면서 남은 시간을 VRMMO 게임에 투자한 결과, 게임에서 정상급 폐인 플레이어가 되었다.

그런 케이나는 어느 날 정전으로 생명 유지 장치가 망가져 게임 〈리아데일〉을 플레이하는 중에 목숨을 잃고 말았다.

그러나 다음에 케이나가 눈을 뜬 곳은 낯선 여관방. 그리고 자기 모습이 게임 아바타가 된 것을 확인한다.

그리고 여관 주인 말레르와 그 딸인 리트와의 교류를 통해, 케이나는 현재 자신이 있는 곳이 게임 시절에서 200년이나 지난 시대임을 알고 경악한다.

게임 시절의 일곱 나라는 멸망하고, 현재의 리아데일 대륙은 세 나라가 지배하고 있다는 사실.

그리하여 케이나는 비로소 게임 아바타인 '케나'로서 살아가는 길을 선택한다. 마을에 공헌하면서 자신이 지닌 힘을 확인하고, 언젠가 다른 플레이어와도 만나면 좋겠다고 생각했다.

스킬 마스터로서 자신이 담당하는 탑으로 간 케나는 벽화 수호자에게 다른 탑과의 연락이 끊겼다는 이야기를 듣는다. 그래서 마을을 떠나 세계를 돌아보려고 결심한다.

비슷한 시기에 마을을 방문한 상인 에리네와 이를 호위하는 용병단 단장 아비타와 만난 케나는 그들과 동행해서 대륙 중앙부에 있는 나라, 펠스케이로를 찾았다.

그곳에서 케나는 과거 양자 시스템으로 내보낸 서브 캐릭터들을 만난다. 막내 드워프 아들 카타츠, 둘째 엘프 딸 마이마이, 장남 엘프 스카르고를.

별다른 마음의 준비도 없이 갑자기 아이가 셋 생긴 케나는 당황한다. 이상한 스킬을 조금 쓰는 데다가 나라의 중진이 된 장남 스카르고에게 허둥대기도 하지만, 케나를 어머니로 따르는 아이들의 진지한 마음에 부응하고자 노력하기로 했다.

그리고 펠스케이로에 있는 투기장이 수호자의 탑이라는 사실이 판명된다. 하지만 그것만이 아니라 이 시대가 VRMMO 리아데일의 서비스가 끝난 뒤의 세계라는 사실도 알게 된다.

케나는 그 사실을 알고 충격받지만, 자포자기 상태가 됐을 때 아이들과의 인연을 확인하고, 웅크릴 때가 아님을 깨닫는다.

그 뒤로 에리네에게 북쪽 나라 헬슈펠까지의 호위를 의뢰받은 케나는 오랜만에 돌아간 변경 마을에서 이상한 일이 일어났다는 소식을 듣는다.

그 사건은 어디선가 지하 수맥으로 흘러든, 인어 미미리가 원인이었다. 케나는 사건을 해결한 대가로 의뢰비를 받는 대신 미미리를 마을의 공동 목욕탕에서 살게 한다.

다음으로 헬슈펠 국경에서는 서쪽 통상로에서 활개를 치던 도적 일부가 이곳을 점거하고 있었다. 그들과 전투가 벌어지지만, 탈 없이 물리친다.

헬슈펠 왕도에 도착한 케나는 딸이 맡긴 편지를 배달하려고 대륙에서 손꼽히는 상회 '사카이'를 찾아가 그 창립자인 케이릭을 만난다.

그 케이릭이 사실은 마이마이의 아들로, 케나의 손자라는 충격적인 사실에 케나는 도저히 못 참고 졸도할 뻔한다. 사소한 엇갈림으로 손자와의 관계에 금이 가지만, 그 뒤로 기사단에 속한 케이릭의 쌍둥이 누나 케이리나의 사죄로 케나의 당혹스러움은 더욱 커진다.

그러나 에리네가 준 정보로 점찍어 두던 수호자의 탑이 대륙 서쪽을 석권하는 도적단의 세력권이 된 것을 안 케나는 케이릭과의 연줄을 통해서 도움을 받고, 쳐들어갈 준비를 진행한다.

그리하여 위기에 처한 케이리나를 구하고 기사단의 포위망을 억지로 돌파한 케나는 도적단의 두목이 마인족 플레이어라는 사실에 놀란다.

하지만 자기밖에 모르는 사고방식과 안하무인 태도에 격노한 케나는 그 플레이어에게 싸움을 건다.

모든 스킬에 통달하고, 레벨도 훨씬 높은 스킬 마스터에 일개 플레이어가 대적할 수 없어서 케나는 그 플레이어를 죽기 일보 직전까지 몰아넣지만, 중간에 끼어든 기사단이 체포하는 것을 허용하고 만다.

결국 GM(게임 마스터)에 필적하는 케나의 권한으로 능력이 10분의 1로 떨어진 마인족 플레이어는 아우성을 치면서 기사단에게 끌려간다.

그리고 목적지였던 수호자의 탑을 기동해 보니 그 담당 스킬 마스터가 게임 시절의 악우이자 같은 길 소속인 오페케텐슐트하이머 크로스테드봄버, 줄여서 오푸스임을 알게 된다.

그곳의 수호자가 준 책에서 작은 요정이 나타나고, 그때부터 케나와 동행하게 된다. 케나는 그 요정이 오푸스와 이어지는 단서가 된다고 막연히 느꼈다.

케나는 도적을 토벌하고 받은 보수 등을 미미리에게 투자하려고 하지만, 돌아오는 길에 들른 변경 마을에서 본 미미리는 리트가 한 제안에 따라 빨래방 일을 확립하고 있었다.

펠스케이로 왕도로 돌아온 케나는 모험가 길드에서 의뢰를 받은 뒤, 재상의 딸 론티와 그 친구인 마이를 만난다.

가출했다고 하는 마이를 숨겨 주고자, 케나는 의뢰에 두 사람을 동행시키는 기묘한 상황을 만끽했다.

비슷한 시기, 펠스케이로에 있는 학원에서는 마이마이의 남편 로프스가 실패작을 쓰레기장에 버리자 키메라 괴수가 나타나 도시가 혼란에 빠진다.

쓰레기장은 과거 일곱 나라 시절에 백국과 취국의 쟁탈전 포인트였고, 우연히 로프스가 버린 실패작이 키메라 괴수를 소환하는 요소를 갖췄던 것이다.

한편, 마이=첫째 왕녀 마이리네를 찾던 기사단장 드래고이드 샤이닝세이버는 모험가가 된 코랄과 재회한다.

사실 그들은 게임 시절의 플레이어로, 스킬 마스터 No.9 쿄타로가 길드 마스터인 '은월기마'의 동료였다. 그리고 재회의 인사도 나누기 전에, 플레이어의 의무로서 키메라 괴수와 대치하는 두 사람.

그러나 정상적인 토벌전을 벌이기에는 인원이 적은 탓에 두 사람은 순식간에 궁지에 몰린다.

그때 이심전심 스킬로 끼어든 의문의 메시지에 따라 카타츠가 케나를 부르러 펠스케이로 왕도를 떠난다. 불길한 예감이 든 케나가 급히 귀환해 카타츠와 합류하고, 대규모 마법으로 밀어붙여 키메라 괴수를 퇴치한다.

새로이 샤이닝세이버, 코랄과 친분이 생긴 케나는 코랄에게 바닷속에 잠든 용궁성의 이야기를 듣는다. 그곳이 수호자의 탑임을 확신한 케나는 도적단 잔당을 토벌하러 떠나는 기사단과 동행하기로 한다.

이때 잠시 변경 마을로 돌아간 케나는 오우타로퀘스에서 찾아온 조사단 사람들과 마주친다. 그 일행인 묘인족(워캣) 여성 클로피아와 다툼이 벌어지지만, 케나는 이를 가볍게 물리친다.

그 클로피아의 오빠인 클로프에게 그들이 밀정임을 고백받은 케나는 오우타로퀘스를 다스리는 여왕 사하라셰드가 하이엘프임을 알게 된다.

놀랍게도 여왕은 하이엘프 플레이어 그룹에서 동생처럼 따르던 여자애의 양녀, 케나의 조카라고 한다. 연이어 마주치는 권력자가 죄다 혈연 관계라는 사실에 곤혹스러운 케나.

그리고 기사단과 동행하는 과정에서 사소한 오해로, 케나는 기사들에게 샤이닝세이버의 약혼자로 인식되고 만다.

도중에 기사단과 헤어진 케나는 용궁성이 목격됐다는 어촌에 발을 들이지만, 놀랍게도 그곳은 음산한 분위기와 함께 좀비와 구울이 설치는 죽음의 마을이 되어 있었다.

케나는 조사차 마을을 찾았던 헬슈펠의 모험가 쿠올케가 보호하던 생존자 소녀와 합류한다.

거기서 만난 드래고이드 모험가 엑시즈는 과거 케나가 있던 길드의 일원인 타로타로스의 부계정 캐릭터라는 사실이 판명된다.

생존자 소녀를 케나가 소환한 고양이 귀 집사에게 맡기고, 세 사람은 힘을 합쳐 원흉인 해적선을 멸해 좀비가 된 사람들의 영혼을 해방해 주었다.

생존자 소녀 루카를 가족으로 삼기로 한 케나는 루카를 위해서 변경 마을에 본거지를 만들기로 했다. 추가로 고양이 귀 메이드도 늘어나고, 유쾌한 여정에서 쓴웃음만 늘어난다.

그리고 케나는 서로를 원수처럼 여기는 집사 록시리우스와 메이드 록시느를 더하고, 변경 마을에 집을 지어서 루카와 함께 가족 생활을 시작한다.

그 와중에 케나는 예전에 한 약속을 지킬 겸 리트를 공중 유람 비행에 부른다. 동행자는 마을에 셋밖에 없는 어린아이들. 케나의 딸 루카와 여관집 딸 리트, 공무점 아들 라템.

기분 좋게 유람 비행을 즐기고 있을 때, 케나 일행은 에리네의 상단이 마물에 습격받는 것을 목격한다.

습격하는 마물을 격퇴한 케나는 마을 주변에 게임 시절의 이벤트 몬스터가 잠복한 사실을 알게 된다.

그리하여 아비타의 용병단과 협력해 이를 격파한다.

같은 시각, 꽃 왕관을 만들고자 아이들이 마을을 빠져나간다. 그 행선지에서 마물에게 습격당해 심각한 위기에 처한다.

하지만 케나가 루카에게 준 펜던트에서 레벨 990 화이트 드래곤이 나타나 마물을 물리친다. 그 자리에는 갈라진 대지와 브레스의 흔적만이 남았다.

굉음을 듣고 서둘러 마을로 돌아간 케나는 루카가 무사한 것을 확인하더니 끌어안고 엉엉 울었다.

그 뒤로 생활에 필요한 것을 구하러 사카이 상회로 날아간 케나는 모험가 길드의 의뢰로 찾아온 코랄의 파티와 마주치고, 증손자이자 상회의 젊은 사장인 이즈쿠를 소개한다.

그때 국경에서 두 나라의 회담이 있다는 정보를 케이릭에게 받고 변경 마을로 돌아온 케나의 앞에 아들인 스카르고가 나타난다. 그는 왕의 대리인으로서 회담에 참석하고자 잠시 변경 마을에 들른 것이었다.

케나는 록시리우스와 함께 마을 방비를 강화하던 중, 촌장에게 이 마을이 하베이 남작가의 영지임을 알게 된다. 이는 케나의 딸 마이마이와 결혼한 로프스의 가문이기도 했다.

생활하면서 부족해진 물건을 사러 가려고 한 케나는 사회 견학을 위해서 루카와 리트를 데려가기로 한다. 때마침 마을을 찾아온 에리네의 상단과 동행하고, 마부가 없는 골렘 마차의 사용감을 시험해 보았다.

하지만 그 골렘 마차 때문에 성가신 귀족에게 찍힌 사실을 에리네에게 듣고, 록시느에게 경계를 부탁하며 케나 일행은 펠스케이로 왕도에 도착한다.

운이 좋은지 나쁜지, 펠스케이로 왕도는 강 축제라고 하는 일대 이벤트 기간이었다.

하지만 에지드 강에 커다란 그림자가 나타났다는 소문이 퍼져서 축제 개최에 제동이 걸린 상태였다. 케나는 모험가 길드의 요청으로 이 사건에 개입하게 되었다.

숙소가 부족해진 펠스케이로 왕도에서, 에리네에게 매매용 집을 빌려 아이들과 함께 살기 시작하는 케나.

메이드인 록시느와 소환수에게 아이들을 맡기고, 케나는 강을 조사하러 나선다.

그 와중에 도시의 폭력 조직이 귀족의 의뢰로 케나의 관계자를 인질로 잡고자 움직이고 있었다.

주인이 집을 비운 틈에 아이들을 데리고 시내를 돌아보던 록시느는 악한들이 강경 수단을 취하려는 것을 눈치채고, 소동이 일어나지 않게끔 자연스럽게 대응해 그들을 무력화한다.

고작해야 메이드와 아이들이라고 얕보던 조직 폭력배는 큰 타격을 입고 도망친다.

그러나 아지트로 돌아간 그들 앞에 무시무시한 악마들이 나타났다. 공포와 폭력에 굴한 그들은 목숨을 악마들에게 희롱당하는 처지가 된다.

다음 날, 기사단은 끔찍한 몰골로 변한 조직 폭력배를 발견한다. 사람을 사람처럼 다루지 않는 악마의 소행임을 안 그들은 시내 경계를 강화했다.

그 무렵, 케나는 투기장의 수호자에게 얻은 정보를 통해 강에 나타난 그림자가 다른 수호자의 탑임을 알게 된다.

스킬 마스터 No.1의 탑은 이동하는 거대한 흰고래였다.

이동형 수호자의 탑을 한곳에 머물게 하기 위해서, 케나는 기사단과 왕녀에게 협력을 의뢰하고, 시민들을 상대로 연기하게 된다.

그 작전이란 흰고래 수호자의 탑을 신으로 위장해서 강에 머물게 하고, 관광 명소로 삼아 보자는 터무니없는 제안이었다.

얼굴만 보여줘도 성문을 통과할 수 있는 마이마이도 거들게 해서, 케나는 기사단으로 찾아가 협력을 타진해 본다. 어째서인지 순순히 찬성받고, 카타츠에게 터무니없는 일정으로 일을 맡기며 서둘러 준비하는 협력자들.

연기는 대성공으로 끝나, 흰고래 수호자의 탑은 중간섬의 상류 위치에 머물게 되었다.

그리고 마침내 축제가 시작되고, 도시는 엄청난 축제 분위기에 휩싸인다.

아이들과 즐겁게 축제를 구경하러 다니던 케나는 학원에 들렀을 때 건방진 귀족 도련님에게 시비가 걸린다.

그때 상대가 꺼낸 어스 골렘을, 케나는 록 골렘을 만들어 분쇄한다.

그리고 축제의 가장 큰 볼거리였던 소형선 경주가 수신님으로 불리게 된 흰고래 수호자의 탑 때문에 중지된 소식을 접한다.

축제가 끝물에 접어들었을 때, 이런저런 수를 써서 케나를 옭아매려던 귀족의 음모가 밀고자에 의해 폭로당한다.

왕의 심판으로 작위가 내려간 귀족은 분해서 자포자기 상태가 된다.

그곳에 밀고자로 위장했던 마인족이 나타난다. 그는 악마들을 데리고 귀족을 함정에 빠뜨렸다며 비웃고, 동전을 던져서 그를 어떻게 처형할지 정했다.

변경으로 돌아가기 전, 케나 일행은 이번 일과 집을 지을 때 산 목재에 관해서 고마움을 전하고자 카타츠가 있는 곳에 들른다.

아이들이 조선소 현장을 구경하는 사이 케나는 낚시나 하기로 했는데, 너무나도 잘 낚이는 통에 급기야 키메라 같은 마물까지 낚아 올리고 만다.

그 마물은 흰고래의 그림자가 목격되기 전에 목격된, 소동의 발단이었다.

케나가 이를 해치우자 희귀한 광석이 나와서, 그 키메라 마물도 어딘가의 쟁탈전 포인트에서 나타난 것임을 알게 된다.

모두에게 작별 인사를 하고 귀로에 오른 케나는 도중에 스카르고와 코랄을 만난다.

코랄에게서 리아데일 게임 시스템의 이상함과 폐도의 존재를 들은 케나는 오푸스를 수색하려는 마음을 더욱 굳힌다.

그리하여 마을에 도착했더니 어째서인지 록시리우스가 바닥에 머리를 박고 맞이해 편지를 한 장 건넸다.

거기에는 '이름을 붙여라' 라는 문장이 있었다.

프롤로그

펠스케이로에서 서쪽으로 이틀쯤 이동한 곳에서, 상단이 야영하고 있었다.

그렇다고는 해도 방금 막 준비하기 시작한 참이다. 하늘이 빨갛게 물들려면 시간이 더 지나야 하리라.

그래도 자기들 몸을 지키고자 소규모 상인들이 모여서 만들어진 상단이다.

큰 상회처럼 부하를 많이 데리고 다닐 수도 없으니까 야영 준비는 각자 알아서 해야 한다.

이들을 호위하는 모험가 파티는 셋. 총 열다섯 명이 파티별로 경계와 휴식, 요격을 담당하고 있었다.

얼마 전까지는 대륙 서쪽에서 북쪽으로 가는 길이 날뛰는 도적 때문에 폐쇄 중이었다. 하지만 두 나라에서 파견한 기사단이 도적들을 무찔렀다는 소식이 퍼졌다.

물론 모험가가 두목을 생포했다는 정보는 세간에 공개되지 않았다. 이익만 있다면 의리 있는 상인은 입이 무거워지는 법이다.

도로가 안전해진 덕분에 해안가의 어촌을 상대로 장사하거나 물고기를 사들이는 상인들이 모인 상단인데, 겨우 장사를 재개할 수 있어서 안도의 한숨을 쉬는 자가 많았다.

한편, 호위를 맡은 모험가들의 안색은 좋지 않다.

일단 안색이 의뢰인들에게 알려지면 가는 길이 안전하지 않을지도 모른다고 의심받을 수 있으니까 불안을 감추고는 있다.

게다가 겨우 숨통이 트이기 시작한 장삿길이다. 여기서 의뢰인들을 위험에 처하게 할 수는 없다며, 모험가들도 경계를 강화했다.

"그 뒤로 이상한 변화는 안 보여?"

"지금은 말이지."

조용히 서로 얼굴을 보며 말하는 각 파티의 리더들.

상단 사람들은 눈치채지 못했지만, 그들은 진행 방향을 경계하고 있어서 그 이변을 확실하게 목격했다.

"하늘이 일그러졌었지."

"그래. 오랫동안 이 일을 했지만, 그런 현상은 처음 봤다고."

"일그러졌다고 할까, 하늘에 빛나는 선이 생긴 것처럼 보이기도 했는데."

"""그건 대체 뭐였을까……."""

다양한 경험이 있는 그들이 봐도 그 현상은 매우 기이한 듯하다.

하늘이 한순간 창문에서 빛이 들어오는 것처럼 흔들린 현상은 필시 이 세계의 어딜 가도 볼 수 없으리라.

귀족만이 보유할 법한 유리로 된 온실 속에 있다가 밖에서 강풍이 불면 비슷한 현상이 일어날지도 모르지만.

"게다가…… 척후가 너무 늦게 돌아와."

한 사람이 팔짱을 끼고 힘을 준다. 그것으로 불안을 털어내려는 듯이. 불길한 예감이 현실이 아니라고 마음먹기 위해서.

그들은 상의해서 가장 실력이 좋은 사람을 정찰로 보냈다.

당사자는 가벼운 투로 '내게 맡겨!' 라며 나갔다. 하지만 그 활기찬 얼굴이 이 자리에 없다는 사실이 그 파티 사람들의 분위기를 어둡게 했다.

"그 녀석은 믿을 수 있다며?"

"그래……."

"그렇다면 어두운 얼굴 하지 말고, 그 녀석이 돌아오면……."

기운을 북돋아 주려고 꺼낸 말이 중간에 끊긴다.

척후가 상황을 보려고 간 숲에서 등골이 오싹해지는 기척을 느꼈기 때문이다.

그 자리에 있던 모험가들은 모두가 눈을 희미하게 뜨고 숲을 향해 무기를 겨눈다.

심장이 경종처럼 빠르게 고동을 치고, 온몸이 불쾌한 땀으로 흠뻑 젖는다.

장소는 별로 멀지 않지만, 들려오는 것은 작은 가지를 넘어선 것을 밟아 부수는 거친 발소리다. 나무가 부러지는 듯한 소리도 느껴지는 것으로 봐서, 상대는 몸집이 큰 짐승이거나 하리라.

혼 베어 또는 그것에 필적하는 마수일까.

정신이 퍼뜩 든 동료 한 명이 허둥지둥 상단이 있는 쪽으로 뛰어간다. 야영 준비를 막 시작한 참이지만, 상단 호위인 이상 그쪽 피난을 우선해야 한다.

두 파티는 상단을 안전히 피난시키고자 물러나고, 한 파티는 숲을 가로질러서 오는 위협에 대처하는 데 힘을 쏟는다. 협공당할 수도 있으므로 후방에도 전력을 둘 필요가 있다.

사전에 정한 역할이지만, 그 파티의 리더는 최악의 타이밍에 한숨을 쉰다.

“미안해. 다들…….”

“거참, 리더 탓이 아니잖아. 이건 모두가 합의한 거니까.”

“맞아. 쓸데없는 건 신경 쓰지 말고, 후다닥 해치우자고.”

“아저씨가 없어서 사람이 부족하지만, 우리가 할 일은 달라지지 않아.”

긴박한 상황 속에서 동료들의 가벼운 격려에 리더도 쓴웃음을 짓는다.

숲속을 난폭하게 돌진하는 것의 기척이 농후해졌을 때, 모험가들은 용기를 북돋웠다. 기합과 포효로 마음을 바꾼 것이다.

여기서부턴 보내지 않겠다는 기개로 적과 대치한다. 아직 보이지 않는 적을 너무 의식하는 걸지도 모르지만, 대응으로선 모범적인 모험가다운 행위다.

상대가 너무 나쁘지 않았다면…….

숲을 헤치고, 나무를 부러뜨리며 모습을 드러낸 적은 모험가들이 예상한 짐승보다 거대했다.

머리는 그들보다 훨씬 위에 있고, 커다란 나무로 착각할 법한 두

다리가 몸통을 지탱하고 있었다. 그 몸은 매끄러우면서도 단단해 보이는 드래고이드의 피부와 비슷한 비늘로 덮여 있다.

몸의 균형을 잡는 꼬리는 어른의 몸을 여럿 포갠 정도로 두껍고, 날카로운 이빨이 맞물린 머리의 턱에서는 사람의 손이 힘없이 늘어져 있었다.

세로로 긴 동공이 슥 가늘어지고, 아래에 있는 왜소한 자들을 흘겨본다.

그것만으로 모험가들의 결의는 완전히 무너졌다. 어떤 자는 무기를 떨어뜨리고, 어떤 자는 멍하니 주저앉는다. 예상을 한참 뛰어넘은, 그보다 더한 괴물의 모습에 모두가 완전히 정신이 나갔다.

그것은 어떻게든 짐을 챙겨서 도망치려던 상단 사람들도 마찬가지다.

추가로 한 마리. 또 한 마리. 부족하다면 더 늘려 주겠다는 것처럼 숲속에서 똑같은 괴물이 나타날 때마다, 상인들은, 모험가들은 이 세상의 절망을 맛보며 공황 상태에 빠졌다.

짐이고 뭐고 다 내팽개치고 자기 발로 어둠 속으로 도망치는 자가 있는가 하면, 말을 메지 않은 마차의 마부석에 올라타 정신없이 채찍을 휘두르는 자도 있다.

모험가들도 호위에 전념하기는커녕 동료를 버리고 도망치는 자가 태반인 판국.

하지만 도망친 자가 사라진 어둠 저편에서 절규가 울려 퍼지고,

모두가 움찔거리며 반응한다.

마침내 그쪽에서도 으르렁대는 소리가 들리고, 어둠 속에서 꿈틀대는 짐승의 기척이 느껴졌다.

그들의 야영지는 어느새 괴물들에게 포위당했다.

리아데일의 대지에서

WORLD OF LEADALE

제1장
작명과 마을 생활과 긴급 사태와 습격

【작명 : 신생아에게 이름을 짓는 것. 또는 그 의식. 명명.】

"으음……."

케나는 머리를 감싸고 테이블에 엎드렸다.

여기는 케나의 집 식탁.

테이블이 있고 의자가 있어서 가족회의에 쓸 만한 장소가 여기밖에 없다.

일단 거실도 만들었지만, 융단과 러그 위에 쿠션을 두어서 각자가 편한 자세로 쉴 수 있는 장소다.

이는 체격이 큰 드래고이드 등이 끼면 가구를 맞출 때 이상해지니까 게임 플레이어들이 고안한 휴식 공간이다.

케나의 옆에는 루카, 정면에는 록시리우스가 앉았다.

록시리우스는 주인이 자리를 비운 집을 지켜야 하는데도【계약마법】에 속박된 자신을 용서할 수 없는지 의자에 앉아서도 축 늘어져 있었다.

제아무리 록시느라도 상위자에게 강제당한 것까지 따지진 않는 듯하다. 뚱한 얼굴로 얌전히 홍차를 내놓고 있었다.

"엄마. 뭐 생각……해?"

"음……."

케나가 편지(라고 해도 될까?)를 노려보며 하룻밤이 지나고도 끙끙대면 누구라도 걱정한다.

루카의 의문에 애매모호하게 대답하지만, 시중을 들던 록시느는 그냥 넘어가지 않았다.

"그래요, 케나 님. 괜찮다면 무엇에 이름을 붙이는 건지 알려주실 수 있나요?"

당연히 한마디만 적힌 편지를 숨길 이유는 없어서, 록시느와 루카에게도 보여줬다.

록시느가 의문을 느낀 점은 대체 무엇에 이름을 붙이라는 것인지와 대체 왜 이름을 붙이는 데 록시리우스가 욕을 보게 되었냐는 것이었다. 루카는 편지 때문에 평소 상쾌한 호청년인 록시리우스에게 기운이 없다는 것밖에 모른다.

그것은 케나의 눈에 보이면서 다른 사람에게는 보이지 않는 존재.

케나의 앞에 있는 찻잔 가장자리에 앉아서 즐거운 기색을 보이는 요정을 가리키는 것이리라.

"아무튼 여기 있어……."라며 케나가 손끝으로 원을 그려 요정이 있는 장소를 가리켰다. 록시느와 루카는 그곳을 빤히 본 다음에 고개를 들었다.

"정말로 여기에 그 요정인지 뭔지가 있나요? 아무 느낌도 안 드는데요."

"응. 안 보여……."

레벨 550 워캣의 오감으로도 느낄 수 없다니까, 지금의 요정은 케나의 망막에만 나타나는 영상 같다.

이름을 붙여서 이것이 실체를 지닌다면, 대체 어떠한 기술일지 짐작할 수조차 없다.

역시 자기 혼자 보인다고 말해도, 다른 사람에게 보이지 않으면 설득력이 전혀 없다.

케나는 요정이 오푸스와 이어지는 단서라고 생각해서 보호하려고 했다.

그러나 편지의 내용으로 봐서는 그것이 착각이고, 이름을 붙여서 케나의 권속으로 삼으라는 뜻이리라.

"설마 이름도 없는 초기 상태일 줄 누가 알았겠어……."

『아뇨. 설마 종족명을 호칭으로 쓸 줄은 상대도 생각하지 못한 게 아닐까요?』

상대는 이쪽의 동향을 잘 살피는 듯하다.

시간이 지나도 요정에게 이름을 붙이지 않는 것이 답답해서 우회적인 수단으로 이쪽에 편지를 보낸 것이리라.

애초에 왜 그토록 모습을 드러내지 않는지 의문이다. 켕기는 게 없다면 얼른 모습을 드러내면 되는데. 그런 생각이 들기도 한다.

그렇다고 해서 어느 날 갑자기 '안녕. 오래 기다렸지?' 라면서 눈앞에 나타나는 그 녀석도 상상할 수 없지만. 마치 오만불손하게 어디선가 마왕처럼 기다리는 녀석 같다.

『그래서 말인데…… 어떻게 하시겠습니까?』

"음……. 어떻게 할까?"

요정을 어떻게 생각하는지, 상대의 태도는 이해했다. 그렇지만 여기서 처음의 머리를 감싼 상태로 돌아간다.

근본적인 부분에서, 케나는 가장 큰 문제에 봉착했다.

이름을 붙이는 것은 게임에서 흔한 작업이지만, 세상에는 드물게도 그 행위가 고뇌로 이어지는 사람도 있다.

그리고 케나는 그 작명 센스가 끔찍한 사람이었다.

"뭘 끙끙대시죠? 케나 님은 자제분과 우리에게 훌륭한 이름을 지어 주셨잖아요."

"아…… 응."

가슴에 손을 얹고 자랑스럽게 말하는 록시느와는 다르게, 케나의 마음속엔 눈보라가 몰아치고 있었다.

설마 솔직하게 '너희 이름은 생일에서. 아이들 이름은 달팽이 관련으로 지었습니다.' 라고 자백할 수도 없다. 적당히 맞장구를 쳐서 얼버무린다.

(이름이름이름……. 요정을 그대로 쓰면 안 될까?)

『그건 케나의 자유겠지요. 하지만 그자와 만나면 그 일로 끊임없이 놀림당할 것 같습니다.』

(윽?!)

선부른 행위를 키가 나무란다.

케나는 집요하게 놀리며 빼기는 상대의 모습을 쉽게 상상할 수 있어서, 안이한 수단을 포기했다.

"엄, 마?"

"아, 루카 님. 케나 님은 성령님과 상의하시는 거예요."

"성, 령?"

말없이 표정이 휙휙 바뀌는 케나를 보고 걱정하는 루카에게, 록시느는 케나의 상담자라고 할 수 있는 성령의 존재를 전한다.

키의 존재는 록시느도 이해하지 못하니까, 케나가 말없이 고개를 끄덕일 때는 성령과 대화 중이라는 것밖에 모르지만.

이 세계에서 성령이란 길을 인도해 주는 존재로 인식한다. 원래라면 용사나 성녀와 함께하는 존재이지만, 그런 것은 동화책 속에나 있다. 그러므로 존재 자체가 전설 취급이다.

그것이 케나를 따른다는 사실은 스카르고 형제와 록시느, 록시리우스가 인식하고 있지만, 그들은 어머니&주인님이 그만큼 숭고한 존재라며 납득하고 있다.

그 설명을 간단히 들은 루카는 동화책 속 존재 같은 케나를 동경이 포함되어 초롱초롱 빛나는 눈빛으로 바라봤다.

(바둑이, 나비……. 프린세스, 레이디…….)

『제정신을 의심하게 하는 수준이군요.』

정작 본인은 이 모양이지만.

개나 고양이에게 붙일 이름이나 괜히 튀는 이름이 이어져서, 키가 자꾸 퇴짜를 놓는다.

『판타지 세계니까, 잘 생각해 보시죠.』

(오히려 키의 환상이 너무 큰 것 같은데.)

머릿속에서 이름 후보를 최대한 내놓은 케나는 미지근해진 홍차를 마신다.

요정은 겨우 이름을 지어 줄 낌새를 감지하고 기다렸는데, 전혀 그럴 기미가 없다는 사실을 눈치채더니 볼을 부풀려서 케나의 머리카락을 돌돌 감아 장난치고 있었다.

『그렇다면 조금 더 가까운 사람을 예로 들어서 생각해 보시죠.』

왠지 케나보다 키가 이름을 짓는 일에 더 적극적인 듯하다. 무심코 "뭔가 보호자 같아."라고 중얼거려 보니 감이 딱 왔다.

"그러면 키의 동생 같은 거니까, 쿠라고 하자."

"네……?"

"동, 생……?"

갑자기 손을 딱 마주치고 좋은 생각이라는 것처럼 말한 케나에게, 조용한 시간을 즐기던 록시느와 루카가 화들짝 놀란다. 머리카락을 돌돌 감는 데 열중하던 요정은 케나가 손에 드는 바람에 영문을 모르겠다는 표정을 지었다.

"네 이름은 쿠야. 쿠."

"♪!"

이름을 불려서 기쁨이 찬찬히 치밀어오른 듯, 얼굴에 웃음꽃이 핀 요정, 쿠가 공중으로 날아올라 빙글빙글 춤추기 시작한다.

그때 쿠가 낸 것은 목소리보다 소리에 가까웠다.

"어?"

"아……."

"……?"

아무것도 없는 공간에서 갑자기 생긴 빛의 입자가 모여들고, 요정의 형태를 만든다. 진짜 신비로운 광경이다.

그 순간을 목격한 록시느와 록시리우스, 루카는 신비로운 현상에 눈을 크게 떴다.

"쿠, 쿠."

맑고 고운 목소리를 내며 요정이 하늘에서 춤춘다. 자기 이름을 연호하며 날아다니는 모습은 마치 물을 만난 물고기 같다.

그 밖에도 "기뻐, 기뻐."라며 흥얼거리며 두 쌍의 날개를 흔들며 날리는 가루가 공중에 궤적을 그린다. 루카가 손으로 가루를 만지려고 하자 녹는 것처럼 공중에서 사라졌다.

"좋아. 쿠, 앞으로 잘 부탁해."

『제게는 동생이 없는데 말입니다……』

"그렇다면 키가 이름을 지으면 되잖아. 마스코트의 동생 같은 건데."

『마스코트도 아닙니다.』

그것이 최소한의 불평인 거겠지. 그 발언을 마지막으로 키는 입을 다물었다.

이번 일에 관해서 더 추궁할 마음은 없는 듯하다.

한바탕 기쁨을 어필하고 춤춰서 만족한 듯, 쿠는 둥실둥실 날아서 케나의 어깨로 내려왔다. 그리고 이번에는 애정을 표현하듯 케나의 머리카락에 뺨을 문대기 시작했다.
이름을 받은 순간에 이러니까, 참 노골적이다.
"케나 님. 그게 말씀하신 요정, 입니까?"
"맞아. 요정 쿠. 괴롭히면 못써."
"안 괴롭혀요. 케나 님은 저를 뭐라고 생각하시는 거죠……."
록시느는 뚱한 얼굴로 찻주전자를 챙겨서 주방으로 갔다.
케나는 옆에 있는 루카가 잉어처럼 입을 뻐끔거리며 쿠를 쳐다보는 것을 눈치챘다.
손끝으로 쿠를 콕콕 건드려서 루카에게 관심을 돌리게 한다.
"너도 알겠지만, 루카야. 친하게 지내."
"루카, 루카."
루카가 뻗은 손끝에 입을 맞춘 쿠는 가운뎃손가락을 두 손으로 잡더니 악수하듯 가볍게 위아래로 흔든다. 루카는 "흐아아……."라고 중얼거리며 쿠의 행동에 눈을 빛냈다.
"그런고로 쿠가 이름을 받아서 이어졌으니까, 록스도 이젠 신경 쓰지 않아도 돼."
"큭. 죄송합니다. 케나 님……."
케나는 자리에서 일어나 두 손을 쥐고 다시 머리를 숙이는 록시리우스의 어깨를 토닥였다.
"괜찮아. 록시리우스. 네 원통함은 내가 그 녀석에게 천 배로 돌려줄 거니까."
눈앞에서 커지는 살기에 불길한 예감이 든 록시리우스가 고개를 들자, 무섭게 미소를 띤 케나가 패기를 키우고 있었다. 살벌한 눈을 본 록시리우스가 작게 비명을 지른다.

"그 녀석을 찾으면 잘게 다진 다음, 이 세상에서 가장 저속한 형태로 구워줄게! 목을 씻고 기다리라 이거야!!"

파도가 높이 치는 절벽 위 (【오스칼】의 스킬 효과)에서 "오호호호!" 라고 소리 높여 웃는 케나에게, 록시리우스는 엄청난 오한을 느꼈다.

루카는 갑자기 무대 장치처럼 배경이 확 바뀌는 바람에 상황을 미처 따라가지 못하고 굳어 버렸다.

쿠는 케나의 근처로 날아가 비슷한 포즈를 잡고는 "호오, 호오." 하고 부엉이 흉내를 냈다.

새 홍차를 가져온 록시느는 짧은 시간에 확 바뀐 실내 분위기에 두통을 느끼며 이마를 짚었다.

좌우지간 어디의 누군가가 강제로 가져온 편지의 결말은 대충 이렇다.

그 뒤에 케나는 집을 비운 사이 사카이 상회에서 보낸 상단에 관해 보고받았다.

"양도한 건…… 맥주 열 통과 위스키 다섯 통?"

"맥주는 한 통에 은화 네 개, 위스키는 한 통이 12개군요. 합계 은화 100개입니다."

"그렇다면 금화 한 개잖아! 비싸?! 그게 뭐야, 한 잔에 얼마나 비싸게 팔 작정인데?"

“그게, 시음한 분이 말하기로는 그렇게 해도 채산이 맞는다고 하던데요.”

“이 세계의 술맛은 그렇게 나쁜 거야? 아니면 내가 만든 술이 너무 고급인 거야? 뭐가 맞을까?”

“둘 다일 것 같습니다.”

다음으로 록시리우스가 준 것은 다른 영수증이다. 거기에는 은화 10개 청구라고 적혀 있었다.

“이건 뭔데?”

“그건 보리 운송료라고 합니다. 짐마차 두 대 분량이죠.”

“뭐?”

케나의 눈이 동그래졌다. 거기에는 운송료만 있고, 보리 대금은 없었기 때문이다.

그건 록시리우스도 이상하게 여겨서 물어봤지만, 회장님 지시라는 말로 얼버무렸다고 한다.

“전혀 수지가 안 맞을 것 같아…….”

저장한 술통이 줄어들고 창고 안을 가득 채운 보리 포대를 본 케나에게 록시리우스가 말을 보탠다.

“보리에 관해서는 랙스 님에게 부탁하는 방법과 직접 사러 가는 방법 중에서 아무거나 괜찮다고 합니다.”

“그렇게 해서 랙스 씨한테 수수료가 들어가는 거구나. 다음은 언제 찾으러 온대?”

“대략 한 달 뒤라고 합니다. 팔리는 상황에 따라서는 요청하는 빈도가 오락가락할 수 있다고 하더군요. 그것도 랙스 님에게 전달한다고 합니다."

"아하. 랙스 씨 댁에는 사카이 상회와 직접 통신이 연결되는 아이템이 있나 보네."

"그런 것 같더군요."

가공은 손이 빌 때 하고, 케나는 록시리우스에게 오늘 업무가 끝났음을 알렸다. 안 그랬다간 록시리우스가 자책하며 밤중에도 일할 것 같기 때문이다.

하품을 참은 케나가 자기 방문을 닫을 때까지, 록시리우스는 머리를 쭉 숙이고 있었다.

"자, 일단은 심문하고 싶지만……."

아침을 먹고 나서 손을 짝 마주친 케나가, 쿠를 앞에 두고 궁금한 것을 물어보려고 했다.

록시느는 뒷정리를, 록시리우스는 루카와 함께 외출을 준비 중이다.

자꾸 마을을 떠나는 바람에 아침 일과를 까먹은 케나에게, 록시리우스는 "깜빡한 게 있군요. 공동 목욕탕 청소를 해야 합니다."라고만 말했다.

예전에 아이끼리 마을에서 빠져나간 사건이 있은 뒤로 아이들은 벌로써 공동 목욕탕 청소를 맡았다. 일정 시간이 지나서 해방됐지만, 그 뒤로는 록시리우스가 담당하고 있다.

다만 혼자서 마을 각 가정의 일손을 거들거나 순찰을 돌면서 공동 목욕탕 청소도 하는 록시리우스의 업무량이 위험하다고 느낀 마을 사람들끼리 상의한 결과, 공동 목욕탕 청소는 다시 아이들에게 맡기게 되었다.

여관은 아침과 저녁이 가장 바빠서 집안일을 돕는 리트는 빠질 수 없다고 한다. 그 점을 고려해서 청소는 이도 저도 아닌 오전 시간대에 한다.

랙스 공무점은 사카이 상회에서 운송한 잡화류 판매와 주문식 가구 제작이 주된 업무라고 한다,

라템은 아직 제자 이하의 상태로 수행 중이어서, '언제든지 일을 시켜도 된다' 며 본인의 부모에게 통지받았다.

루카는 집안일을 거드는 것 말고 그럴싸한 일이 없다.

록시느가 우수한 가정부이다 보니까 현재로선 아이가 거드는 수준에서 벗어날 수 없다.

"음. 쿠도 소개할 수 있을 것 같으니까, 나도 따라갈게."

"알겠습니다."

"엄마, 도……. 청소, 해?"

"쿠를 미미리에게 소개해야지."

대면 자체는 쿠가 보이지 않을 적에 일방적으로 이루어졌지만, 보이고 안 보이고는 큰 차이가 있다. 사고가 발생하지 않게끔 얼굴을 보여주는 게 좋다.

특히 이 세계에서 요정을 어떤 존재로 인식하는지 모르니까. 금

단의 존재라고 하면 큰일이다.

록시리우스를 먼저 공동 목욕탕으로 보낸 뒤, 케나는 루카와 쿠를 데리고 여관에 갔다.

"그건 또 뭐니?"

"와아아, 케나 언니. 이게 뭐야, 누구야?!"

루카의 머리 위에서 둥둥 떠다니는 쿠를 본 말레르가 깜짝 놀라고, 리트는 눈을 빛낸다.

"새 식구인 요정 쿠예요. 잘 부탁해요."

새 식구이기는커녕 이 마을에 처음 정착하기 전부터 있었지만, 설명하기 귀찮으니 생략한다.

케나가 인사하자 쿠는 "잘 부탁해. 잘 부탁해."라고 말하며 공중에서 재주도 좋게 머리를 숙였다.

"와, 대단해."

테이블을 닦던 중이었던 듯, 리트가 행주를 꼭 쥐고 감동한다.

아침의 루카처럼 표정에서 동경하는 아우라가 배어나온다.

이 세계에는 어린 소녀가 요정을 동경하는 풍습이 있냐고 케나가 오해할 만큼, 그 눈에는 진지한 빛이 깃들어 있었다.

"저기요, 말레르 씨. 잠시 괜찮을까요?"

"갑자기 왜 눈치를 보고 그러니. 물어보고 싶은 게 있다면 뭐든지 물어보렴."

케나는 아직 일반 상식이 부족한 구석이 있으니까, 물어볼 사람은 말레르밖에 없다.

처음 봤을 때처럼 말을 걸었더니 "사양하지 말고."라며 케나의 등을 찰싹 때렸다.

"콜록. 이 주변에는 요정이 나오는 옛날이야기라도 있나요?"

"그것도 몰랐니? 아이들 앞에 요정이 나타나면 행복이 찾아온다는 이야기가 있어."

"켁……."

잘 모르는 사이에 책임이 막중한 일에 얽혀서, 케나는 죄책감이 들었다.

쿠 자체는 정말로 요정이 맞는지 확실하지 않다. 괜히 기대했다가 아이들 마음에 상처가 나지 않으면 좋겠는데.

그렇게 생각했을 때, 말레르가 어깨를 두드리며 "걱정하지 않아도 돼."라고 조용히 말했다.

"여자는 행복이 오기를 기다리기 전에 붙잡을 기세로 살아야지. 저 아이도 그걸 잘 배워야 해."

"씨, 씩씩해……."

말레르가 더더욱 넘어설 수 없는 벽으로 보여서, 케나는 떨떠름한 얼굴로 왜 강한지를 납득한다. 변경 여자라면 마땅히 그래야 한다고 옆에 있는 여성이 씩씩하게 말하는 것을 절실히 느꼈다.

그리고 그 피를 잇는 리트도 언젠가 이 호탕한 아주머니처럼 된다고 생각하니 표정이 씁쓸해진다.

케나의 수명을 생각하면 마을에서 쭉 살면서 그 변화를 가까이서 보게 되리라.

(리트가 말레르 씨를 닮아가는 모습은 별로 보고 싶지 않은 걸…….)

그런 생각을 하면서 두 사람을 데리고 공동 목욕탕을 청소하러 갔다.

"헉?! 케나 누나, 그게 뭐야?"

입구에서 기다리던 라템도 비슷하게 놀랐다.

"쿠는, 쿠."

"우리 식구인 쿠야. 라템도 잘 부탁해."

"요정은, 그림책에서 나오는 거 아니었나……."

보아하니 다른 이유로 놀란 듯하다. 자세히 물어보니 아이에게 해주는 이야기로 '이것' 같은 존재는 어느 종족이든 똑같이 정석인 듯하다.

요정을 보면 행복하니 뭐니 하는 이야기는 주로 여자애들에게 해준다고 한다.

"그건 그거잖아? 왕자님이 오기를 기다리라고 하는 거지? 남의 힘을 의지하는 이야기니까, 드워프 사이에선 약하다는 소리나 들어."

무뚝뚝하면서 냉정하게 들리는 현실적 발언을 듣고, 케나가 오히려 벙쪘다.

판타지 세계에서 드워프에게 현실을 보라는 소리를 우회적으로 들을 줄은 몰랐다.

종족에 따른 교육의 성과라고 하면 될까, 드워프 전체가 능동적으로 치우친 결과라고 하면 될까. 아무튼 잘 모르겠지만, 꿈꾸는 소녀들은 그 발언을 물고늘어졌다.

"저기! 우리 꿈을 깨지 마!"

"깨면, 안 돼……."

"보기만 한다고 행운이 오겠어? 역시 그런 건 자기 손으로 직접 잡아야지."

"엄마도 그런 말을 했지만, 꿈이 있고 없고는 다른걸."

아까 말레르 씨가 한 말은 딸에게도 잘 들렸나 보다. 루카는 말재주가 없어서 말다툼에 끼어드는 걸 포기하고 리트의 옆에서 라템을 흘겨보고 있다.

케나가 어떻게 중재할지를 고민하고 있을 때, 록시리우스가 대화 중간에 세 사람 사이로 끼어들었다.

"여러분, 흥분하면 이야기가 복잡해져요. 먼저 청소하죠. 끝나면 다시 한번 이야기해 볼까요?"

록시리우스는 한 손으로 라템을 뒤로 돌리고, 등을 떠밀어서 남탕으로 간다. 그때 케나를 보고 슬쩍 머리를 숙인다. 라템은 자기가 맡을 테니까 여자애 두 명을 부탁하겠다는 뜻이리라.

케나는 볼을 부풀리고 화내는 리트와 조금 울상인 루카를 달래며 여탕으로 데려갔다.

"자, 다들. 싸움은 일이 다 끝나고 나서 해."

"싸움, 싸움."

쿠는 자기 존재와 관계가 있다는 것을 모르는 눈치다. 케나의 말투를 흉내 내면서 즐겁게 위아래로 오르락내리락 날고 있다. 그리고 그 모습은 탈의실 쪽에서 의자에 걸터앉아 있던 인어에게 목격당했다.

"저, 정령님?!"

놀라움과 두려움이 뒤섞인 얼굴로 하반신을 쭉 편 미미리는 곧이어 "죄, 죄송해요!" 라고 말하더니 바닥에 주저앉아 바닥에 머리를 대고 쿠에게 절했다.

요새는 이런 걸 자주 보는 운명일까. 케나는 황당해서 관자놀이를 손으로 주물렀다.

"저기, 미미리. 쿠는 물의 정령과 관계없어. 바람의 정령도 아닌 그냥 요정이야."

"슬퍼, 슬퍼."

눈을 마주치지 않아서 슬픈 기색을 보이는 쿠를 가슴으로 끌어당기고, 미미리의 어깨를 잡아서 몸을 일으키게 한다. 고개를 든 미미리는 쿠를 쳐다보며 "화내지 않아요?" 라고 겁먹은 투로 중얼거렸다.

"봐, 미미리가 눈을 피하니까 이렇게 슬퍼하잖아."

"아아아앗?! 죄, 죄송해요!"

먹구름을 배경으로 축 늘어진 쿠를 본 미미리는 어떻게 달래면 좋을지 눈을 빠르게 깜빡이고 있다. 참고로 먹구름은 케나의 연출로, 금방 사라졌다.

"쿠는, 쿠."

"저기, 쿠 씨군요. 저는 미미리예요. 잘 부탁드려요."

눈을 보고 인사하기만 했는데도 쿠는 활짝 웃었다. 그것을 본 미미리는 안도하며 가슴을 쓸어내렸다.

"하아~. 요정님에게 실수하면 어쩌나 했어요……."

"아니, 요정님이 뭔데? 너희 고향에서 숭배하는 건 물의 정령이지?"

"어? 그건 말이죠. 이렇게, 등에 날개는 없지만, 손바닥만 한 인어를 마을에서 전령처럼 썼어요. 모두가 그걸 요정님으로 불렀죠."

쿠와 미미리를 번갈아 본 케나는 어디선가 그것과 비슷한 존재를 본 기분이 들었지만, 감이 오지 않아서 생각하길 그만뒀다.

뭐, 바다 버전의 요정이겠지. 그렇게 멋대로 결론을 내렸다.

케나와 미미리가 이야기하는 동안, 루카와 리트는 탈의실에 있는 비품 상자에서 자루가 달린 솔을 꺼내 목욕탕 청소를 시작했다.

물을 잠그고, 배수시켜서, 욕조 안을 솔로 문지른다.

물을 공급하는 부분을 켜고 끄는 동작은 마력이 조금만 있으면 누구나 할 수 있다. 물을 뺄 때는 물막이를 치우기만 하면 된다.

평소에는 욕조의 용량을 넘어선 물이 밖으로 흘러서 목욕탕 뒤쪽에 있는 세탁실로 간다. 미미리에게 빨래를 부탁하는 사람이 늘어난 만큼, 세탁실을 이용하는 사람은 줄어든 듯하다.

하지만 미미리는 조금이어도 돈을 받으니까, 수중에 돈이 별로 없는 사람은 여기를 이용할 수밖에 없다.

세탁실에서 나온 하수와 목욕탕에서 나오는 물은 케나의 마도구로 정화해 농업용수로 재이용된다. 밭으로 통하는 수로를 정비한 것은 시간이 남아돌던 록시리우스다.

그 덕분에 일일이 우물로 물을 뜨러 가는 수고를 덜었다며 마을 사람들이 호평했다.

지금으로선 그보다 더 마을을 편리하게 하는 방법을 찾지 못해서, 뭔가 희망 사항이 생기기 전까지 케나의 마을 개조 계획은 정지 상태다.

밭을 가는 일에 골렘이나 【땅의 정령】을 빌려주는 것도 생각해 봤지만, 그건 마을 사람들이 넌지시 거절했다.

미미리는 아이들이 청소하는 곳으로 이동해 【물 마법】으로 때를 흘려보내는 일을 맡았다. 최근에 터득했다고 하는, 하반신만으로 땅을 기어서 움직이는 방법은 왠지 라미아처럼 보여서 조금 재미있다.

라미아처럼 하반신이 뱀처럼 길지 않으니까, 꼬리지느러미가 좌우로 가장 많이 흔들린다.

왠지 열심히 꼬리를 흔들어 어필하는 강아지 같아서, 케나는 결국 웃음을 터뜨리고 말았다.

"케나 씨, 왜 그러세요?"

"아, 아니야. 아무것도 아니야."

"꼬물꼬물, 파닥파닥."

미미리가 눈을 흘겨서 웃음을 참는데, 눈치가 없는 쿠가 그 움직임을 재현하려다가 단순히 꽁꽁 얼어붙은 것처럼 몸을 떠는 바람에 케나의 복근이 폭발했다.

"루카. 나중에 케나 씨가 실수한 이야기를 몰래 알려주세요."

"저기……."

더 참지 못하고 웃기 시작한 케나는 아무렇지도 않게 무시무시한 정보를 묻는 미미리를 보고 동요했다.

루카의 앞에서 추태를 드러낸 일은 몇 가지 짚이는 구석이 있으니까.

루카는 조금 생각하는 기색을 보인 다음에 "응……." 하고 고개를 끄덕였다.

"루카가 배신했어……."

"케나 언니가 잘못한 거야."

충격에 축 늘어졌더니 리트도 미미리를 옹호했다. 아까 라템과 한 이야기로 기분이 상했는지 여전히 뾰로통한 얼굴이다.

그제야 미미리도 두 소녀의 표정이 불편한 걸 눈치챘다.

"무슨 일이 있었어?"

"뭐, 종족에 따른 견해의 차이일까?"

케나가 방금 있었던 일을 설명하자, 미미리는 "흐응." 하고 고개를 끄덕였다.

"그게 싸운 거야?"

"나도 친한 사람들끼리 다툰 적은 있지만, 이렇게 의견이 갈린 경험은 없으니까. 어떻게 잘 말해줘야 할지……."

"엄마니까 잘 생각하는 게 좋지 않을까?"

케나는 집단생활의 인생 경험을 대부분 게임에서 배양했다. 같은 길드나 파티 사람끼리 좋게 좋게 넘어가는 일이 많아서 다툼이 오래간 경험이 적다.

미미리는 청소를 마친 루카와 리트를 불러서 탈의실 의자에 앉혔다.

"평소엔 다들 말을 잘하니까, 이렇게 조용한 날은 드문걸."

"응……."

"미미 언니……."

나란히 앉은 두 소녀는 숙연해진 분위기를 느끼고 시선을 아래로 내렸다.

"케나 씨에게 들은 것밖에 모르지만, 다들 아까 한 이야기를 잘 떠올려 봐."

눈을 감고 입을 움직여 대화를 곱씹어 보는 두 사람이 모습이 똑같아서, 미미리는 싱긋 웃었다.

"라템이 너희 꿈을 부정했니?"

""어……?""

"'기다리면 안 돼' 나 '자기 손으로 잡는다' 는 꿈을 부정하는 말이 아니잖아."

"으, 응."

"응……."

그때는 두 사람 모두 울컥했지만, 미미리가 찬찬히 말해주면 정말로 납득할 수도 있다. '드워프가 봤을 때 기다리는 건 약한 짓'이나 '자기가 직접 잡아야 한다'는 말을 듣기는 했지만, 꿈을 부정하는 말은 듣지 않았음을 깨달았다.

"게다가 '자기 손으로 잡는다'면 라템한테도 꿈이 있는 거잖아? 자, 그걸 알면 너희는 어떻게 해야 할까?"

"미……미안, 해요."

"미안해요."

두 사람이 사죄를 말하자, 미미리는 "잘했어."라고 웃는 얼굴로 고개를 끄덕였다.

루카와 리트는 자리에서 일어나 밖으로 뛰어간다. 곧이어서 남탕 쪽에서 두 사람이 큰 소리로 라템에게 사과하고, 사과받아서 동요한 라템이 "어어어어어?!" 하고 놀라는 소리가 울려 퍼진다.

벽 너머의 소란을 듣고 감탄해 "오오."라며 박수를 보내는 케나에게, 미미리의 이마에서 뭔가 터지는 듯한 소리가 들렸다.

"저기, 케나 씨! 거기 똑바로 앉아 보세요!"

"어? 어라? 미미리, 갑자기 무슨 일이야?"

"감탄할 때가 아니잖아요! 당신은 뭘 하는 건가요!"

"어어어어어?!"

미미리의 분노에 직면하고, 케나는 한 시간쯤 집단생활에 관해서 이러쿵저러쿵 잔소리를 들어야 했다.

미아가 된 인어지만, 미미리는 이래 보여도 여왕 후보로 교육받은 몸이다. 종족은 다를지라도 케나는 상급자다운 태도를 눈물이 쏙 빠지도록 교육받았다.

뭐, 인어의 제왕학을 익혔는지 어땠는지는 무시하고.

케나가 칭얼거리는 소리가 하늘 아래에서 울려 퍼지는 가운데, 록시리우스는 아이들이 천진난만하게 웃은 덕분에 안도했다. 물론 여탕의 소란은 모른 척했다.

아무리 전속 집사라도 자기 몸은 소중한 법이다.

"아아, 너무 혼났어……."

미미리에게 단단히 잔소리를 듣고, 공동 목욕탕을 뒤로한다.

아이들은 남탕을 다 함께 청소하고, 미미리의 잔소리가 끝날 때까지 즐겁게 떠든 듯하다. 라템은 오후에 부모님 일을 도와야 한다며 집으로 돌아갔다.

"엄마, 괜찮, 아?"

"응? 아, 괜찮아. 멀쩡해."

케나, 루카, 리트, 록시리우스 순서로 여관을 향해 걸어가고 있다. 리트를 바래다주기 위해서다. 도중에 루카가 망토를 잡고 걱정하는 얼굴을 보였다.

어머니의 마음가짐이 아니라 리더십 교육을 받은 것 같기도 하지만, 케나가 써먹을 일은 별로 없을 듯하다. 미미리 앞에선 긴장을 풀 수 없게 되었다며 투덜대자, 록시리우스가 "저는 이쯤에서 빠지겠습니다."라며 대열에서 이탈할 것을 알렸다.

“어, 록스는 벌써 순찰하러 가?”

“아뇨. 일을 하나 부탁받아서요. 그걸 처리하려고 합니다.”

“일? 록스만 할 수 있는 거야?”

“아뇨. 누구든 할 수 있을 겁니다.”

더 캐물어 보니 록시리우스가 부탁받은 일이란 달걀 회수였다.

지금도 이 주변을 자기 집처럼 돌아다니는 닭은 마을 전체를 자유로이 이동하고 있다. 그리고 닭들이 낳은 알도 마을 어딘가에 있다.

달걀이 필요하면 그걸 주워서 쓰면 되는데, 찾기 어려운 장소에 방치되면 점차 상한다.

그래서 정기적으로 각 집에서 찾아다니는 일을 돌려서 달걀을 회수하는데, 그게 록시리우스가 부탁받은 일이다.

이번에는 케나의 집에서 할 차례인 듯하다.

“달걀이구나. 【탐색】 스킬로 찾을 수 있을까?”

“나도, 나도. 케나 언니. 나도 찾을래.”

“리트는 집에 안 가도 돼?”

“네. 저녁때까지만 가면 괜찮아!”

보이는 범위에서 마을 안을 빙 둘러보니 근처 헛간에서 닭이 나오는 걸 목격했다. 그렇다면 걸어서 찾기는 어려울 것이다. 마법으로 찾는 게 가장 빠르겠지만, 그래선 아이들 교육이 될 수 없다.

그러므로 아이템 박스에서 손잡이가 달린 화살표를 꺼내 루카에게 건넸다.

"……?"

"이게 뭐야?"

루카도 리트도 케나가 준 것이 뭔지 몰라서 고개를 갸우뚱했다.

"이 화살표에 찾고 싶은 걸 적으면 그 방향을 가리키니까 쉽게 찾을 수 있어. 대상이 많으면 가장 가까운 걸 가리켜."

" '달걀' 이라고 쓰면 돼?"

"그랬다간 집에 있는 달걀도 포함되니까. 그래. '바닥에 있는 달걀' 이면 되지 않을까?"

케나가 준 펜을 집고, 루카와 리트는 화살표의 겉면을 보더니 "음음." 하고 생각에 잠겼다.

글자는 다 가르쳤지만, 길이 30센티미터, 폭 10센티미터 공간에 얼마나 쓸지를 고민하는 것이리라.

처음에는 가르친 글자의 크기를 바꾸지 않아서, 노트를 대신하는 작은 칠판에 40자 넘게 쓰지 않는 것을 이상하게 여겼었다.

시범으로 보여주기 좋으니까 큼직하게 쓴 건데, 무조건 크게 써야 하는 건 아님을 설명하느라 고생했었다.

기다려 보니 삐뚤삐뚤한 글씨로 '바닥에 있는 달걀' 이라고 쓴 화살표를 보여줬다.

"이러면, 돼?"

"응. 괜찮아, 루카. 그렇게 하고 거기 달린 막대를 잡으면……."

케나의 지시에 따라 리트가 손잡이를 잡자, 화살표가 빙 돌아서 왼쪽 뒤를 가리키고 멈췄다. 거기에는 집의 벽이 있는데, 바닥은

잡초로 뒤덮였다.

케나는 "벽 너머는 아닐 것 같은데……."라고 말하며 잡초를 뒤진 뒤, 안에서 달걀 두 개를 주웠다.

곧바로 내려온 쿠가 하나를 잡는다.

"달걀, 달걀."

"쿠, 떨어뜨리지 마."

자기 몸집의 3분의 1 정도 되는 달걀을 재주 좋게 든 쿠에게 조심하라고 하면서, 주변에 있는 잡초를 써서 【크래프트 스킬】로 손잡이 달린 바구니를 인원수에 맞춰 만들었다.

설계도가 없어도 형태만 지정하면 스킬이 알아서 만들어 주게 됐으니까, 더더욱 쿠의 존재가 의문이다.

그것을 얼굴에 드러내지 않고, 케나는 바구니를 각자에게 돌려서 "바구니가 꽉 차면 집합하자."라며 세 방향으로 갈라졌다.

케나는 쿠와 같이. 록시리우스는 혼자. 루카와 리트가 함께한다.

루카와 리트가 신나게 달걀을 찾으러 가는 걸 보고, 록시리우스가 "저게 뭐죠?"라며 물어봤다.

"【뭐든지 찾아요】래. 리오테크 씨의 탑 아이템 박스에 있었어."

"네?"

게임 아이템은 겉모습과 효과를 개인 취향에 맞게 고칠 수 있으니까, 케나도 직접 만져 보지 않으면 모르는 물건이 많다. 품질에 따라서는 돈과 재료가 필요하니까 뭐든지 뚝딱 만들 순 없지만.

리오테크의 탑에서는 똑같은 게 한가득 나왔는데, '도마뱀' 이나 '지네', '특이한 것' 이라고 적힌 화살표를 여럿 발견했다.

취향에 맞는 물건을 게임에서 찾느라 정신이 없었구나, 하고 그리운 기분이 든다.

본인은 만날 때마다 자주색 군소나 우무문어의 옷을 입어서 얼굴을 본 적은 거의 없지만.

록시리우스는 마을 외곽과 밭을 중점적으로 찾겠다고 하고 그쪽으로 갔다.

루카와 리트는 마을 중앙으로 갔으니까, 케나는 마을 출입구 주변을 찾기로 한다.

풀이 길게 자란 곳을 중점적으로 찾으면 눈에 띄니까 스킬에 의지하지 않아도 문제없을 듯하다.

도중에 쿠에게 "쿠. 오푸스는 어딨어?" 라고 물어보는 것도 잊지 않는다.

"오푸스, 오푸스?"

쿠는 먼저 고개를 들어 하늘을 쳐다보고, 다음에는 복잡한 얼굴로 생각에 잠겼다.

조금 생각해 보면 알 일이지만, 오푸스는 케나만 아는 약칭이니까 다르게 물어보기로 했다.

예전에 오푸스의 이름을 대서 괴롭힘당한 적이 있는지 물어본 적이 있었다. 그때 고개를 저은 것은 괴롭힘 운운하기 이전에, 오푸스 자체를 몰라서 그랬던 걸까.

“쿠를 책에 넣은 사람 말이야.”

그런데도 어리둥절한 눈치로 고개를 젓는 걸 보면 자기가 책에 있었다는 기억도 없을지도 모른다.

“음? 그러면 쿠는 처음에 어디 있었어?”

이 질문은 이해한 듯, “신전, 신전.”이라고 즐거운 투로 알려주었다. 신전이 즐거운 곳인지는 제쳐두고.

“신전? 교회라면 알겠는데, 신전?”

『신을 모신다는 의미에서 신전이 아닐까요?』

곧바로 키가 끼어들지만, 케나 자신은 이 세계에서 믿는 신을 하나도 모른다. 아들이 대사제인데도 참 심한 이야기다.

그렇다면 쿠의 존재 자체가 신들과 관계가 있을 수 있지만, 그건 지금 생각할 일이 아니리라.

“떡은 떡집에 가서 알아보라는 말도 있으니까, 스카르고에게 물어보면 될까?”

키와 직접 대화하면 케나가 혼자 중얼거리는 것처럼 보인다.

가득 찬 바구니를 주위에 띄워 놓고서 다음 바구니를 꺼낸다. 당연히 바구니 하나로 될 리가 없었다.

쿠도 그런 스킬이 있는지 없는지, 정확하게 달걀이 있는 곳을 찾아 모으고 있다. 몸이 작아서 한 번에 하나만 들 수 있지만, 이상하게 신나 보인다.

지금까지 뭐든 그냥 통과하는 상태였으니까 움직이고 만질 수 있어서 즐거운 거겠지. 그건 처음으로 게임을 접했을 때 케나의 심경과 비슷할지도 모른다.

바구니 두 개를 채워서 돌아가자 이미 루카와 리트, 록시리우스가 기다리고 있었다.

록시리우스는 케나가 준 바구니 말고 다른 집에서 빌린 바구니를 가득 채웠고, 리트는 앞치마로 달걀을 받치고 있었다.

"이걸 보면 오래된 달걀이 더 있을 것 같은걸……."

"있었, 는데. 들 수, 없어……."

"그러네요. 바구니를 하나 빌린 건 좋지만, 끝이 없을 것 같아서 중단했습니다."

다 합쳐서 100개가 넘었다.

모은 달걀은 케나의 마법으로 적당히 나눈다. 오래된 것과 오래되지 않은 것으로. 그 기준이 두루뭉술해서, 케나도 오래된 달걀이 얼마나 오래된 건지 모른다.

그 마법은 【분류】. 설명이 '어떤 것이라도 기준을 설정해서 나눈다' 다. 이것도 예외 없이 게임에서 습득한 뒤로는 거의 쓸 일이 없었던 스킬이다.

스킬 마스터 사이에서는 퀘스트를 만들려고 스킬을 만들어서 버려지는 스킬이 많지 않냐는 인식이 있었다.

그것이 이렇게 나중이 되어서 도움이 되는 거니까, 세상일은 어떻게 굴러갈지 모르는 법이다.

그 작업 중에 라템이 찾아와 말을 전하고 갔다.

"아버지가 그러는데, 사카이 상회에서 케나 누나 앞으로 전하는 말이 있었대."

"전하는 말? 케이릭이?"

"그건 모르겠지만, '시간이 날 때 와주세요' 라고 했어."

"아, 요전번에 주문한 마운석(魔韻石)을 드디어 입수한 걸까?"

"난 확실히 전했어!"

"어? 어, 저기?"

쿠를 소개할 틈도 없이 라템이 뛰어갔다. 기쁜 표정을 봐서는 집안일을 돕는 것이 어지간히 즐거운 거겠지.

"케나 님. 선별은 제가……."

대신하겠다고 말하는 록시리우스에게 고개를 젓는다.

"딱히 오늘 당장인 것도 아니겠지. 내일 헬슈펠에 가면 돼."

"알겠습니다. 그렇다면 여기 오래되지 않은 것을 적당히 돌리고 오겠습니다. 이쪽의 오래된 것은 어떻게 할까요?"

"먹을 수 있을지 어떨지 의심스러우니까. 【변환】 스킬의 재료로 삼을까?"

익히면 괜찮다는 의미에서는 먹을 수 있을 듯한 것이 60개 있었다. 나머지는 먹고 나서 어떻게 될지를 보장할 수 없는 수준이다.

록시리우스는 먹을 수 있는 달걀을 마을 사람들에게 전달하고자 자리를 떠났다. 리트도 집에서 달걀을 가져가니까 헤어진다.

『뭐든지 찾아요』는 한 번 쓴 글자를 지울 수 없으므로, 이건 달걀을 찾을 때 빌려주기로 했다.

마을에서는 달걀을 먹고 몸에서 탈이 나는 사람이 적잖이 생긴다고 들었다. 달걀을 주워도 상태를 판별할 수 없으니까 생기는 일이리라. 이 세계에는 소금물로 달걀의 상태를 알아보는 기술이 없는 듯하다.

『아무 데나 알려주면 되지 않겠습니까?』

"어디에 알려주라는 거야……."

상업 길드에 알려줬다가 소란이 벌어져도 귀찮으니까, 손자를 창구로 삼아서 전달하고자 생각했다.

"그나저나 보드 게임 같이 플레이어가 있었던 흔적은 있으면서 왜 이런 생활의 지혜 같은 건 전해지지 않은 걸까?"

『편중된 지식이 보입니다. 여성이 적어서 그런 게 아닐까요?』

"여성 플레이어라……."

케나가 아는 여성 플레이어는 사생활 대폭로 변태와 무언의 시각적 폭력, 이상한 시스터 콤플렉스 인간, 인형탈과 이상한 걸 좋아하는 괴짜 등, 멀쩡한 사람이 없다.

떠올리기만 하면 피로가 엄습해서 기운이 쏙 빠졌다.

"이건. 버릴…… 거야?"

"아니야, 루카. 잠시 보렴."

나머지 달걀이 수북이 쌓인 바구니를 보고, 루카가 의아해한다. 케나는 그중에서 세 개를 손에 집어서 【변환】 스킬을 썼다.

케나의 손에서 한순간 무지갯빛 막에 덮인 달걀이 엄지손가락 손톱만 한 검은 물체로 변한다. 【서치】 결과는 철이었다.

그것을 루카의 손에 내려놓고, 케나는 다음 달걀에 【변환】을 사용했다.

【변환】은 한 물질을 무작위로 다른 물질로 바꾸는 스킬이다. 편리하게 보여도 단점이 많아서, 이것도 버려진 스킬 중 하나다.

첫째, 변환하려면 한 번에 MP를 많이 소비한다. 소비량은 변환 전 물체에 따라 뒤죽박죽이다. 실제로 지금은 달걀 세 개에 MP 100을 쓰고 있다.

둘째, 변환 결과가 무작위라서 모 아니면 도가 된다.

루카의 손에는 쇳조각, 돌멩이, 달걀 크기의 나무토막, 고둥, 작은 병 등 통일성이 없는 것들이 차례차례 올라간다. 그중 한 번은 완전히 사라진 것도 있으니까, 아마도 공기로 변한 것 같다.

원본이 달걀이니 쇳조각이나 작은 병 정도는 나은 편이리라. 나머지는 완전히 쓰레기다.

일단 전부 회수해서 바구니에 담아 챙겨가기로 했다. 이 주변에 무단으로 투기해도 될 물건이 아니다. 집에 가져가면 뭔가 이용 가치가 있겠다고 예상해서 그런 것이다.

다음 날에는 루카를 록시느에게 맡기고 【전이】를 써서 헬슈펠로 이동했다.

쿠는 루카에게 맡길까 했지만, 본인은 케나와 떨어지는 것을 단호히 거부했다.

뭔가 이유가 있어서 케나와 떨어질 수 없는 걸지도 모른다고 키가 말한 것이 조금 마음에 걸렸다.

실체화 뒤에는 식사할까 싶어서 록시느에게 이것저것 준비하게 했지만, 쿠는 거의 아무것도 먹지 않았다.

유일하게 먹은 것이 티스푼 분량의 벌꿀이었다. 단것만 먹나 싶어서 설탕을 줘 봤지만, 그쪽에는 반응하지 않았다.

아침에는 과일(이라고 해도 작은 과일을 한 입)만 먹어서, 자연산 단것만 먹는 걸지도 모른다.

모습이 보이지 않았을 적에는 신경질적으로 케나의 머리카락에 숨었는데, 실체가 된 쿠는 반대로 호기심이 왕성했다.

헬슈펠의 큰길에서는 케나의 어깨에 앉아 지나가는 풍경을 보며 눈을 빛냈다.

그 모습을 용케 목격한 통행인들은 깜짝 놀라 눈이 휘둥그레지거나 경직하고는 했다.

전자는 여성들이고, 후자는 나이 든 사람들이다.

한 번은 여학생처럼 보이는 집단과 스쳐 지나갔는데, 속닥거리며 스토커처럼 뒤쫓아왔다.

쿠가 위험할 것 같아서 서둘러서 사카이 상회로 도망치는 수단을 취했다.

"증조모님?!"

뛰어든 케나를 보고 사카이 상회의 젊은 주인인 이즈쿠가 소리쳤다.

갑자기 가게에 나타난 수상한 사람을 '이 인간은 뭐지?' 라는 눈으로 보던 종업원들은 젊은 주인의 발언에 화들짝 놀랐다.

친족인 것도 모자라 그 호칭을 믿는다면 사카이 상회를 창립한 케이릭보다 두 대는 더 위의 사람이기 때문이다.

"아, 미안해. 이즈쿠. 갑자기 뛰어와서."

"아뇨. 근처에 오셨다는 이야기를 아버지에게 들었으니까 괜찮지만요. 무슨 일이 있습니까?"

"하이에나 같은 사람들에게 조금 찍힌 것 같아서 도망쳤어."

"네?"

대륙에서도 상위권에 군림하는 무력을 지닌 증조할머니가 도망친 상대에 흥미가 생겼지만, 이즈쿠는 그 생각을 접었다. 남의 사생활에 끼어들 때가 아니기 때문이다.

가게를 부하 직원에게 맡기고, 케나를 안채로 안내한다.

"그나저나 어깨에 있는 자에 관해서 물어봐도 될까요?"

"아, 쿠 말이지. 쿠. 너도 알겠지만, 얘는 이즈쿠야. 내 증손자."

"잘 부탁해. 잘 부탁해."

이즈쿠는 잠시 뭔가 마음에 걸렸지만, 고객을 대하듯 쿠에게 머리를 숙였다.

"잘 부탁드립니다, 쿠 님."

"쿠는, 쿠."

날아오른 쿠가 가루를 흩날리며 이즈쿠의 주위를 맴돌고, 허리에 손을 대서 뺨을 부풀린 채로 '화났어요' 포즈를 취했다. 이즈쿠는 영문을 몰라서 눈이 휘둥그레졌다.

"님은 필요 없다고 말하는 것 같아."

"네? 아뇨. 어른에게 경칭을 쓰지 않을 순 없죠."

지당한 말이다. 하지만 쿠가 언제부터 존재하는지 모르니까, 이즈쿠보다 나이가 많다는 증거는 없다.

그 사실을 전하자 "그렇다면 쿠 공은 어떨까요?"라고 하는데, 이것이 최대한의 타협인 듯하다.

예전에도 갔었던 응접실로 안내받고 잠시 기다리자, 문을 탁 열고 케이릭이 나타났다.

"기다렸습니다, 조모님! 그런데 그건 뭡니까?!"

"안녕, 케이릭. 얘는 쿠야."

"쿠는, 쿠."

의기양양 나타난 건 좋지만, 문을 연 자세로 굳어 버렸다.

그 뒤를 따라오던 부하가 상자를 든 채로 무슨 일이 생긴 건지 몰라서 허둥대고 있다.

케나는 케이릭의 얼굴 앞에서 손을 마주쳐 정신을 차리게 했다.

"자, 네가 볼일이 있어서 부른 거잖아? 이런 작은 거에 넋이 나가면 어떡해."

"뿌, 뿌."

작은 것 취급당한 쿠가 항의하지만, 머리를 쓰다듬어서 얼버무렸다.

갑자기 기분이 좋아져서 음표를 날리며 케나의 주위를 날아다닌다. 쓰다듬기만 하면 기분이 풀리다니, 너무 다루기 쉬운 거 아닐까.

"조모님에겐 매번 놀라는군요. 그건 혹시 요정이 아닙니까?"

"그래. 어제 가족이 된 요정, 쿠야."

"조모님의 가정이 어떤지 조금 흥미가 생기는데…… 어제 말입니까?"

"그래. 어제야."

예전부터 존재했지만, 정식으로 가족이 된 것은 어제다.

케이릭은 한동안 멍하니 있었지만, 머리를 흔들고 "조모님이라면 그럴 수도 있나."라고 중얼거렸다. 무슨 뜻인지 조금 캐묻고 싶다.

케이릭은 상자를 가져온 부하에게 쿠에 관해서 입단속을 시키고, 테이블 위에 종이를 깔고서 상자 뚜껑을 열었다.

안을 가득 채운 것은 색이 칙칙한 작은 돌이다. 마운석이다.

"우리 집에 그만큼 보냈으면서, 아직 이만큼 있구나."

"네. 듣자니 맑은 강바닥에 있는 돌에는 그런 것이 많이 포함되는 듯, 찾기 쉽다고 하더군요. 장소를 알려준 고아원 아이들이 고맙군요. 물론 정보의 대가로 충분한 사례를 했으니 걱정하지 마십시오."

케이릭이 말을 덧붙인 것은 '고아원 아이들' 부분에서 케나의 눈썹이 꿈틀거렸기 때문이다.

마음속 동요를 들키지 않게 태연한 척한 케이릭은 따로 꺼낸 두 장의 서류를 케나에게 보여줬다. 이쪽은 주문한 귀족들의 요구서라고 한다.

거기에는 마운석을 가공할 때 요구하는 마도구의 크기와 숫자, 지정 키워드가 있다.

케나는 주문 내용을 상세히 들은 케이릭에게 설명받으며 하나하나를 만들어 나간다.

그렇다고 해도 하는 일은 너무 엉성하다.

지정한 마도구의 크기가 원본 마운석보다 작은 것이 많아서, 상자에서 한 손에 집히는 것만 꺼내 가공하는 김에 키워드도 넣는다.

케이릭은 완성된 상품을 부하에게 주고, 다른 방에서 포장 작업을 시킨다고 했다.

물 흐르듯 가공해 나가는 케나는 수량을 확인하는 케이릭과 잡담한다. 겸사겸사 달걀의 상태를 확인하는 방법도 전수했다.

케나가 너무 아무렇지도 않게 말한 탓에 눈을 깜빡거렸다.

"곧바로 준비하겠습니다!"

그리고 메모한 종이를 사용인에게 줘서 상업 길드로 보내는 철저함.

"그렇게 서두를 일이야……?"

"그럼요. 조모님. 이로써 배탈이 나는 사람이 줄어들 겁니다."

역시 어느 나라든 식탁 사정은 비슷한 듯하다.

"그리고 보리 말인데, 고마워. 그런데 거저 줘도 되는 거야?"

"아뇨. 요금은 빼먹지 않고 받았을 텐데요. 담당자가 무슨 실수라도?"

"요금이라고 해도 운송료밖에 없던데. 그냥 수수료잖아."

"첫 서비스 같은 거죠. 다음에는 적정 요금을 받을 겁니다."

"그래. 알았어. 그렇다면 고맙게 받을게."

"네. 그렇게 해주시면 좋겠습니다."

서로를 보고 웃는 두 사람. 여담으로 쿠는 방 안에서 여기저기 둘러보고 있었지만, 지금은 질려서 케나의 머리 위에 드러누웠다.

"그나저나……."

"왜?"

"조모님께서 요정을 데리고 다니실 줄은 몰랐습니다."

"뭔가 진귀하다고 하더라고. 나는 잘 모르겠지만."

케이릭은 그 말을 듣고 눈썹을 찡그리고, 성격 고약한 호사가가 눈독을 들일 위험성을 시사했다.

교묘한 말로 접근해서 돈을 제시하고, 통하지 않으면 힘을 쓴다고 한다.

"뭐, 조모님에게 힘을 쓰는 건 있을 수 없죠. 상대가 파멸하는 모습이 눈에 선합니다."

"있잖아……."

웃으면서 무시무시한 소리를 하는 케이릭을 보고 케나가 황당해한다.

그야 가족을 건드리는 자에게 자비는 없지만, 시내에서 도적을 대하듯 행동했다간 케나가 나쁜 사람으로 찍힐 것이다. 그 점에선 재주를 잘 부려야 한다.

다만 수중에 있는 스킬이 너무 강력한 게 많아서 힘을 조절하기 어렵다.

평화로운 방법을 생각하고 있을 때, 케이릭이 분위기를 바꾸려는 것처럼 다과를 권한다.

"이쪽 의뢰만 끝나면 됩니다. 잠시 쉬시죠."

"어, 그쪽 건 안 해도 돼?"

"네. 지금 해주신 귀족은 과시욕이 강한 사람이죠. 가만히 있어도 알아서 과시해서 선전해 줄 겁니다."

즉, 딱 좋은 광고탑인 셈이다.

그만큼 케나도 호출받는 일이 많아지겠지.

가족을 부양해야 하니까 다소 고생하는 건 당연하다.

몸에서 힘을 빼고 케이릭이 직접 내준 차를 한 모금 마셨을 때, 머릿속에서 긴급 메일을 알리는 소리가 울렸다. 케나는 하마터면 차를 뿜을 뻔했다.

"뭔데?"

『프렌드 통신, 샤이닝세이버의 긴급 연락입니다. 읽겠습니다. '왕도 습격의 징조 있음. 구원 요망.' 이라고 합니다.』

"그게 뭐야! 조금 눈을 뗀 사이에 대체 무슨 일이 일어난 건데?!"

"조모님?"

"미안해, 케이릭. 펠스케이로에 무슨 일이 생긴 것 같으니까, 다음에 또 이야기하자!"

"무슨 일? 대체 무슨 일입니까?"

"그걸 모르니까 무슨 일이지. 잘 있어!"

"그, 그래요. 조, 조심해서 다녀오시기 바랍니다."

"응. 미안해."

그 자리에서 【전이】 마법진 특유의 보라색 빛의 고리에 감싸이고, 케나는 순식간에 모습을 감췄다.

얼떨결에 배웅한 케이릭이지만, 펠스케이로에서 큰일이 벌어졌다고 듣고서 자기 어머니에게 직접 확인해 보면 되지 않겠냐는 사실을 깨달았다.

별로 내키진 않지만, 그렇다고 해서 달리 금방 의지할 사람도 없어서 체념하고 【이심전심】을 사용했다.

사건은 케나 일행이 마을로 돌아왔을 무렵에 일어났다.

엉망진창이 된 모험가 남자가 폭주한 말과 함께 펠스케이로 서문에 격돌하는 사건이 발생했다. 물론 서문은 튼튼해서 격돌해도 큰 피해가 없었지만.

말이 입에서 거품을 물며 쓰러지고, 그 충격으로 떨어진 남자는 온몸이 피투성이였다. 부상도 문제지만, 장비도 간신히 몸에 걸친 정도로 상태가 엉망이었다.

서문 병사들은 황급히 남자를 간호하고, 포션을 뿌려서 용태를 확인했다.

"사……살려줘!"

“정신 똑바로 차려! 말할 순 있어? 무슨 일이 있었던 거야?”

“자, 물이야. 천천히 마셔!”

위병이 입에 컵을 가져가자, 흘리면서 물을 마신 남자가 다 죽어가는 목소리로 도움을 청했다. 간신히 들은 그 보고에 위병들은 깜짝 놀랐다.

짐승과 마물이 무리를 지어 상단을 습격했다는 것이다. 동료들은 장난감이 되어서 거대한 마물에게 죽고, 남자만은 상처를 낸 다음에 메신저로서 펠스케이로에 보냈다고 한다.

그만큼 필사적으로 병사들에게 소식을 전한 남자는 피로 탓에 기절했다.

그런 싸움을 별로 경험한 적이 없는 병사라도 방금 들은 이야기를 농담으로 여길 수가 없어서 사방으로 전령을 보냈다.

성에 전령을 보내고, 왕에게 판단을 구한다. 문지기를 총괄하는 대장은 독단으로 모험가를 척후로 고용해 서쪽 통상로를 확인하게 했다. 운 좋게 순찰 중이던 기사를 찾아서 기사단장에게 연락하고 대장이 취한 수단도 보고하게 했다.

좌우지간 모험가 술사가 사역마를 정찰로 보내 잡다한 마물 집단을 확인했을 무렵에는 비슷한 보고가 다른 여행자에 의해 들어왔다.

사태를 심각하게 본 상층부는 긴급회의를 열고, 왕도 전체에 경계 태세를 하달했다. 대사제가 찬성한 덕분에 회의가 신속하게 진행됐다고 한다.

모험가 길드에도 소집 명령을 하달했다. 마침 손이 비던 몇몇 파티의 총 50명 정도가 참가했다. 서쪽 통상로가 부활해 호위 의뢰가 많이 생기면서 그걸 받은 모험가도 제법 많았다. 다행히 마물 무리와는 접촉하지 않고 화를 면한 듯하다.

피해를 본 상단은 그 호위 의뢰를 내놓은 사람들 중에서 마지막으로 펠스케이로를 출발한 집단이었다.

귀족의 사병도 동원해서 도시 방위에 돌린다. 학원에서도 자기 책임으로 회복 마법사와 조합사가 참가하고, 본부에 배치되었다.

학원장 마이마이는 전력이 있어서 강제 참가로 기사단과 같이 움직이고, 동생이 참가한다면 자기도 가겠다며 주위의 반대를 뿌리친 대사제 스카르고도 전선으로 동행했다. 나아가 바리케이드와 급조 진지를 만들기 위해서 공방장 카타츠도 메이스를 짊어지고 가담했다.

"왜 오빠와 카타츠까지……."

"나는 뭐, 어릴 때야말로 실력을 보일 기회니까."

"훗. 가만히 있어도 부상자가 생길 테니까 치료사는 꼭 필요하겠지."

각자 관계자를 학원과 교회와 공방에서 데려와서 급조 본부는 이미 정원 초과 상태였다.

"또 엄청난 멤버가 모였네……."

그때 기사와 병사들을 지휘하는 기사단장 샤이닝세이버가 도착했다. 꽉꽉 찬 본진 천막을 보고 쓴웃음을 짓는다.

“어허, 이제야 도착한 겁니까? 기사단장.”

“병사나 기사를 상부의 허가 없이 쉽게 움직일 수 있겠냐고! 현재 상황은 어떻지?”

주위에 물음표를 왕창 띄운 스카르고가 태평하게 물어봐서 샤이닝세이버가 짜증이 난 투로 대꾸했다. 이어지는 질문에 이 자리를 지휘하던 문지기 대장이 후다닥 찾아온다.

그는 진지를 구축하는 중이며, 마물의 규모는 사역마를 쓰는 모험가가 다시 조사하고 있다고 보고했다.

샤이닝세이버는 데려온 병사들에게 카타츠 일행의 일을 도우라고 명했다.

기사들은 부단장의 지시에 따라서 진지 구축을 돕는 일과 본부에 화물을 반입하는 일로 나뉘었다. 삼삼오오 흩어진 기사와 병사가 근처에서 사라지자, 샤이닝세이버는 한숨을 크게 쉬었다.

“내가 단장일 때 이벤트가 너무 많잖아…….”

“괜찮지 않습니까. 서류 일에 질렸을 텐데요. 말하자면 마침 잘된 겁니다.”

“그러지 마…….”

부단장에게 야유를 들은 샤이닝세이버는 대놓고 낙담한 기색이다.

“도시 수비를 생각하면 쓸 수 있는 병사가 많지 않아. 사병을 추가해도 명령 계통이 다르니까, 어쩌면 좋을까.”

“모험가도 다 나갔으니 말이죠. 안 좋은 시점에 일이 터졌군요.”

근처에 부하가 없다고 푸념이 술술 나오는 듯하다. 계속해서 흘러나오는 답이 없는 원망에 마이마이와 스카르고는 서로를 보고 쓴웃음을 지었다.

해가 넘어갈 무렵에는 술사의 사역마를 통해 적성 집단의 대략적인 규모가 밝혀졌다.

국경 근처의 마수를 긁어모은 것처럼 뒤섞여서, 개중에는 혼 베어 같은 포식자와 토끼 같은 피포식자의 공존도 확인되었다.

이 현상으로 마수들의 본능적인 움직임이 아니라 인위적인 무언가의 술법으로 일어난 일이 아닐까 하는 판단이 있었다. 무슨 일이 일어날지 모르므로 왕도 전체에 외출을 금지하는 계엄령이 내려진다.

"마수 계통? 처음 피해자의 보고에 있었던 거대 마물은 없나?"

"늑대와 곰, 토끼, 고블린 등이 뒤섞인 것 같지만, 거대 마물의 목격 보고는 없습니다."

중요한 술사는 잦은 정찰 때문에 기절해서 더는 조서를 작성하기 어려운 상황이었다. 기사들이 골머리를 앓고 있을 때, 마이마이가 손을 든다.

"뭐하면 내가 정령을 보낼까요?"

그 자리에서는 샤이닝세이버 다음으로 레벨이 높은 자가 제안했다. 케나의 말에 따르면 마법 공격의 전문가로 키웠다고 하니까, 그 부분은 기대해도 문제가 없을 수준이리라.

"음, 마이마이. 너는 그런 걸 쓸 수 있나?"

"저기, 오빠. 사람을 화력 특화로 단정하지 마. 몇 가지 정령 소환은 어머님한테 잘 배웠어."

"그렇군. 그렇다면 안심하고 맡겨도 되겠지?"

만족스럽게 끄덕이는 스카르고의 등 뒤에서는 불안을 드러내는 듯한 먹구름이 깔려서, 그것을 본 마이마이가 주먹을 쥐고 때리려고 했다.

동석자 모두가 속으로 때려도 되지 않겠냐며 납득한 건 비밀이다.

그리고 마이마이가 소환한【바람의 정령】으로 상대 진지에 마수 무리밖에 없다는 사실이 밝혀졌다.

문제는 그 무리에서 거대 마물로 추정되는 존재를 확인할 수 없다는 점이다. 그 무리가 처음에 목격됐을 때보다 두 배로 늘어났다는 점도 문제다.

그리하여 왕도 서문의 방비가 갖춰지는 데 하루 걸리고, 다음 날에 문에서 다소 떨어진 곳에 방책을 세운 간이 방위 진지가 구축되었다.

이쪽에는 학생과 신관 등, 후송되는 부상자를 치료하는 사람들이 집결한다. 물론 희망자는 전선에 차출되므로, 이쪽으로 후송되는 자는 중상자나 전선에서 다 처리할 수 없는 사람들일 것이다.

나아가 그곳에서 몇 시간 걸리는 거리에 최전선을 형성하고, 병사와 기사단 주력이 포진한다.

용병과 급하게 소집한 모험가의 혼성 부대도 보내졌다. 일단 파견된 귀족 사병도 포함되지만, 모험가들 사이에선 불온한 낌새가 퍼졌다.

지휘 계통의 혼란을 방지하고자 기사단장이 지휘하는 것이 조건이다. 그런데도 목숨이 위험할 것 같으면 도망쳐도 된다는 언질을 받은 모험가들도 있어서, 최악을 생각하면 더 물러날 수 없는 상태다.

부대 후방에는 스카르고와 마이마이도 대기한다. 그 점을 불안하게 여기는 사람이 있는 것도 사실이다.

날이 밝자 벽 밖의 본진에는 여기저기서 정보가 끊임없이 들어온다.

긴급 안건이 아닌 보고는 부단장이 추리고, 단장인 샤이닝세이버에게 전달한다.

조언자로 불린 스카르고와 마이마이를 포함해서 회의가 진행되었다. 카타츠는 공병으로서 지금도 여기저기에 바리케이드를 치고 있다.

회의 내용은 부상자의 후송과 치료와 공격 마술을 담당하는 학생의 투입에 관해서다.

"기본적으로 부대 후방에서 마물 무리에 선제공격. 그 뒤에는 후방으로 물리면 되겠지?"

"혈기가 왕성한 사람도 있지만, 난전에 투입할 수는 없으니까. 그 점은 단단히 일러둘게."

"그나저나 스카르고 공은 정말로 전선에서 대기할 건가?"

"어머님만큼은 아니어도 부대 전체에 방어 마법 정도는 걸 수 있습니다. 그 뒤로는 치료만 해야겠지만, 없는 것보다는 낫겠죠."

대사제가 전선에 나오면 사기도 높아질 테지만, 위험한 것도 사실이다.

다만 레벨이 300이라면 혼 베어가 때린 정도로는 이 오누이에게 상처를 줄 수 없겠지.

그걸 아는 사람도 샤이닝세이버밖에 없으니까, 다른 사람들은 뒤로 물러나길 바라고 있다.

스카르고 대사제라고 하면 가끔 연설할 때 민중 앞에 나서서 반짝반짝 빛나거나 꽃이 피거나 하는 인상밖에 없으니까.

"거참, 내 임기 중에 이런 총력전 같은 일은 일어나지 않길 원했는데 말이지……."

"어머, 무용이 뛰어난 샤이닝세이버 경답지 않은 말인걸?"

"주로 '무용만' 말이지. 요 몇 년 동안에 부대 운용에 익숙해졌지만, 전쟁 같은 사태를 상정했을까 봐. 차라리 앞에 나서서 마물을 때리는 게 더 빨라."

"하긴. 우리 셋이서 임하면 마물 무리 정도는 해결할 수 있겠죠. 하지만 그랬다간 기사단의 존재 의의가 사라질 겁니다."

치료에 특화된 신관과 수녀를 부대에 분배한 스카르고의 진지한 의견을 듣고, 본진이 조용해진다.

주로 '어? 이게 누구야?' 같은 의미로.

"다들 반응이 왜 그렇습니까?!"

"어? 그야 당연히?"

"그래. 나도 진짜 오빠가 맞는지 의문이야."

등 뒤에 나타난 어두운 소용돌이와 함께 급격히 기분이 언짢아져 뒷걸음질 치는 스카르고를 붙들고, "농담한 거야.". "미안해." 라고 사과하는 두 사람. 스카르고 대사제는 뚱한 얼굴로 토라졌다.

팬들이 보면 춤추며 기뻐할 희귀 장면이다.

긴박한 본진에 잠시 퍼지는 느슨한 분위기가 샤이닝세이버의 한마디에 얼어붙었다.

"그나저나 답장이 안 오는군. 케나한테 안 전해진 건가……?"

"뭐?"

"어?"

놀란 표정을 짓는 두 사람에게, 샤이닝세이버는 프렌드 통신을 보내서 케나에게 도와줄 수 있는지를 물어봤다고 알렸다.

스카르고와 마이마이는 들은 적이 없다며 경악하면서도 매섭게 따지고 들었다.

"어, 어머님에게 지원을 요청했다고요?!"

"무슨 짓을……. 어머님의 평화로운 생활에 간섭할 셈인가, 당신은!"

"아니, 걔도 모험가니까 요청해도 상관없잖아?"

의아하게 여기는 샤이닝세이버를 쏴 죽일 기세로 노려보는 엄마

사랑 오누이. 특히 스카르고의 등 뒤에서는 '부들부들' 이라는 글자가 떨리면서 움직이고 있었다. 분노를 느끼는 듯하다.

그때 다가온 부단장이 그 자리의 험악한 분위기에 고개를 갸웃하면서도 그대로 단장에게 보고한다.

"전선 부대가 마물 무리를 목격한 듯하니 여러분도 전투를 준비해 주십시오. 그리고 남쪽 벽의 감시탑에서 기묘한 보고가 들어왔습니다."

"기묘해……? 뭐가 기묘한데?"

"듣기론 남쪽 숲속에서 무언가가 싸우는 것 같다고 합니다."

"뭐? 아니, 잠깐만. 그걸 어떻게 싸우는 거라고 알 수 있는데?"

도시의 벽 남쪽에는 문이 없지만, 빈민가와 함께 그들이 먹고사는 밭이 있으며, 그보다 더 남쪽은 숲으로 뒤덮여 있다.

아무리 벽에서 전망할 수 있다고는 해도, 숲속에서 벌어지는 전투를 판별하기는 어렵다.

"그게 듣기론 숲속에서 포효가 들리고, 자연스럽지 않은 벼락이 몇 번 떨어졌다고 합니다."

보고를 듣자마자 세 사람은 눈썹을 찡그리고 서로를 봤다.

"어머님, 이지?"

"그래, 어머님이로군."

"왜 이쪽에 들르지 않고 멋대로 싸우는 건데, 그 녀석은……."

머리를 감싼 샤이닝세이버는 부단장을 남기고 전선으로 이동하는 부대를 통솔한다.

케나를 잘 아는 마이마이와 스카르고는 전투의 여파에 휘말리는 것을 방지하고자 최대한 남쪽에 접근하지 말 것을 전파하고 다녔다.

케나의 공격 수단 중에서 가장 위력이 큰 것은 피해가 얼마나 퍼질지 모르는 범위 마법이기 때문이다.

리아데일의 대지에서

WORLD OF LEADALE

제2장

유린과 침공과 쿼즈와 종식

때는 몇 시간을 거슬러 올라갔을 무렵.

케나가 【전이】로 내려선 장소는 펠스케이로 동문 바깥이었다.

쿠는 어깨에 매달려 있었지만, 마을 때처럼 소란이 일어나지 않도록 곧바로 케나의 망토 안쪽에 숨었다.

왕도는 경계 태세 중이지만 문을 개방해서 여행자와 마차 등이 병사에게 재촉받으며 도시 안으로 피난하고 있다. 다만 그 피난은 난항 중인 듯하다.

이유는 여행자들 머리 위에서 날아다니는, 피막 날개가 있는 파충류였다.

"프테라……?"

공룡 시리즈로 불리는 그것은 게임 시절 이벤트 등에서 사용되던 몬스터다.

주로 광산이나 던전 등에서 발굴된 화석에 마소가 모여서 출현한다.

단독으로도 300~500 레벨일 정도로 강하며, 호사가가 수집한 화석에서 출현했다는 이유로 도시 습격 등에 사용되었다.

귀족 저택을 부수고 안에서 공룡 시리즈가 출현하는 것이다. 민폐가 이만저만이 아닌 연출이다.

프테라는 프테라노돈. 익룡을 모방한 몬스터지만, 영화와는 다르게 크기가 말 정도다. 그것이 다섯 마리.

그것만으로도 사람들에게는 엄청난 위협이며, 일반 병사로는 상대할 수 없다.

밖에서 오는 여행자들을 안으로 유도하며 위에서 덤벼드는 프테라에게 닿지 않는 창을 휘두르고 있다.

케나는 위아래 상황을 확인한 뒤, 습격자에게 마법을 날렸다.

【매직 스킬 : 풍참집탄(잔자샷) : ready set】.

머리 위로 쳐들듯이 펼친 손 주위에 둥근 톱날 같은 원반이 형성된다. 그것이 20개.

케나가 "썰어 버려!" 라는 신호를 보내자마자 날아간 바람의 원반은 프테라 하나를 네 개가 덮쳐서 잘게 썰어 버린다. 비명을 지를 틈도 없이 폭풍에 휘말린 나뭇잎처럼 희롱당하는 프테라.

후두둑 떨어지던 살점은 공중에서 녹은 것처럼 사라졌다.

"아, 고맙군! 자네는 모험가인가. 협력에 감사하마."

창을 휘두르고도 쫓아내지 못했던 병사가 고맙다고 말했다.

부상자는 있지만, 병사들은 작은 상처로 그친 듯하다.

시내로 도망치지 못한 여행자와 상인 중에는 희생자도 있는 듯, 주변에 피 냄새가 짙다. 도망치더라도 상공에서 공격하면 건물 안으로 피난하지 않는 이상 피해를 막기 어려우리라.

케나는 그보다 먼저 확인해야 하는 것이 있어서 병사들에게 프테라가 어디서 왔는지를 물어봤다.

"아까 그 녀석이 어디서 왔냐고?"

"네. 아세요?"

"그런 것보다는 희생자들을 거두어야지. 일단 문 안쪽으로 옮기는 걸 도와줘."

"급한 일이에요! 어디서 왔나요?"

"으, 음."

"뭔가 서두르는 것 같은데, 이유를 물어봐도 되겠나?"

질문받은 문지기 대장이 케나의 기세에 말문이 막힌다. 시내에서 지원군을 데려온 병사가 케나를 대장에게서 떨어뜨려 놓았다.

"프테라…… 아까 하늘을 날던 녀석들은 선봉이에요. 여기서 꾸물대다간 주력 공룡을 포함해 본대가 여기까지 올 거라고요!"

"""뭐라고?!"""

프테라조차 쫓아내지 못했던 병사들 사이에서 긴장감이 흐른다. 주력이라고 하면 이것보다 강할 게 뻔하다. 병사들로선 그런 것들을 이길 가망이 없다.

공룡 시리즈는 프테라가 선봉으로 나타나고, 그 뒤에 주력 티라노와 트리케라 무리가 쳐들어오는 흐름이다.

어디서 나타났는지는 알 수 없지만, 지난번에 코랄과 한 이야기를 고려해 보면 폐도일 가능성이 가장 크다. 게임의 적과 같다면 레벨 차이가 너무 커서 일반병은 유린당할 것이다.

"자세한 건 모르겠지만, 놈들은 남쪽에서 나타났다. 이거면 되겠나?"

“네. 고맙습니다.”

“이걸 듣고 자네는 어쩔 셈이지?”

“그야 당연히 주력을 썩둑썩둑 뎅겅뎅겅 해야죠.”

손을 맞대고 손가락에서 뚝뚝 소리를 내는 케나에게, 병사들의 얼굴이 경악으로 물든다. 예쁘장하게 생겨서 도저히 잘 싸우는 사람처럼 보이지 않기 때문이리라.

“돕고 싶지만, 실은 지금 펠스케이로 서쪽에서 마물 무리가 쳐들어와서 말이지. 우리는 여기서 움직일 수 없다. 미안하군…….”

“그랬군요. 서쪽인가요. 거기는 어떻게 대응하고 있죠?”

병사장이 머리를 숙이고, 케나는 샤이닝세이버가 지원을 요청한 내용을 얼추 알게 되었다.

애초에 샤이닝세이버가 나서면 어지간한 고레벨 몬스터가 아닌 이상에는 금방 정리할 줄 알았다.

그렇지 않다면 조직의 굴레에 얽혔거나, 직함을 의외로 좋아하는 거겠지.

“기사단과 시내에 남은 모험가들이군요. 그 밖에도…… 아, 그리고 스카르고 대사제도 전선에 나갔다고 들었습니다.”

“어어?!”

무심코 놀라서 소리친 것을 병사장은 나무라지 않았다. 대사제가 전선에 나간 것을 안타깝게 여겼다고 오해한 것이다.

케나는 난데없이 아들 이름이 나와서 무심코 경계했을 뿐이다.

(샤이닝세이버와 스카르고가 있으면 방치해도 괜찮겠지?)

『기사단이 나선 상황이라면 마이마이도 협력하지 않을까요.』

300레벨 두 명과 427레벨이 모였다면 어지간한 적은 상대도 안 될 것이다.

케나는 그렇게 단정하고 서문을 지원하러 가는 것보다 남쪽에서 오는 (것으로 추정되는) 단체 손님에 집중하기로 했다.

"그렇다면 잠시 다녀올 테니까 문을 최대한 일찍 닫아 주세요."

"앗! 어이!"

병사들에게 경례한 케나는 뒤돌아서 남쪽에 펼쳐지는 숲속으로 뛰어들었다. 뒤에서 말리는 기척이 있었지만, 신경 쓰지 않고 이동 속도를 높인다.

망토 안에서 튀어나온 쿠는 날아가지 않도록 케나의 어깨에 매달렸다.

"그나저나 오늘은 아침부터 바쁜걸. 재수 없는 날일지도……."

『누구에게 재수 없는 날일까요.』

"키, 시끄러워!"

운이 좋은지 나쁜지는 상관없이, 케나의 존재는 펠스케이로에 좋은 소식이었으리라.

전투 태세를 갖추고 【액티브 스킬】을 다수 발동. 전방을 빈틈없이 주시하면서 아이템 박스에서 룬 블레이드를 꺼낸다.

여의봉은 귀걸이에서 뺐지만, 손바닥에 쥐기만 했다.

숲속을 누비듯 질주하는 동안에 적개심이 심한 집단이 다가오는 것을 감지했다.

펠스케이로 주위는 지도를 개방해서 조금만 가면 적대 상태를 알리는 빨간 점으로 표시되는 무리가 지도에서 동문을 향해 돌진하는 것이 보인다.

케나는 적 집단의 정면에 나가도록 진로를 수정한다.

도중에 무리에서 돌출한 듯한 공룡 시리즈의 데이노와 딱 마주쳤다.

데이노니쿠스 타입은 두 발에 갈고리 같은 발톱이 하나씩 달린 소형 공룡이다. 갈고리는 사람의 몸통을 자를 수 있을 만큼 크지만, 보행에 지장이 생길 것처럼 보이진 않는다.

데이노 자체는 몸집이 인간만 하지만 호전적으로, 사냥감을 찾으면 뛰어서 덤벼든다. 레벨은 200 정도다.

그것이 두 마리 나타나 뛰어서 덤벼들었다.

대처법을 아는 케나는 허둥대거나 소란을 떨지 않고 공중에 떠서 무방비할 때를 노려 목을 날렸다.

"흣. 이 정도로 상대가 될 줄 알았어?"

질문을 보낸 상대는 그 너머에 우두커니 서서 집단을 통솔하는 인간형 몬스터다.

그 집단에서 유일한 인간형은 '나이트 마스터 로드'로 불리는 고블린의 상위종이다. 쓸데없이 호화롭게 꾸민 로브를 걸치고 구부러진 지팡이를 들었다.

레벨 400짜리 마물로, 마계 지역에서는 비교적 자주 마주친다.

케나의 기억으로는 강한 마물 뒤에 숨어서 기습한다는 인상밖에 없는데, 여기서는 공룡 시리즈를 포함한 집단을 통솔하는 듯하다.

공룡 시리즈는 두 종류뿐으로, 하나는 뿔이 둘 달린 사족보행 공룡 트리케라. 덤프트럭 수준의 덩치가 있다. 레벨 300이 네 마리.

그 뒤에 예리한 이빨이 난 턱을 벌리고 위협하는 이족보행 공룡 티라노. 이쪽도 굴삭기 정도의 덩치를 자랑한다. 레벨 380이 네 마리.

그 옆에 나란히 있는 것은 고릴라처럼 생기고 돌 같은 피부를 지닌 록하이드. 레벨 250이 네 마리.

가장 뒤에 있는 것은 쥐의 머리가 달린 전갈이다. 독과 역병을 뿌리는 바이러스 스콜피오. 레벨 500이 두 마리. 이것만 해도 덩치가 집 한 채만 하다.

까놓고 말해서 이 전력만으로 대륙에 존재하는 모든 나라를 없애고도 남을 수준의 위협이다.

아무것도 모르는 제삼자가 보면 케나의 상황은 산처럼 거대한 육식동물 앞에 방치된 불쌍한 새끼 양이다.

물론 이 무리를 통솔하는 나이트 마스터 로드도 그랬다.

징그러운 웃음을 띠고 몸을 흔들며 유쾌하게 웃는다. 그리고 얄미운 것을 보듯 엘프 소녀를 얕잡아본다.

"힛힛힛. 운이 없군. 이런 상황에 마주치다니. 다른 데서 마주쳤다면 조금만 더 취향에 공을 들인 잔치에 끼워서 기쁘게 해줬을 텐데."

"아, 그건 사양하고 싶은걸. 오히려 여기서 나를 만난 네가 운이 없었다고 해야지."

이만한 전력에 에워싸이고도 태평한 소녀의 태도에 눈살을 찌푸리는 나이트 마스터 로드.

평범한 어린 계집이라면 새파래지게 겁먹은 얼굴로 목숨을 구걸하거나 정신이 나가서 울부짖을 텐데. 하지만 눈앞에 있는 소녀는 여유로워 보인다.

나이트 마스터 로드가 경계하듯 지팡이를 쳐들었을 때, 그것이 머리 위에서 날아왔다.

공기를 가르는 소리와 떨어진 바람의 원반이 록하이드 한 마리를 쉽사리 두 동강 냈다.

나아가 하늘에서 내려온 한 줄기 벼락이 다른 록하이드에 명중. 돌 같은 피부도 아랑곳하지 않고서 튼튼한 몸을 불살랐다.

경악에 물든 얼굴로 등 뒤에서 벌어진 참상에 눈을 부릅뜨는 나이트 마스터 로드.

"작은 계집! 무슨 짓을 한 것이냐?"

"무슨 짓이긴. 본 그대로인데."

태연한 태도를 유지하는 케나가 가슴을 당당히 편다. 애초에 자기보다 작은 고블린에게 자꾸 작은 계집 소리를 듣기는 싫다.

케나의 어깨에 매달린 쿠도 나이트 마스터 로드에게 혀를 내밀어 놀린다.

"크, 작은 계집인 줄 알고 봐줬더니 감히 기어오르다니……."

"아까부터 작은 계집이라고 하는데, 네가 더 작잖아!"

룬 블레이드의 칼날이 시뻘겋게 물들고, 케나의 노성과 함께 사출되었다.

그것이 잽싸게 몸을 숙인 나이트 마스터 로드 위를 통과해 뒤에서 차례를 기다리던 티라노의 몸에 부딪힌다.

룬 블레이드는 마력으로 형성되므로 부여 마법으로 날릴 수 있다. 이번에 사용한 날을 뜨겁게 달구는 부여 마법으로도 탄환처럼 날릴 수 있다.

직격당한 티라노는 몸통에 큰 구멍이 나고 쓰러졌다.

"뭐, 뭣이?!"

"단축 주문은 본 적이 없을까? 200년 전에는 흔했을 거야."

"제길, 너는 설마……. 에잇! 저 계집을 죽여라!!"

나이트 마스터 로드가 명령하면서 일제히 덤벼드는 대형 몬스터들.

왼손으로 여의봉을 늘리고, 오른손에 MP를 충전해 칼날이 빛나는 룬 블레이드를 쥐고, 준비운동 하듯 팔을 빙빙 돌린 케나는 씩씩하게 웃는다.

그리고 땅바닥을 터뜨리며 돌진하는 트리케라 한 마리의 머리를, 【웨폰 스킬 : 래빗 스트림】으로 날려 버렸다.

좌우에서 붙잡으려는 록하이드의 포옹은 바람을 두른 【도약】 스킬로 회피한다. 4미터 높이에 다다르는 것은 바이러스 스콜피오의 꼬리나 티라노의 턱이다.

케나라고 하는 목표 자체가 작아서 덩치만 큰 상대는 집중적으로 공격할 수 없다. 나이트 마스터 로드가 통솔한다지만, 공격 자체는 본능에 따라서 조잡하다.

케나는 차분하게 한 마리, 두 마리를 차례대로 상대하기만 하면 된다.

록하이드를 걷어차고 공격 거리를 확보한 바이러스 스콜피오가 거대한 침이 달린 꼬리를 뻗지만, 옆에서 끼어든 티라노에게 물렸다.

놀란 바이러스 스콜피오는 꼬리를 크게 휘둘러 티라노를 날려 버렸다. 공중에 뜬 티라노는 뭉쳐서 공격 차례를 기다리던 록하이드와 충돌해 볼링핀처럼 날려 버렸다.

체공 중인 케나의 주위에 빨간 섬광이 굵직한 창을 여럿 형성한다. 【적열폭창(赤熱爆槍)(이아 란자스)】, 뜨겁게 달군 쇠말뚝처럼 생긴 창은 불행한 록하이드를 때리고, 큰 구멍을 내면서 대상의 숨통을 끊었다.

티라노가 눈앞을 통과하는 바람에 주춤거린 다른 트리케라는 착지한 케나가 여의봉 끝에 생성한 가시 달린 빛 구슬을 머리 위에서 얻어맞는다.

단단한 뼈가 몰린 머리가 손쉽게 분쇄되어 움직임을 멈췄다.

이때까지 해치운 마물들은 전부 움직임을 멈춘 다음, 사체를 남기지 않고 소멸했다.

나머지는 티라노 두 마리와 트리케라 두 마리, 바이러스 스콜피오 두 마리뿐.

눈 깜짝 사이에 부하 마물이 쓰러져 절반으로 줄어든 나이트 마스터 로드는 초조함을 감추지 못한다. 빨개진 눈으로 침을 튀기며 "저 계집을 어떻게든 죽여라!!" 라고 아우성칠 뿐이다.

정상적으로 싸워도 이길 수 없는 적을 상대로 이성을 잃어선 승산이 떨어진다. 하다못해 지휘하는 마물에게 연계할 만한 지성이 있다면 조금은 더 멀쩡하게 싸웠을 텐데.

물어뜯으려고 한꺼번에 덤벼든 티라노 두 마리를 여의봉으로 막고, 【초뢰난격(招雷亂擊)】으로 후려갈긴다. 구름 한 점 없는 하늘에서 떨어진 벼락에 맞고, 티라노들은 몸 여기저기가 숯이 되면서 사라졌다.

바이러스 스콜피오가 휘두른 꼬리를 피한 케나는 일단 뒤로 몸을 날려 거리를 벌리고, 나머지 무리에 【위압】과 【마안】을 집중한다.

자신들을 통솔하는 것보다 강대한 중압이 걸려서 몸을 부르르 떨고 정지하는 마물들. 당연히 그 여파는 나이트 마스터 로드에게도 미쳤다.

그러나 얼굴이 증오로 물든 나이트 마스터 로드는 지팡이를 쳐들고 마법을 준비하기 시작했다.

"네 이년! 여신이 말한 수호자냐?!"

"그딴 걸 내가 어떻게 알아! 얼른 정리하고 다음으로 넘어가고 싶다고, 나는!"

【웨폰 스킬】을 발동한 케나는 황토색으로 빛나는 마력을 두른 여의봉을 크게 쳐든다.

맞서는 나이트 마스터 로드의 지팡이에는 검은 어둠이 모이고, 부챗살 같은 뼈대가 형성된다.

【매직 스킬 : 해저드 블래스트】.

나이트 마스터 로드가 지팡이에서 쏜 뼈대는 검은 창이 되어서 케나를 향해 날아갔다. 어둠 계통의 범위 마법으로, 사용자를 기준으로 부채꼴로 확산하는 한정 범위 공격 마술이다.

케나의 좌우로 피할 길을 막고, 전진을 방해하려는 속셈이리라.

표적이 된 케나는 표정을 딱히 바꾸지 않고 오른손에 쥔 룬 블레이드를 아래에서 위로 휘둘렀다.

【날려베기】.

룬 블레이드 고유의 특수 효과.

비축한 마력을 반달 모양의 충격파로 바꿔서 날리고, 대상을 베는 기술이다.

케나에게 도달하는 궤도에 있던 검은 창만을 튕겨 내지만, 일직선으로만 날아가니까 방향을 알면 피하기 쉽다는 게 단점이다.

실제로 나이트 마스터 로드는 황급히 옆으로 피했다. 그 대신 뒤에서 공격 기회를 엿보던 바이러스 스콜피오 한 마리를 좌우로 두 동강 냈다.

그것만으로 위력이 사라지지 않고, 나아가 나무를 베면서 참격이 숲속 깊숙한 곳으로 사라진다. 케나는 식은땀을 흘렸다. 식물의 비명이 메아리쳤기 때문이다.

전투 중에는 그런 것까지 신경 쓸 시간이 없으니까, 지금은 무시할 수밖에 없지만.

뒤에서 땅이 울리는 소리를 내며 쓰러진 주력급 부하의 참상을 돌아보고, 나이트 마스터 로드도 식은땀을 흘렸다. 이제야 지금 상대하는 존재가 얼마나 파격적인지를 깨달은 듯하다.

【크래킹 어스】!

나이트 마스터 로드가 강한 마력을 느끼고 허둥지둥 돌아보자, 케나가 여의봉을 땅바닥에 꽂은 참이었다.

공격 기회를 엿보던 바이러스 스콜피오 한 마리와 트리케라 한 마리가 대지를 부수며 함몰되는 구덩이 속으로 빨려든다.

"뭣이?!"

동요한 틈을 노린 케나가 다음 마법을 날린다.

막시잔라가
【매직 스킬 : 굉뢰현현(轟雷顯現) : ready set】.

"멸해라!"

주위를 하얗게 물들이는 굵직한 벼락이 구덩이에 꽂혔다. 그것만으로 그치지 않고, 나아가 대지를 부수며 구덩이를 넓히더니, 좌우로 들썩이면서 피해를 확산해 나간다.

순식간에 나머지 트리케라도 말려들고, 나이트 마스터 로드도 얼굴을 떨면서 필사적으로 벼락의 범위 밖으로 도망친다.

잠시 후 마법 효과가 사라지고, 번쩍거리던 시야가 정상으로 돌아왔을 적에는 주위가 끔찍한 상태였다.

벼락이 이동한 대지는 S자 모양으로 구불구불하게 함몰된 자국이 생기고, 직격을 면한 주위 나무는 까맣게 타서 마치 산불이 난 흔적 같다.

막무가내로 저지른 케나는 주위 상황과 식물이 지르는 비명에 얼굴을 실룩거렸다. 조금 혼쭐을 내주려고 했지만, 최상급 뇌격 마법을 선택할 상황은 아니었던 것 같다.

나이트 마스터 로드는 엉덩방아를 찧은 채로 파괴의 흔적을 멍하니 바라보고 있다.

"자, 이젠 너만 남았거든?"

케나가 조심스럽게 경계하며 말을 걸자, 나이트 마스터 로드는 정신을 차리고 비틀거리며 일어섰다.

"크크크크. 설마 이만한 마술사를 적으로 돌렸을 줄이야……."

마치 다 내팽개친 것처럼 말하고 느릿느릿 지팡이를 겨누는 나이트 마스터 로드. 체념한 것처럼 보이기도 하지만, 이러다가 마지막 발악에 당한 적도 많아서 케나도 방심하지 않고 여의봉을 겨눴다.

"이쪽 작전은 실패했지만, 인간들의 도읍을 무너뜨리는 쪽에는 내 수하 중에서도 성가신 녀석들을 보냈다. 그 녀석들에게 맡기면 문제없겠지……."

"뭘 보냈다고?"

"작은 계집에게 해줄 말은 없다!"

노성과 함께 돌이 날아오지만, 그것은 전부 키의 장벽에 막혔다.
"?!"
눈을 부릅뜬 나이트 마스터 로드가 아니라 펠스케이로 서문을 의식하며, 케나는 다음 마법을 발동했다.
【서먼 매직 : load : 크림슨 피그(소)】
"크. 이 상황에서 소환이냐!"
"공교롭게도 상대는 네가 아니야."
"뭣이?!"
나이트 마스터 로드는 케나가 상대할 작정이다.
소환한 존재는 뭘 하냐면…….
"저쪽을 부탁할게, 피짱."
"삐잇!!"
마법진에서 펑 하고 튀어나온 것은 몸길이 5미터, 높이 3미터인 새끼 멧돼지(레벨 500)이다.
그는 케나가 하는 말에 '나한테 맡겨!' 라고 말하는 것처럼 귀엽게 울고, 짧은 다리를 뽈뽈 움직여 흙먼지를 피우고 급발진했다.
"뭣이라?!"
크림슨 피그 피짱은【웨폰 스킬 : 차지】를 써서 장해물인 나무를 분쇄하며 서문을 향해 숲속을 전속력으로 질주했다.
전투 전에는 15 대 1이었던 우위가 얼마 지나지 않아서 1 대 1이 되었다. 나이트 마스터 로드는 이 상황을 만든 원흉을 증오하는 얼굴로 노려본다.

마음은 이해하지만, 지금 시대에 케나를 적으로 만든 건 악수다. 거의 자업자득이라고 할 수 있으리라.

"늘어나라!"

"흑?!"

그 허를 찌르고 늘어난 여의봉이 나이트 마스터 로드가 든 지팡이를 쳐낸다.

예상을 넘어선 광경을 목격하는 바람에 위협도가 떨어진 나이트 마스터 로드가 슬금슬금 뒷걸음질 친다.

케나가 방출하는 짙은 마력에 밀렸는지 다리에서 힘이 빠진 상태다.

그런 적의 상태를 좋은 기회로 본 케나는 여의봉을 치우고 오른손에 있는 룬 블레이드에 마력을 주입했다.

깜빡이듯이 빨개지는 칼날을 본 나이트 마스터 로드는 마법 구축이 끝나지 않은 지금이 기회라고 생각한 것이리라. 발걸음을 돌려서 도망치는 데 전념하려고 했다.

그 행동을 비웃듯, 케나는 룬 블레이드를 휘둘러 마법을 썼다.

이아 코파 스트림
【매직 스킬 : 염람무용(炎嵐舞溶) : ready set】.

칼날에서 해방된 마력이 빨간 반딧불이 되어 원을 그리듯 날아간다.

점이 모여서 선이 되고, 그것이 화염탄으로 변해서 나이트 마스터 로드 주위를 바구니처럼 칭칭 에워싼다.

나이트 마스터 로드는 빨간 깔때기를 뒤집은 듯 아래가 넓고 위가 좁은 곳에서, 그 꼭대기에 푸르스름한 불이 뭉친 것을 발견하고 경직했다. 그 구체는 점점 커진다.

5미터에서 10미터로. 10미터에서 20미터로.

20미터를 넘어갔을 때, 케나가 주먹을 쥐고 세운 엄지를 아래로 돌렸다.

다음 순간, 거대한 불구슬이 뚝 떨어져서 넋이 나간 나이트 마스터 로드를 쉽사리 집어삼켰다. 1500도에 달하는 고온 속에서 대상이 순식간에 불타 숯이 되고, 쓰러진다.

숯도 녹인 구체는 마지막에 큰 폭발을 일으키고, 먼저 있던 바구니 모양을 따라서 상공으로 불길을 내뿜었다.

그 분화하는 듯한 불기둥은 펠스케이로 시내에서도 잘 보였다고 한다.

무기를 거둔 케나는 주위 나무에 대고 사죄하며 새끼 멧돼지를 쫓아서 서쪽으로 가려고 했는데, 그때 마침 키가 다른 긴급 통신을 알렸다.

『아까, 프렌드 등록자 쿠올케에게 메시지가 왔습니다.』

"응. 뭐래?"

『'수호자의 탑 중에서 거북이를 알아?' 라고 합니다. 전투 중이어서 부재중 메시지로 '지금 바쁩니다' 라고 멋대로 답장을 보냈는데, 괜찮겠습니까?』

"거북이? 그건 쿠죠의 탑 아닐까? 일단 답장해 줘야지. 어디 보자……."

쿠올케가 있다면 엑시즈도 동행했을 것이다.

타르타로스인 엑시즈가 있다면 괜찮겠지. 문제는 수호자의 탑에서 두 사람이 뭘 하는지인데. 그런 걸 신경 쓰지 않는 케나는 먼저 펠스케이로의 문제를 처리하고자 움직였다.

이번 펠스케이로 왕도 습격은 『폐도』에서 유출된 이벤트 몬스터가 일으킨 일이다.

원래라면 오우타로퀘스에서 결계를 감시하므로, 뭔가 이변이 발생했을 때는 주변국에 연락하고 대응한다.

예를 들면 기사단이 출동해서 도로를 일시적으로 봉쇄하거나, 국경을 폐쇄하는 식으로 대처해야 했다.

그러나 오우타로퀘스는 얼마 전에 유출된 고블린 여섯 마리와의 전투에서 기사단의 반이 행동 불능 상태가 되어 재편성 중이었다.

고작 고블린이라고 무시하지 말라. 그 고블린들은 【파브레 영역 경비대】로 불리는 어엿한 이벤트 몬스터였다.

레벨 200짜리 고블린에게 평균 레벨이 30 정도인 기사가 대적할 순 없다. 지나가던 모험가가 개입하지 않았더라면 그들은 전멸할 뻔했다.

그리고 현재 오우타로퀘스 왕도도 사람이 부족해서 그럴 겨를이 아니었다.

원인은 지금 왕도에 접근하는 거대한 위협이다.

그 위협이란 도쿄 돔 크기의 등딱지를 짊어진 거대 거북이다.

바닥을 엉금엉금 기는 바다거북이 아니라, 다리로 몸통을 지탱하고 네 다리로 움직이는 육지거북이다. 더군다나 그 거대한 몸뚱이는 배밖에 보이지 않아서 전모를 파악할 수 없다.

그것은 『고대의 유물』로 불리는 존재였다.

그리고 현재의 오우타로퀘스에서는 귀중한 관광 자원이었다.

그 거북이는 광대한 오우타로퀘스 국토의 국경 가장자리를 200일에 걸쳐서 천천히 한 바퀴 돈다. 아무도 그 존재 이유를 모르는 생물이다.

그것이 어째선지 해마다 궤도가 틀어져서, 이번에는 왕도에 돌격하는 코스에 진입한 듯하다.

물론 나라에서도 느긋하게 구경만 한 것은 아니다.

온갖 수단을 동원해서 여러모로 해결책을 시험해 봤다. 그러나 상대는 형태야 어찌 됐든 '산' 이다. 무력한 인간의 손으로 어떻게 할 수 있을까.

게다가 폐도의 결계에도 슬쩍 접촉한 듯, 그 균열에서 나온 마물들이 현재 펠스케이로에 영향을 미치고 있었다.

1년 전쯤부터 대책을 강구하던 오우타로퀘스의 고육지책을 예로 들어 보자.

우선 기본적인 대책으로써 구덩이를 파 봤다. 그러나 상대가 너무 커서 구덩이 자체로 대상을 어떻게 할 만한 크기를 확보하지 못해서 실패했다.

파괴를 시도해 봤지만, 그 몸에 마법을 수백 발 맞아도 거북이는 비명 하나 지르지 않았다. 그을린 곳조차 찾을 수 없어서, 이 또한 실패로 끝났다.

반대 방향으로 당기거나 밀면 되지 않겠냐는 제안이 있었지만, 거북이의 힘에 필적하는 것이 없어서 폐기되었다.

먹이로 유인하자는 제안도 있었지만, 이 거북이가 뭘 먹는 순간을 아무도 목격한 적이 없고, 뭘 먹는지도 몰라서 폐기되었다.

여기에 이를 때까지 온갖 제안이 회의장에서 쏟아져 나왔지만, 하나같이 결실을 보지 못했다. 대부분 현장이 우왕좌왕하는 결과로 끝났다.

그리고 최근에는 물리적 대책을 마련하던 부서와는 별개로 문헌을 해석하던 부서에서 엄청난 보고가 올라왔다.

듣기론 등딱지 위에 건물이 있다고 한다.

그래서 '그쪽에 가서 사는 사람에게 멈춰 주기를 부탁하면 이 위기를 피할 수 있지 않을까?' 하는, 물에 빠져 지푸라기라도 잡는 결론에 이르렀다.

곧바로 기사단과 모험가 중에서 희망자를 모아 산처럼 큰 거북이에 도전하는 결전이 감행되었다.

그리고 그 무모한 작전에 임하는 사람 중에 엑시즈와 쿠올케도 있었다.

호위 의뢰로 오우타로퀘스에 왔더니 모험가 길드 직원이 '꼭 좀 부탁합니다.' 라고 간청했다.

느릿느릿하게, 그러나 확실하게 왕도를 짓밟는 진로로 이동하는 거북이를 쳐다보며 엑시즈가 중얼거렸다.

"이봐, 혹시 이건 케나가 찾는다는 수호자의 탑 아닐까?"

"그래. 그럴 것 같아서 아까 메시지를 보냈는데 말이지. '지금 바쁩니다' 라는 답장이 왔거든."

"한계돌파자가 바빠?! 무슨 대형 사고에 말려든 거냐……."

오우타로퀘스 왕도와 멀리 떨어진 숲속에서 집결한 모험가와 병사들이 대기하고 있었다.

도전자들은 각자 자신들이 고안한, 거북이를 타고 올라갈 준비에 쫓기고 있었다.

그들이 직면한 첫 번째 난관은 '어떻게 올라갈 것인가?' 였다.

그것에 관해서는 그들이 대기하는 곳의 지형이 가장 적합했다. 그곳은 큰 나무가 여러 그루 자란 특수한 장소였다.

그러나 아무리 큰 나무라도, 커다란 수목이라고 해도 꼭대기는 거북이 등딱지의 가장자리보다 높이가 낮다. 거기서 어떻게 밧줄을 걸어서 등딱지 위로 올라가느냐가 문제다.

쿠우우우우우웅!

그렇게 들려오는 한 걸음의 간격이 약 80미터. 잠시 후 바닥에서 미세한 진동이 전해진다.

바닥에서 올라가려고 하면 이 진동에 시달려야 하는 것도 있어서 도전자 대부분이 나무를 먼저 타기 시작했다. 나무에 서식하는 마물도 있으니까 도중에 탈락하는 사람도 적지 않다.

여담으로 엑시즈 일행은 이 거북이를 처음 보는 게 아니다.

과거에 소문을 듣고 보러 온 적이 있다. 설마 이걸 타고 올라가야 하는 날이 올 줄은 그때는 미처 몰랐지만.

"안 갈 겐가?"

그리고 이번에는 급하게 참가한 한 사람이 더 있다.

결사대 멤버에 낀 드워프가 어째서인지 엑시즈 일행과 동행하겠다고 자청한 것이다.

듣기론 '너희와 함께 가는 게 더 재미있을 것 같다.' 라는 듯하다. 현지인과는 레벨이 다르다고 단정해서 거절하려고 했지만, 말재간에 놀아나 여기까지 같이 왔다.

'이름은 조금 어려워서 말이지. 편하게 영감이라고 부르게나.' 라고 말해도, 엑시즈와 쿠올케는 멍청하게 순순히 받아들일 수도 없다.

드워프에게도 여러모로 남들이 상상할 수 없는 사정이 있을지도 모른다며, 두 사람은 동행을 받아들였다.

"우리는 우리대로 올라갈 방법이 있는데, 영감님은 괜찮겠어?"

"무시하지 말게. 노인이 터득한 지식과 기술을 잘 보라고."

"괜찮아 보이네. 그러면 후다닥 가자."

엑시즈 일행의 출발 지점은 나무 위가 아니라 지면이다. 전투 보조 액티브 스킬을 쓰면 이 정도 등산은 어렵지도 않다.

세 사람은 숲 꼭대기에서 멀리 보이는 등딱지를 향해 행동을 개시했다.

엑시즈는【액티브 스킬 : 땅바닥 달리기】를 써서 거북이 다리에서 등딱지까지 단숨에 뛰어갔다. 이 스킬은 효과 시간 동안에는 벽이든 천장이든 발이 닿는 곳을 주파할 수 있다.

아슬아슬하게 시간에 맞춰서 조금 식은땀이 흘렀다.

쿠올케는 채찍을 여기저기에 있는 돌기에 걸어서 올라왔다.【부유】도 같이 써서 딱히 위험하진 않았던 듯하다.

나중에야 만약을 대비해서 걸어 달라고 부탁할 걸 그랬다며 엑시즈가 투덜댔다. 안전장치는 많을수록 안심할 수 있으니까.

"언제까지 투덜댈 거야, 엑시즈. 얼른 가자고."

"아, 그래. 어? 영감님은?"

"무슨 소리를 하는 거야. 네 뒤에 있잖아."

"헉?!"

놀라서 뒤돌아본 엑시즈의 등 뒤에는 자루가 긴 도끼를 어깨에 짊어진 드워프가 있었다.

대체 어떻게 올라온 건지 고개를 갸우뚱하는 엑시즈에게, 드워프 노인은 자루로 허리를 찔러서 빨리 가라고 보챘다.

걷기 시작한 엑시즈와 나란히 선 쿠올케가 조용히 말한다.

"방금 케나한테서 답장이 왔는데 말이야."

"뭐라고 하는데?"

" '퀴즈 힘내.' 라는데? 무슨 뜻인지 알겠어?"

"퀴즈와 거북이가 무슨 관계가…… 어, 저게 뭐지?"

등딱지 가장자리에서 언덕을 올라가 꼭대기에서 보이기 시작한 건축물은 네모난 상자 모양이었다. 더불어 옥상에는 쭉 뻗은 빨간 전파탑 같은 것이 서 있고, 허공에 있는 고리를 관통하고 있다.

건물 입구 쪽을 향한 면에는 입체 글자가 있는데, 그 내용은 '쿠죠 TV 방송국' 이다.

장식인지 진심인지 판단할 수 없다. 엑시즈와 쿠올케는 떨떠름한 표정을 지었다.

그들의 뒤쪽이 갑자기 소란스러워진다.

뒤돌아보니 망토를 펄럭이며 이쪽으로 다가오는 기사 몇 명이 보였다.

밧줄을 등딱지나 다른 데 걸어서 가까스로 올라온 거겠지.

기사 갑주를 입고 등반하다니, 나라에 대한 충성심에 감탄할 따름이다.

선두에 있던 중년 기사는 딱딱한 표정을 짓고, 가만히 있는 엑시즈 일행을 노려봤다.

"국가의 중대사다. 멍하니 있을 여유는 없다. 너희 모험가들에게도 빨리 해결할수록 보수가 좋아진다고 전했을 텐데."

그리고 대답도 듣지 않고 함께 올라온 부하 세 사람을 통솔해서 건물 안으로 들어간다.

기사 네 사람이 들어가자 지금까지 열려 있던 문이 소리를 내며 닫히고, 안에서 찰칵 하고 문이 잠기는 소리가 났다.

허둥지둥 달려가서 손잡이를 잡아당겨 보지만, 잠긴 문은 엑시즈의 힘에도 꿈쩍하지 않는다.

"어? 어라?!"

"허둥대지 말게. 한 번에 들어갈 수 있는 인원에 제한이 있다고. 조금 기다리게나."

"영감님, 잘 아는데. 온 적이 있어?"

"아주 많이 말이지……."

턱에 손을 대고 감상에 잠기는 드워프에게, 뭔가 복잡한 사정이 있을 것으로 생각한 쿠올케는 더 추궁하지 않았다.

10분 정도 지났을까. '때~앵~' 하는 유쾌한 소리와 함께 천장이 크게 열리고, 그곳에서 먼저 안에 들어간 기사들이 사출됐다.

포물선을 그리는 그들은 "꺄아아악?!" 이라거나 "으아아아악?!" 하는, 도플러 효과를 동반한 비명과 함께 아래에 있는 숲으로 사라진다.

식은땀을 흘리며 그것을 지켜본 엑시즈와 쿠올케는 "죽은 거 아닐까?" 라고 중얼거렸다.

"죽지는 않았겠지. 그런 식으로 만들어진 거다."

확신하고 말하는 드워프 노인을 보면서, 이 사람도 옛날에 비슷한 걸 당했구나 싶어서 눈빛을 흐리는 쿠올케였다.

동시에 잠긴 문이 다시 열린다.

먼저 들어가려는 노인을 제지한 엑시즈는 "젊은 사람을 따라오라고." 라며 먼저 안으로 발을 들였다. 그 뒤를 쿠올케가 따라가고, 뭔가 기쁜 눈치로 코웃음을 친 드워프를 마지막으로 문이 닫혔다.

"…………."

"이게 뭐야……."

"보는 그대로일세."

실내에 들어간 엑시즈와 쿠올케는 너무나도 추억이 돋는, 어디선가 본 적이 있는 광경에 입을 쩍 벌렸다.

내부는 마치 버라이어티 방송을 촬영하는 세트장 같았기 때문이다.

바닥 중앙에 커다랗게 그려진 O와 X.

출연자들이 하나씩 서는 작은 자리.

벽 하나에 크게 그려진 모 나라의 상징인 여신상.

앞에 놓인 카메라 기재와 사회자가 해설하는 데 쓰는 듯한 커다란 자리.

그리고 그 앞에 이곳에 어울리지 않는 물체가 떠 있었다.

연꽃처럼 생긴 받침에 가부좌를 트고 앉은 반라의 불상. 온몸에는 금칠을 했다.

그리고 엑시즈 일행이 조심조심 세트장 중앙으로 걸어가자, 감은 눈을 희미하게 뜬 금불상이 침입자들을 노려봤다.

검을 뽑거나 해서 제각기 경계 태세를 보이는 엑시즈와 쿠올케. 드워프 노인만은 딱히 아무 반응도 없이 불상을 바라봤다.

"환영합니다. 다음 도전자 여러분. me는 이 수호자의 탑 관리자입니다. 온갖 최상급 기술과 지혜를 찾으러 오신 거군요?"

"뭐?"

"어……?"

공중에 떠 있는 불상에서 유창한, 그리고 기묘한 말투로 인사받고 당황하는 두 사람.

드워프 노인만은 도끼를 짊어지고 "흥!" 하고 무시하듯 숨을 쉬었다.

희미하게 뜬 눈으로 드워프를 힐끗 본 불상은 "Oh." 하고 어깨를 으쓱하며 감탄한다.

"짜이찌엔(또 봅시다)! 오셨군요, 영감님? 이번에는 셋이서 도전을……. 과연. 그렇다면 정답 확률도 올라가겠군요. 솔직히 말해서 아까 도전자들의 무지함은 정말로 재미가 없었습니다."

불상의 말을 들어 봐서는, 드워프 노인은 단골 도전자인 듯하다.

조금 황당해하는 기색인 불상은 세 사람을 스튜디오 중앙의 OX 부분으로 유도한다.

그곳에 선 순간, 세 사람의 머리 위에 『00/00』이라는 카운트가 나타났다.

왼쪽 숫자가 파랑, 오른쪽 숫자가 빨강으로, 쿠올케와 엑시즈가 의문을 느끼기도 전에 불상이 해설하기 시작했다.

"문제는 100개. 먼저 80문제를 맞추면 달성. 그러나! 먼저 20문제를 틀린 분은 그 순간에 탈라아아아악! 거침없이 무자격자로 판단해 밖으로 방출하겠습니다. 준비됐습니까? 스킬 마스터 No.2! 쿠죠 님이 관리하는! 수호자의 탑! 시련을 시작합니다!"

어디선가 회장 전체에 "빠라빠라빰빰!" 하고 맥이 빠지는 팡파레가 울려 퍼지고 조명이 조금 어두워졌을 때, 세 사람을 스포트라이트가 비춘다.

"이게 뭐지?"

"이게 대체 뭐야?"

시작됐는데도 엑시즈와 쿠올케는 무슨 상황인지 전혀 몰랐다.

처음은 OX 퀴즈다.

중성적인 분위기가 나는 불상과는 다른, 조용한 분위기가 느껴지는 여성의 목소리로 문제를 읽는다. 한 문제의 제한 시간은 5초라고 하니 우물쭈물할 여유는 없다.

『그러면 1번 문제. 스킬 마스터는 전부 14명이다. O인가 X인가?』

딱히 의문을 느끼지 않고, 쿠올케와 엑시즈는 X 쪽으로 이동했다.

그리고 드워프 노인이 O에 서 있는 것을 보고 놀란다.

황급히 이쪽으로 부르려고 했지만, 이미 늦었다. 드워프 노인의 머리 위에 노란 종 그래픽이 나타나더니 '딩동♪' 소리가 울렸다.

드워프 노인의 머리 위에 있는 숫자가 『01/00』로 바뀐다. 그와 동시에 엑시즈와 쿠올케의 머리 위에는 커다란 X 표시가 나타나고! '땡!' 소리가 나더니 카운터가 『00/01』으로 바뀌었다.

"어? 어라? 왜?!"

"제길. 영감님은 이 문제를 예전에 본 적이 있는 거지? 먼저 알려달라고!"

분해서 아우성치는 두 사람을 보고도 드워프 노인의 얼굴은 시원시원하다.

"스킬 마스터는 처음에 열네 명이었다. 이건 진짜다."

"어…… 그걸 안다면, 영감님은 플레이어야?!"

대수롭지 않은 말에서 중요한 사실을 눈치채고 황급히 【서치】로 드워프 노인을 본다. 엑시즈보다 레벨이 높아서 일부 정보밖에 볼 수 없었다.

"적국(赤國) 소속의……『은귀(隱鬼)』라고 이름이 있잖아. 어? 스킬 마스터 No.12이이이이?!"

"흠. 실수했군. 자네들은 동포인가……. 아무렴 어때. 자세한 이야기는 나중에 합세. 아무튼 이 시련을 통과해야 해."

"잠깐만. 스킬 마스터라면 여기 수호자의 탑 조작도 어떻게든 되는 거 아니야?"

"가능했다면 진즉에 했다. 어떻게든 하기 위한 시련 아니겠나. 먼저 끝내고 나서 말하자고 했을 텐데."

엑시즈가 따지고 들자마자 떨떠름한 표정을 짓는 노인, 은귀.

쿠올케도 후다닥 끝내고 싶어서 엑시즈의 말을 거들지만, 바뀌는 건 없다.

보아하니 탑마다 규칙이 있는 듯하다.

그렇다면 시련을 끝내는 게 빠르다는 사실을 깨달은 엑시즈와 쿠올케는 은귀를 따라서 수호자를 봤다.

보아하니 이야기가 끝나기를 기다려 준 듯, 피식 웃은 수호자가 엉뚱한 곳으로 시선을 돌려 고개를 끄덕였다.

실내에 퍼지는 음성이 "2번 문제……."라고 말하기 시작해서 한 글자도 놓치지 않게끔 입을 다무는 세 사람.

『2번 문제, 수호자의 탑으로 명확하게 불리는 것은 하나뿐이다. O인가 X인가?』

중앙에 제한 시간이 뜨고, 눈이 핑핑 도는 쿠올케가 "으, 어? 어어어어어……." 하고 어쩔 줄 모르다가 X에 머문다.

은귀는 그대로 O에 있고, 그걸 본 엑시즈는 O으로 이동했다.

그 타이밍에 세트장의 제한 시간이 0이 되고, 쿠올케의 머리 위에서 '땡!' 소리가 났다.

은귀와 엑시즈의 머리 위에는 금색 종이 나타나 '딩동♪' 하고 축복의 종소리를 냈다.

딱 봐도 축 늘어진 쿠올케에게, 엑시즈는 "이제 막 시작한 참이니까 너무 신경 쓰지 마."라고 어깨를 토닥이며 쓴웃음을 지었다.

은귀는 여전히 무뚝뚝한 얼굴로 팔짱을 끼고 아무도 없는 사회자 자리를 노려보고 있다.

그 태도가 왠지 짜증이 난 것처럼 보여서, 엑시즈는 말을 걸어 봤다.

"이봐, 영감님. 뭔가 신경 쓰이는 거라도 있어?"

"자네들하고는 관계없을 것이야."

"너무 쌀쌀맞게 말하지 마. 게다가 그렇게 말하는 걸 보면 뭔가 사정이 있는 거잖아.”

“흠…….”

입을 연 것이 실수였다는 것처럼, 은귀의 이마에서 주름이 짙어진다.

한동안 엑시즈를 쳐다보고 생각에 잠긴 눈치였지만, 어깨를 축 늘어뜨리고 마지못해 입을 열었다.

그동안 노려보는 것을 느낀 엑시즈는 속으로 식은땀을 뻘뻘 흘렸다. 그 눈빛이 무진장 무서웠기 때문이다.

“여기 스킬 마스터를 생각한 게다.”

“여기 스킬 마스터? 그야 탑이 가동 중이니까, 어디선가 구경하는 거 아닐까? 아까 불상도 그런 식으로 말했잖아.”

“그놈이 이 세계에 왔다면 말이지.”

“어……?”

이야기가 왠지 이상해진 느낌이 들어서, 엑시즈는 말문이 막혔다.

“그놈이 있다면…….” 하고, 은귀는 사회자 자리를 손으로 가리키고 말을 잇는다. “저기 앉아서 도전자를 보고 히죽히죽 웃고 있겠지.”

“그렇지 않으니까, 그 스킬 마스터는 여기 없다는 소리야?”

“그렇다네.”

수호자 불상은 가부좌를 튼 채로 아무 반응도 보이지 않는다. 일행의 대화가 들릴 텐데도 아무 말도 하지 않았다.

그저 눈을 희미하게 뜨고 상황을 지켜볼 뿐이다. 도전자들이 대화하는 동안에 진행을 멈춰 주는 건 고맙지만.

"그렇다면 이 탑은 누가 움직이고 있는 건데?"

"그걸 알면 이런 데 있지 않겠지."

엑시즈가 물어본 말에는 명확한 대답을 얻지 못했다.

은귀가 말을 마치고 조용해진 틈에, 수호자 불상은 진행을 다시 시작했다.

세 사람은 다시 문제를 놓치지 않으려고 긴장했다.

——그리고 20분 뒤.

"으……아……."

"벌써 한계인 것 같군. 괜찮나?"

"연속으로 틀렸으니까. 그러니까 나를 따라오라고 했잖아."

OX 퀴즈를 마친 뒤의 성적은 드워프 노인이 『19/01』, 엑시즈가 『17/03』, 쿠올케가 『07/13』였다.

그 뒤에는 버튼이 달린 도전자석으로 이동하고, 셋이서 나머지 80문제를 소화하면 된다.

그동안 문제 일곱 개를 틀리면 쿠올케만 탈락한다.

눈앞에 놓인 절망적인 벽을 상상한 쿠올케는 엉뚱한 곳을 보며 혼자 침울해져 있었다.

"으으으으. 완전히 게임 문제밖에 없어……."

"조금은 현실 쪽 문제도 섞였을 텐데?"

“얼마나 섞였다는 건데. 케나가 말한 게 이런 뜻이었나…….”

“케나 아가씨도 여기에 왔나?!”

불쑥 중얼거린 엑시즈의 말에 가장 먼저 반응하고 득달같이 달려드는 은귀.

그 분위기에 눈이 휘둥그레진 엑시즈는 “그, 그래.”라고 대답하고, 쿠올케는 고개를 연신 끄덕였다.

그것을 보고 복잡한 표정을 짓고 침묵한 은귀는 진지한 눈으로 두 사람을 봤다.

“미안하지만 케나 아가씨에겐 나를 여기서 본 걸 비밀로 해주지 않겠나?”

“어? 하지만 말이야. 댁들은 얼마 없는 스킬 마스터 동료잖아? 잠깐이라도 만나서 안심시켜 주는 게 좋지 않겠어?”

“유감이지만 『스킬 마스터』란 칭호는 이 세계에서 종이 쪼가리나 다름없다네.”

쓸쓸한 감정을 섞어서 남 일처럼 말하는 태도에 쿠올케는 침묵하고, 엑시즈는 한숨을 쉬며 고개를 끄덕였다.

“ ‘찾지 말아 주세요’ 로군. 알았어.”

“어? 그, 그렇지만, 엑시즈?”

“하지만 영감님과 만난 사실은 케나에게 말할 거야. 이유만 말해주면 ‘찾지 말아 주세요’ 라는 방향으로 설득해 보겠어.”

“흠…… 미안하군.”

“케나의 참견을 막으려면 고생해야 하니까. 이래 보여도 같은 길드에서 고락을 함께한 동료거든. 아무튼 이 시련을 통과해서 거북이를 멈추고 난 뒤에 해야겠지만."

납득할 수 없다는 표정을 지은 쿠올케는 "나중에 꼭 설명해 줘야겠어." 라고 중얼거리고, 엑시즈를 흘겨본 다음에 먼저 도전자석으로 이동했다.

어깨를 으쓱한 엑시즈와 은귀가 뒤따른다. 세 사람의 대화를 지켜보던 불상은 천장을 향해 문제를 내라는 듯이 신호를 보냈다.

불상은 경계하듯 천장을 노려보는 인간, 드래고이드, 드워프를 보고 의미심장하게 웃었다.

"자, 예측과는 다른 사냥감이 걸린 듯하군요. My Master?"

그 독백은 어딘가에 있는 누군가를 명확하게 가리키는 듯했다.

한편, 펠스케이로 서쪽에서는 기사단+모험가+기타 등등 vs 마물 무리의 전투가 시작되자마자 혼전 양상을 빚고 있었다.

처음에 예정했던 한 번 공격하고 상황을 지켜보는 것과는 한참 먼 상황에 지휘고 뭐고 없는 상태다.

애초에 샤이닝세이버를 포함한 고레벨대 세 사람이 전선에 아직 도착하지 않았다.

예상보다 마물들의 이동 속도가 빠르고, 그 자리를 지키던 기사들이 조급해진 탓도 있다.

마물 무리와 마주친 기사와 모험가들은 상대가 단순히 '돌진한다' 는 의지밖에 없는 것처럼 느꼈다.

이런 상황에서는 움츠러들게 해서 전체의 진군 속도를 늦춘다는 전술이 이미 붕괴했다.

이 방위대 중에는 때마침 펠스케이로 왕도에 머물던 화염창 용병단도 있어서, 이름이 알려진 아비타가 모험가들의 행동을 통솔하고 있었다.

제아무리 경험이 풍부한 아비타가 이끄는 용병단이어도 상대가 이토록 다양하면 대처하기 어렵다.

마물 무리의 주력은 독살스러운 보라색 몸을 지닌 사마귀, 데스 맨티스 세 마리.

크기는 작은 민가 한 채만 하다. 이것 한 마리를 기사 대여섯 명이 대응해야 한다.

다음은 혼 베어. 이것도 기사 두 사람이 필요하며, 여덟 마리나 있는 현재 상황에서는 이렇게 두 종류만으로 기사단 병력이 대부분 동원되고 만다.

대응할 때는 기사만이 아니라 병사도 나서지만, 이 두 종류를 맡기기엔 너무 힘에 부친다.

그 밖에도 머리와 등이 갑옷 같은 비늘로 덮인 고어 타이거, 가울 리저드가 섞이는 바람에 모험가들도 한계였다.

추가로 평범한 곰과 늑대에 대응하거나 아래에서 돌진하는 토끼와 원숭이까지 대처할 수는 없다. 그쪽은 기사 한 명이 지휘하는 병사들에게 대응을 맡겼지만, 서서히 열세에 처하고 있다.

사실 도시에 주둔하는 병사의 숙련도는 별로 뛰어나지 않다. 국가 간 다툼이 거의 없는 이 지역에서는 마물이 연계해서 도시를 습격하는 사태도 건국 후 처음 있는 일이리라.

기사단과 모험가로 구성되는 방위대는 조금씩 마물 무리에 휩쓸리고 있었다.

기사단은 주력인 데스 맨티스와 혼 베어와 호각으로 대치하고 있지만, 무리 자체는 군대개미처럼 이동하고 있다.

싸우지 않는 마물들은 이들을 피해서 진군하니까, 후방을 맡은 모험가들은 해치운 마물을 바리케이드 대용으로 삼아서 막고 있었다.

아무리 해치워도 사체의 방벽은 점점 두꺼워지고 있다. 사체가 늘어난 탓도 있지만, 모험가들의 위치도 후퇴하고 있기 때문이다.

죽으면 끝인 마물들과 달리, 방위하는 사람들은 죽을 수 없다. 한숨 돌릴 환경도 아니어서 피로만 쌓인다.

이미 그 한계는 목전에 이르렀다.

"거참. 그러니까 처음에 함정을 파고 대비하라고 했잖아!"

"어쩌죠, 단장? 전방은 이미 휩쓸렸어요."

그러나 쪽수에는 당할 재간이 없어서, 방위선이 무너지는 것은 시간문제였다.

아비타의 옛 직장이라고는 해도 기사단 측 지휘관과 의견이 맞지 않아서 제대로 연계하지 못한 상태로 지원에 나선 것이 화근이 되었다.

기본적으로 왕도에 틀어박혀 방위하는 기사단은 항시 실전을 거듭하는 모험가들보다 경험이 부족하다.

변칙적인 사태, 다시 말해 마물이 앞뒤 가리지 않고 행동하는 것에 직면하고 지휘가 제때 이루어지지 못하게 된 것이다.

아비타가 버릴지 구할지를 택하려고 했을 때, 사태에 변화가 나타났다.

주로 최악의 의미로.

뿅 하는 경쾌한 소리와 함께 분홍색 연기가 출현하고, 마물과 기사단을 한꺼번에 뒤덮었다.

후방에 있던 모험가 집단에는 그 영향이 미치지 않았지만, 무슨 일이 일어난 건지 눈썹을 찡그리는 그들이 보는 앞에서 곧바로 그 효과가 나타났다.

전방에서 싸우던 모두가 멈춘 것이다.

물론 그 범위에 있던 기사와 병사도 포함된다.

후방에 있는 모험가들이 불길한 예감이 들어서 제각기 경계하는 가운데, 기사단과 마물에 희미한 하얀 광채가 들러붙었다.

그리고 얼굴에서 생기가 사라진 아군 기사와 병사들이 일제히 모험가들을 본다.

"어이어이, 무슨 일이야?"

"조심해! 이것들은 정상이 아니야!"

초점이 맞지 않는 눈으로 우두커니 선 기사들이 얼굴에 희미하게 웃음을 띠고, 검을 쥔 채로 이쪽으로 걷기 시작했다.

『두두두두.』

그것을 본 모험가들이 동요한다.

아까 본 분홍색 연기도 그렇고, 이상한 하얀 광채도 그렇고, 모종의 마법임을 깨달은 아비타는 부단장과 다른 모험가에게 철수 명령을 내렸다.

『두두두두!』

기사단이 적이 되었으니까, 아비타는 그 이상 판단하기 어렵다.

『두두두두두!!』

방위선을 조금씩 물려서 마물과 거리를 벌리는 와중에 그때까지 들으면서도 무시했던 무언가가 다가오는 굉음에 호통을 쳤다.

"아까부터 뭐야, 이 소리는!"

"단장! 저거입니다!"

부단장이 가리킨 방향을 본 용병단 사람들과 다른 모험가들은 도로 남쪽 숲에서 나무를 부러뜨리며 탄환처럼 튀어나온 무언가를 보고 깜짝 놀랐다.

마물 무리의 측면으로 돌격한 갈색 포탄은 마물들을 치면서 반대쪽으로 빠져나가 북쪽 숲으로 모습을 감췄다.

중량급 돌격에 치인 마물은 가볍게 날아간다. 태반의 마물이 빙글빙글 돌아서 높이 날아가고, 차례차례 추락해서 죽는다. 아니, 돌격에 직격당한 시점에서 이미 죽은 것도 많지만.

"이번에는 무슨 괴물이야……?"

"어디서 본 것 같기도 한데요."

모두가 무슨 일인가 싶어서 멈춘 가운데, 북쪽 숲에서 처음에 돌격한 장본인이 불쑥 모습을 드러냈다.

"삐잇!!"

""아.""

"단장, 저건 케나 씨의 그거죠……?"

씩씩하게(?) 포효하고 가슴을 펴는(듯한 시늉을 하는) 둥글둥글한 멧돼지. 예전에 본 적이 있는 한 모험가의 소환수다.

아비타와 부단장이 나란히 넋이 나가고, 케니슨이 동글동글한 크림슨 피그 피짱을 손으로 가리켜 확인했다.

화염창 용병단 단원은 낯익은 소환수라서 '뭐야, 긴장해서 손해 봤네. 살았어.' 라는 심경이지만, 다른 모험가들은 적이 내분을 일으켜 갑작스럽게 찾아온 기회라고 생각해 신속한 철수를 제안했다.

해설이 없어서, 피짱도 마물과 한패라고 여긴 듯하다.

"이봐, 아비타 형씨! 후다닥 물러나지 않으면 내분에 휘말릴 거라고."

"아니, 여기선 철수하지 않아. 때마침 지원군이 왔으니까."

"잠깐만. 저런 괴물끼리 싸우는 데 말려들었다간 무사할 수 없잖아!"

저런 괴물 취급을 받는 피짱은 무리를 지은 마물을 코끝에 걸어서 내던지고, 점프해서 짓밟는 등, 깜찍한 체형에서는 상상하지 못할 정도로 마구 활약하고 있었다.

다만 그 공격이 서서히 기사단과 가까워지고 있어서, 아비타는 더 늦어지기 전에 해결할 필요가 있다고 판단했다.

기사단은 아비타의 옛 직장이므로, 이대로 죽게 내버려두면 솔직히 잠을 설칠 것이다.

"어떻게든 해서 기사들을 마물과 떨어뜨려. 저 녀석이 있다면 아가씨도 근처에 있겠지!"

아비타의 호령에 따라 단원들이 제각기 준비하기 시작한다.

어떤 사람은 포박용 밧줄을 준비하고, 어떤 사람은 평화롭게(?) 기절시키려고 곤봉을 장비하고, 마법을 쓸 줄 아는 사람은 마비 효과나 수면 효과가 있는 마법을 준비한다.

처음에는 어이가 없었던 다른 모험가들도 아비타와 단원들이 마물들 사이에 놓인 기사들을 진심으로 구출하려는 것을 눈치챘다.

멍청한 생각이라며 비웃으면서도, 재미있는 도박이라며 차례차례 그들에게 찬동해 동참했다.

"아비타 형씨. 재미있어 보이잖아. 우리도 끼워달라고!"

"저 거만한 기사들에게 은혜를 베풀 일은 달리 생기지 않을 테니까. 나도 가세하마!"

"기절시켜서 무리에서 빼는 거지? 이럴 때가 아니면 기사를 때릴 기회가 없으니까, 힘껏 해주겠어."

"아니, 죽이진 마. 부탁이니까……."

혹시 몰라서 힘을 조절할 것을 당부한 아비타는 마물 무리 너머에서 날뛰는 피짱에게도 말을 걸었다.

“야! 피스케!”

“삐삐?”

예리한 앞발을 들이대려고 하는 데스 맨티스를 아랑곳하지 않고 쿵! 하고 날려 버린 피짱은 아비타의 목소리를 듣고 그쪽으로 몸을 돌렸다.

그리고 뭔가 기대하듯이 눈을 초롱초롱 빛낸다.

아비타와 부단장은 그 순수한 시선에 ““읏?!”” 하고 주춤거렸지만, 머리를 흔들고 정신을 바로잡았다.

“네 주인님은 어디 있냐?”

“삐잇! 삐삐잇!”

뛰어올라서 고어 타이거를 콱 뭉개고, 피짱은 (봐서는) 즐겁게 표호했다.

“단장…… 근본적인 의문이 있습니다.”

“뭔데?”

“말이 통합니까?”

“아아, 나도 말을 걸고 나서 깨달았다. 전혀 모르겠는걸.”

뒤에서 상황을 지켜보던 단원들과 모험가들이 덩달아 휘청거렸다.

피짱은 마물을 치고, 날리고, 성대하게 삐삐 울고 있다. 보아하니 말하는 것 같다.

듣는 사람 중에 멧돼지 언어를 잘하는 사람이 없으므로, 대화가 전혀 성립하지 않는다.

지휘관의 고생과는 상관없이, 전방에 있는 모험가들은 주력이 와해한 마물들과 전투를 시작했다.

그들의 주된 상대는 기사. 마물은 화염창 용병단 사람들이 견제를 맡는다.

원래는 기사단을 포함해서 100명 정도였는데, 주력인 기사가 빠지는 바람에 마물 무리에 대처하는 인원이 절반 정도다.

그래도 집단전에 익숙한 용병들은 마물들을 처리해 나간다. 측면에서 피짱의 지원 공격이 있기에 가능한 거지만, 딱히 해치우는 것에 집착하지 않아도 된다.

인간 측의 목적은 기사를 마물과 떨어뜨려 놓는 것이므로, 사지에 상처를 내서 행동력을 빼앗으면 고어 타이거나 가울 리저드의 예리한 이빨도 제 위력을 발휘할 수 없다.

단원들은 제각기 방패가 되어서 공격을 막고, 호흡을 맞춰 옆에서 일격을 가하는 팀플레이로 마물들의 행동력을 앗아간다.

그와 동시에 모험가들이 기사를 무력화하고, 후방으로 물렸다.

“하하하. 대놓고 기사를 패는 날이 올 줄이야!”

“이것들은 시내에서 잘난 척 깝치니까 말이지. 속이 다 시원해지네.”

“아니, 그렇다고 해서 쇠몽둥이로 사타구니는 위험하지 않아?”

“화근을 남기는 게 더 나빠.”

“괜찮아. 성에서는 환관이라는 것도 일한다면서?”

투구가 찌그러질 정도로 때리는 사람. 마비 효과가 있는 마법으로 처리하는 사람.

물 마법으로 얼굴을 덮어서 죽지 않을 정도로 기절시키는 사람. 가차 없이 급소를 때리는 사람.

평소의 원한 때문인지 자비가 없지만, 그래도 숙련 모험가. 죽이지 않게끔 세심하게 힘을 조절하고 있다.

반대로 이런 일을 당해야 하는 기사들의 평소 행실이 어떤지를 묻고 싶다. 거들먹거린 자업자득이라고 할 수 있으리라.

일단 여기사들은 모험가와 함께 전투를 속행하고 있었는데, 이 노골적인 대우 차이에는 골머리를 앓고 있었다.

"뭐야, 싸울 때 말고는 전혀 도움이 안 되잖아."

"어쩐지 신이 나서 시내를 순찰하러 가더라."

"이런 짓을 하다니, 나중에 단장님한테 보고해야겠어."

여기사들의 평가도 그냥 바닥을 치기 시작한다.

아까 그 분홍색 연기는 【매료】 효과가 있는 마법인데, 영구적인 효과가 있는 건 아니므로 얻어맞은 기사는 깨어날 때 제정신으로 돌아왔다.

그러나 밧줄로 묶이고 재갈까지 물린 상태면 당연히 날뛴다.

모험가 측은 아직 영향이 있다고 보니까 그대로 마차에 처박고 진지로 후송했다.

따라서 기사는 자신들을 부조리하게 대우하는 모험가들에게 반감을 키웠다. 돌고 도는 악순환이 생기는 것을 아무도 눈치채지 못한다.

"그나저나 기사를 처리해도 마물이 줄어들지 않네……."

"대체 어디서 이만큼 튀어나온 거야. 끝이 없잖아!"

모험가들이 무력화하고 피짱이 닥치는 대로 분쇄했는데도 도로 너머에서 몰려드는 마물은 좀처럼 끊기지 않는다.

이래서는 아비타와 용병단, 모험가들의 체력이 떨어져 먼저 지친다.

누군가가 후다닥 처리해 줄 것으로 알았던 아비타는 초조해져서 소리를 질렀다.

"이봐! 아가씨! 근처에 있다면 어서 처리해 달라고!!"

"알았어."

【매직 스킬 : 슬리핑 쉽】.

그 목소리가 들려온 순간, 마물 무리가 옆에서 갑자기 출현한 양 떼에 휩쓸렸다.

반투명 양 무리는 그저 오른쪽에서 왼쪽으로 마물 무리를 가로질렀다. 통과한 순간에 그 모습이 사라진다.

그 자리에 남은 것은 바닥에 드러누워서 코를 고는 마물마물마물마물…….

물론 무력화해서 회수할 예정이었던 기사나 병사도 예외 없이 잠들었다.

의외로 가까운 곳에서 대답이 들린 것을 눈치챈 아비타가 뒤돌아봤더니, 바로 옆쪽에 있는 숲속에서 케나가 불쑥 모습을 드러냈다.

"죄송해요. 별동대를 상대하느라 늦었어요."

"타이밍이 너무 좋은걸. 나설 차례를 기다린 건 아니겠지?"

"아하하……. 저기, 남자들의 팀워크가 눈부셔서, 어디서 끼어들어야 할지 몰랐거든요."

솔직히 대답할 줄은 몰라서, 아비타도 조금 어이없는 얼굴을 했다.

케나가 미안하다고 순순히 머리를 숙여서, 아비타는 머리를 벅벅 긁으며 "뭐, 죽은 사람이 없으니까 됐지만."이라는 말로 끝냈다.

그렇게 대화하는 사이에 기사를 다 회수했다.

이제는 잠든 대량의 마물을 처리하는 일만 남았는데, 마법 효과로 하루는 일어나지 않는다.

아무튼 전선을 뒤로 물리고, 부상자를 치료하기로 했다.

피짱은 나머지 마물의 머리를 깨부숴서 차례차례 해치웠다.

그동안 케나는 부단장에게 일이 이렇게 된 경위를 설명받았다.

"흠흠. 아마도…… 【매료】해서 【유도】로 조종한 거겠네요."

"【매료】로 저렇게 많은 마물을? 그런 마법이 있다는 소린 들은 적이 없어."

"200년 전에는 쓸 줄 아는 사람이 흔했어요. 【유도】는 전체를 목표를 향해 이동시키는 거예요."

"그러면 저 무리의 시작점을 찾아내면 근본적인 원인을 알 수 있다는 거야?"

"뭐, 그렇죠……. 이만한 대군을 조종하려면 그만한 거물이 있을 거예요."

"삐삐잇! 삐삐잇!"

그때까지 마물을 처리하던 피짱이 소리를 꽥꽥 질렀다.

그것을 들은 케나는 눈썹을 찡그리고 허리춤에 찬 룬 블레이드를 뽑아서 마력을 주입하기 시작한다. 갑자기 임전 태세가 되고, 후다닥 돌아온 피짱을 옆에 대기시키는 케나를 본 아비타가 황급히 부하와 모험가들을 물러나게 했다.

그리고 케나의 옆에 서서 말을 건다.

"조종하는 녀석이야?"

"피짱이 경계할 정도니까 제법 강할 거예요. 피짱은 내 뒤에 피해가 가지 않게 중간에 서."

"삐삐삐!!"

케나가 부탁하자 피짱은 터벅터벅 뒤로 물러나 코를 들어서 의기양양하게 섰다.

그걸 보고 쓴웃음을 지은 아비타는 케나의 옆에 머물고 있다.

적의 대장을 안 보고 물러나는 건 신조에 어긋난다며.

"이상한 게 나올지도 모르는데요?"

"뭐, 아가씨를 방해할 마음은 없어. 나도 일단은 무인이니까."

창과 검을 들고 무장한 남녀가 드르렁드르렁 코를 고는 마물이 깔린 도로에서 한동안 기다리고.

문제의 마물이 어깨에 힘을 주고 성큼성큼 모습을 드러냈다.

낯익은 모습을 본 케나가 경계하고, 아비타가 처음 보는 모습에 눈을 휘둥그레 뜬다.

"저게 뭐야……? 라이칸스로프치고는 처음 보는 녀석일세."

"역시 레오헤드……. 마물을 재우길 잘했어."

안도하는 케나를 이상하게 보는 아비타.

여담으로 라이칸스로프란 짐승 머리가 달린 인간형 몬스터의 통칭이다.

개 머리인 코볼트도 이에 해당하지만, 그건 종족 전체가 인간에게 우호적이다.

기본적으로 라이칸스로프 종족은 독자적인 콜로니를 형성해서 인간의 주거지를 멀리한다. 호전적인 자가 많아서 인간에게 해를 끼치는 몬스터로 여겨지는 일이 많다.

나타난 것은 가죽 갑옷 위에 징을 박은 금속판을 주렁주렁 달고, 긴 금속으로 만든 채찍으로 바닥을 찰싹찰싹 치는 사자 머리 라이칸스로프로, 짐승 조련사인 그 개체명은 레오헤드였다.

레벨은 430으로, 400레벨 제한을 해제하는 퀘스트에 배치되는 몬스터다.

게임에서는 채찍을 한 번 휘두르면 여기저기서 마물이 모이므로, 3개 파티 18명으로 싸워도 본인을 해치우기 전에는 시간이 오래 걸리는 퀘스트다.

으르렁대며 노려보듯 케나 일행과 거리를 둔 레오헤드는 어흥 하고 울어서 위협하고, 손에 든 채찍을 크게 휘둘렀다.

아비타가 반응하기도 전에 그 목을 노리고 날아든 채찍은 직전에 케나가 휘두른 룬 블레이드에 의해 끝자락이 잘려 엉뚱한 곳으로 날아갔다.

여기까지의 과정만으로 자기 힘에 부친다고 판단한 아비타는 철저하게 경계하면서 슬금슬금 물러난다.

약한 적부터 노리는 성향인지 다시금 아비타를 향해 채찍을 휘두른 레오헤드는 케나가 날린 【폭염탄(이아봄)】에 맞아 날아갔다.

포물선을 그리며 잠든 마물 무리 한복판에 추락하고, 그 충격에 주위 마물이 정신을 차린다.

케나가 쓴 【슬리핑 쉽】 마법은 아무것도 안 하면 효과가 하루 종일 가지만, 공격이나 강한 충격을 받으면 효과가 끊긴다.

입가를 히죽거리고 웃은 레오헤드는 채찍을 휘둘러서 마물을 깨우려고 했다.

그러나 잠이 덜 깬 마물들을 케나에게 보내려고 했을 때, 몸을 굳혔다.

준비 시간이 있었던 케나는 【매직 스킬 : 중왕압괴(重王壓壞)(막시이아그라르)】를 발동했다.

머리 위로 쳐든 손 위에는 직경 40미터가 될 법한, 표면이 반투명 막으로 덮인 어둠 덩어리가 떠 있었다.

내부는 중심으로 갈수록 소용돌이치고, 나아가 칙칙하고 끝없는 어둠이 엿보인다.

"이봐, 아가씨. 그 마법은 또 뭐야……."

"중력 마법이에요. 범위가 조~금 넓으니까 조심하세요."

"뭘 어떻게 조심하라는 건데……."

끝없는 어둠을 슬쩍 보기만 해도 떨리는 몸을 주체할 수 없다. 아비타는 위를 보지 않으려고 하면서 올지도 모르는 충격에 대비했다.

입을 쩍 벌리고 한 걸음, 두 걸음 물러나는 레오헤드를 겨누고, 손을 번쩍 쳐든 케나가 그것을 투척했다.

고무공처럼 통, 하고 하늘을 날아가는 【중왕압괴】가 바닥에 철썩 떨어진다. 마치 흙으로 빚은 경단이 바닥에 떨어져 반원이 된 것처럼 형태가 변했다.

물론 낙하지점에 있던 레오헤드와 마물을 집어삼킨 상태로.

그 직후에 폭발적으로 커지고, 그 효과 범위를 직경 100미터는 될 법한 거대한 암흑 돔으로 넓혔다.

돔은 케나와 아비타의 지척까지 넓어지고, 잠든 마물을 모조리 그 내부에 집어넣었다.

빛조차 닿지 않는 초중력 나락의 내부는 밖에서 전혀 들여다볼 수 없다.

안에서 어떤 참극이 일어나는지 전혀 알 수 없었다. 효과로 따지면 안에 있는 모든 것을 압살한다.

그러나 돔 자체가 '쿠과과광!' 또는 '콰지지지직!' 하고 소리를 내면서 바닥에 파고드니까, 모두가 두려워 어쩔 줄을 몰랐다.

다시금 상식을 뛰어넘는 케나를 직접 느낀, 펠스케이로를 중심으로 활동하는 모험가들. 조금은 알았다고 여겼지만, 너무나도 터무니없는 나머지 눈을 휘둥그레 뜨는 아비타와 화염창 용병단.

그리고 정신을 차린 기사들도 있다.

"어이어이, 이봐. 저 여자애는 대체 누구야?!"

"대체 무슨 마법을 쓴 거야……."

"아, 너희는 모르는 게 당연하겠군."

"저 아이가 펠스케이로의 대사제 스카르고 공의 어머니야."

""………………""

일부만이 한꺼번에 침묵에 휩싸였다.

케나를 모르는 사람들은 입을 쩍 벌리고 경악했다.

가르쳐 준 사람도 고개를 끄덕이며 과거에 자기들도 거쳤던 길이라며 동의한다.

어느 날 갑자기 시내 여관에 뛰어든 대사제의 추태를 모르는 사람은 없기 때문이다.

보통은 그걸로 실망해야 정상이지만, 본인이 평소에 엄마 사랑 발언이 많은 덕분에 지위가 추락하는 일은 생기지 않았다.

오히려 친근감이 생겼다는 감상이 많은 건 애교다.

후방의 잡담은 무시하고, 케나는 다른 의미로 위기에 직면했다.

"아차……."

"어이, 아가씨. 이건 조금 문제가 되지 않을까?"

"역시 게임하곤 여러모로 다르네……."

문제가 되는 것은 아비타와 케나의 앞에 펼쳐진, 원래는 도로였던 곳이다.

게임 시절의 【중왕압괴】는 돔 형태로 감싼 내부의 적을 압살하고 사라지기만 하는 마법이었다.

현실에서 쓰면 효과 범위에 있는 공간을 지면도 한꺼번에 분쇄하는 마법이 될 줄은 몰랐다.

아까 쓴 【굉뢰현현】도 그렇지만, 최상급 마법은 자제해서 쓰는 게 좋을 듯하다.

(평소 이용하는 시설이 있는 곳에선 최상급 마법을 쓰지 말아야겠네…….)

『전장을 잘못 선택한 것 같군요. 나중에 범위 마법에 관해서 현장 검증을 하는 게 좋겠다고 제안합니다.』

(여기저기 구멍투성이가 될 거야……. 범위 마법만 해도 몇 개나 있더라?)

그런 생각은 그저 도피라고 여기면서 눈앞의 참상을 본다.

암흑 돔이 발생한 장소를 기점으로 도로에 보울 모양의 구덩이가 생겼다.

걸어서 이동하는 여행자라면 또 모를까, 딱 봐도 마차로 오가는 건 완전히 불가능하다.

여러모로 반성한 듯 침울해진 케나에게, 말을 걸거나 어깨를 두드려 주면서 모험가들이 위로한다.

"뭐, 아가씨. 너무 기죽지 마."

“나중에 생길 피해를 생각하면 이런 건 사소한 거라고.”

“오히려 그때 안 섬멸했으면 우리가 위험했어……. 고마워.”

“맞아. 기사들한테는 복수해 줬고, 우리도 죽은 사람이 없으니까 좋은 결과지.”

“하아…….”

나머지 마물 중에서 효과 범위 밖에 있던 것들은 조종하던 레오헤드가 사라지면서 도망쳤다고 한다.

이 자리에 있는 최강의 크림슨 피그에게 겁먹은 거라고도 할 수 있다.

피짱은 이미 경계할 것이 없음을 알고 케나의 옆에서 휴식 모드다. 이 덩치가 있으면 익숙하지 않은 사람은 접근하기 어렵다.

쿠는 한 번 고개를 쏙 내밀었지만, 주위에 사람이 많은 걸 보고 곧장 모습을 감췄다. 보아하니 【은형】이나 【투명화】 스킬을 쓸 줄 아는 듯하다.

아비타는 강한 경계심을 유지하면서 긴장을 풀지 않고 몇몇 부하와 모험가를 골라 주위 탐색을 맡겼다.

케나는 머릿속에서 키와 상의하고, 바닥을 원래대로 돌릴 스킬을 찾아보고 있다. 혼자 중얼중얼 떠드는 위험한 사람이지만.

그때 뒤늦게 기사단 본대가 겨우 모습을 드러냈다.

샤이닝세이버와 스카르고, 마이마이를 선두로 말을 타고 달려온 것이다.

도중에 후방으로 보내진 마차에 탄 기사의 이야기를 듣고 대략적인 사정을 파악했다.

아들과 딸은 어머니가 있는 걸 보고 놀라서 곁으로 뛰어온다. 샤이닝세이버는 이 현장을 맡겼던 기사에게도 사정을 들었다.

일부 기사가 불만이 폭발해 모험가들을 욕했지만, 여기사들이 중간에 끼어들어 진정시키고, 다음에는 샤이닝세이버에게 혼났다.

일단 아비타도 이러쿵저러쿵 경위를 설명했다.

"그러고 보니 매료 효과는 어떻게 하지?"

"강한 충격을 주면 풀려."

"그걸 일찍 말해!"

의문을 말한 모험가에게 케나가 대수롭지 않게 대꾸했다.

그걸 듣고 나서 황급히 기사들의 구속을 풀려고 하는 모험가들.

아니나 다를까 화를 펄펄 냈지만, 조종당해서 공격하려고 한 것은 사실이므로 미연에 방지한 모험가들에게 불평할 순 없다.

모험가 측도 그걸 아니까 시치미를 뚝 떼서, 노골적으로 반박하는 사람은 없다.

다 포기하고 피짱을 쓰다듬던 케나는 걱정하는 얼굴인 자식들을 보고 미소를 지었다.

"어머님!"

"어머님!"

"어머, 애들아. 왜 그렇게 서두르니?"

"왜긴요! 샤이닝세이버 경의 요청은 무시하면 됐습니다. 어머님께서 굳이 나서지 않으셔도……."

"우리도 펠스케이로는 지킬 수 있는데."

"하지만 이미 왔고, 끝났으니까. 도로에 조금 파멸적인 손상을 줬지만……."

자식들이 나서도 레오헤드는 상대하기 힘들었으리라. 케나는 호출에 응하길 잘했다고 안도했다.

그보다도 일단은 도로의 뒤처리를 어떻게 할지 고민한다.

수복하는 방법은 간단하다. 【땅의 정령】을 불러서 맡기면 된다.

하지만 제아무리 정령이라도 사라진 질량을 복구할 수는 없다.

"골렘으로 돌을 운반한 다음에 콘크리트로 다질 수밖에 없겠는걸."

『돌산을 찾아야 하겠군요.』

"아니, 요청한 사람은 나니까. 위에는 내가 보고하고, 여기 책임은 내가 지마."

"어머? 그래도 돼, 샤이닝세이버?"

"네 덕분에 급한 방위전을 무사히 끝낼 수 있었으니까. 슬슬 빚을 안 갚으면 무섭단 말이지."

"강제 추심원 취급이야……? 정 그렇다면 뒷일은 맡길 건데?"

"그래. 어려운 일을 부탁해서 미안하다."

어깨를 토닥이는 샤이닝세이버에게 조금 머리를 숙이고, 케나는 그 자리를 벗어나 아비타가 있는 곳으로 이동한다.

아비타 일행과 모험가들은 경계, 탐색 일을 기사들에게 넘기고 펠스케이로로 복귀한다고 해서 같이 가기로 했다.

마이마이와 스카르고도 남는다고 해서 "잘해봐." 라고 말을 걸고 그 자리를 뒤로하려던 케나는 문득 떠오르는 게 있어서 다시 말을 걸었다.

"스카르고!"

"네? 무슨 일이신지요, 어머님?"

"조금 묻고 싶은 게 있으니까 내일에라도 교회에 갈게."

"내일…… 아마 괜찮을 겁니다."

"그러면 잘 부탁해."

손을 흔들고 아비타 일행과 모험가들을 뒤쫓아간다.

흔하지 않은 어머니의 부탁에 고개를 갸우뚱하는 스카르고에게 "잘됐네." 라고 놀리는 동생.

그 자리를 벗어나면서 케나는 '엑시즈 쪽은 어떻게 됐을까?' 하고 뒤늦게 떠올렸다.

그리고 다시 오우타로퀘스로 시점을 돌리자.

사람들의 근심 어린 주목을 한 몸에 받으며 왕도를 향해 침공(?)하던 거대 거북이는 성 뒤편, 성벽 경계선에 닿을락 말락 한 곳에서 정지했다.

한 발짝만 더 갔으면 도시부를 넘어서 성에 심각한 피해를 줄 뻔했다.

피난령이 떨어졌는데도 남은 주민과 대신, 기사와 모험가와 함께 집단의 선두에 서 있던 여왕 사하라세드가 한숨을 푹 쉰다.

앞으로 한 걸음만 더 움직이면 성이 파괴될 것을 각오한 직후의 일이었다.

각오한 참에 갑자기 정지하고, 환성보다 먼저 모두의 안도가 섞인 한숨으로 맞이하게 된 거대 거북이.

딱히 환대받을 이유는 없지만, 아무튼 멸망의 위기는 피한 것이리라.

거대 거북이가 정지한 것이 확인되고 나서 얼마 후, 나머지 사람들이 환성을 지른다.

도시 전체에 퍼지는 환성을 들은 여왕은 그 시점에서야 겨우 긴장을 풀었다.

"거참, 한때는 어떻게 되나 싶었네. 멈춰 준 자에게는 보수를 잘 챙겨줘야겠군요."

"휴. 간담이 서늘해졌습니다……."

재상과 서로 고개를 끄덕이는 여왕의 말을 들은 기사단장은 곧바로 부하에게 공로자를 찾으러 가게 했다.

거대 거북이 주위에서 단단히 감시하지 않으면 공로자를 사칭하는 자가 나타날 수 있기 때문이다.

장소는 바뀌어서, 거대 거북이 신전 내부에서는…….

바닥에 축 늘어진 은귀와 엑시즈가 있었다.

여담으로 쿠올케는 빠르게 20문제를 다 틀려서 밖으로 배출되었다.

지금은 퀘스트 달성으로 간주되어서 건물 문이 열리고, 다시 올라온 쿠올케가 두 사람과 합류한 상태다.

"으으, 도움이 안 되어서 미안해."

"아, 뭐. 신경 쓰지 마."

"그렇다네. 고귀한 희생인 것은 맞겠지."

은귀의 머리 위 카운트는 『39/18』, 엑시즈는 『41/19』이었다.

진짜 아슬아슬하게 승리한 것이다. 체력에는 문제가 없지만, 긴장감에 정신이 박박 갈려서 두 사람 모두 기진맥진한 상태다.

놀랍게도 이 수호자는 중간부터 바깥 풍경을 벽에 표시했다.

시시각각 가까워지는 오우타로퀘스 왕도, 장르가 이상한 문제와 제한 시간에 초조함이 커지는 바람에 냉정해질 때까지 문제를 많이 틀렸다.

『수고하셨습니다. 두 분이 20문제를 틀리기 전에 합계 80문제를 맞혔으니 퀘스트를 달성한 것으로 보죠. you들이 원하는 대로 수호탑의 이동을 멈췄습니다. 다만 스킬 양도는 없는데, 이래도 괜찮겠습니까?』

연꽃 받침에 앉은 채로 둥실둥실 떠 있는 금불상이 세 사람을 내려다보며 말을 걸었다.

"위, 위험해라……. 거기서 틀렸으면 큰일 났을지도 모르겠군."

"그러게 말이다. 나머지 두 문제를 혼자 풀 줄 알았다네……."

잊은 기억도 한계까지 쥐어짜듯 뇌를 풀가동하는 바람에 두 사람 모두 멘탈이 유리장처럼 약해졌다.

그래도 함께 끝까지 싸웠다는 성취감으로 누가 먼저랄 것 없이 웃는다.

부러워하는(끼지 못해서 아쉬운) 쿠올케의 시선을 받으며, 어깨동무하고 ""하하하하하하하하!"" 웃는다.

그걸로 뭔가 속이 시원해졌는데, 개운한 표정을 지은 은귀가 신전에서 나가 엑시즈 일행과 거리를 벌렸다.

"뭔가 기다리고 있는 녀석들이 있는 것 같으니, 나는 이만 가보겠네."

"아니, 그 전에 잠시 케나와 만나지 않겠다고 한 이유를 알려주지 않겠어?"

"끙. 그랬지. 어떻게 말하면 좋을까……."

턱수염을 만지작거리며 "음음음……."하고 생각에 잠긴 은귀에게, '그렇게 복잡한 이유인가?' 하고 당혹스러워하는 두 사람.

"간단하게 말하자면, 안사람이 생겨서 말일세."

가벼운 느낌의 대답을 듣고 고꾸라져 하마터면 등딱지 위에서 떨어질 뻔했다.

"그런 이유로 옛날 동료를 안 보는 건 너무 매정하잖아?!"

"안 보겠다는 소리를 듣는 사람 마음도 조금은 생각해 주라고!"

"워워, 기다려 봐. 자네들 말도 지당하지만, 나는 이 게임을 사회에서 은퇴한 뒤에 시작해서 말일세……."

힘껏 딴지를 거는 두 사람을 말리려는 자세로, 은귀는 사정을 설명하기 시작했다.

'이유가 있다면' 이라고 말한 것도 있어서 끝까지 들어보기로 한 엑시즈는 채 납득하지 못한 쿠올케를 말린다.

"당시엔 아직 마누라도 있었는데, 나는 동심으로 돌아간 것처럼 인터넷에 푹 빠졌단 말이지. 마누라도 불평 한마디 없이 함께해 줬지. 그 마누라가 먼저 세상을 떠나서, 더 함께 지내고, 곁에서 같이 걸었으면 할 것을 후회했다네. 그런고로 미안하네만, 케나 아가씨한테는 두 번째 인생을 즐기고 싶다고 전해주지 않겠나?"

"………………."

"…………알았어. 케나한테는 그렇게 전할게."

분위기가 무거워진 가운데, 입을 다문 엑시즈 대신 쿠올케가 대꾸했다.

은귀는 미안한 기색으로 고개를 끄덕이고는【전이】를 쓰고 그 자리에서 사라졌다.

"하아…… 남의 과거는 듣는 게 아니야."

"동감이야. 자, 여기에 계속 있을 이유도 없으니까 얼른 내려가서 보수를 받으러 가보실까?"

"그래. 그래야겠군. 그리고 케나를 만나서 전해야지."

엑시즈가 쿠올케의 어깨를 두드린다. 쿠올케는 엑시즈와 팔뚝을 교차하더니 씩 웃고 걷기 시작했다.

거대 거북이의 등딱지 위에서 사람이 사라지자, TV 방송국 수호자의 탑이 문을 굳게 닫는다.

인기척이 사라진 탑 내부에서는 금불상이 어딘가에서 전파를 수신하고 있었다.

『당초 예정과는 어긋났지만, 플레이어 3명을 확인했습니다. 공주님을 뵙지 못한 건 아쉽지만…… 네, 네. 그러면 앞으로는 그렇게……. Me는 한동안 할 일이 없는 거군요. 그래요. 네.』

통신이 끊긴 내부가 다시 조용해진다.

세트장의 전원은 이미 꺼졌고, 희미한 비상구 조명만이 어둠 속에서 빛날 뿐이다.

보행의 진동음조차 없는 정적 속에서, 금불상은 희미하게 떴던 눈을 감고, 연꽃 받침 위에서 가부좌를 튼 수호자로서 입을 다물었다.

그 뒤로 엑시즈는 아래에 내려가지 않고 성에서 걸친 간이 다리를 따라 성으로 초대받았다.

나라의 위기를 구한 영웅으로서, 더없이 환대받는다.

자기 혼자만의 공로가 아니라고 보고했지만, 은귀는 어느새 모습을 감췄기에 미안한 기분이 들면서도 보수를 받기로 했다.

"진짜 죽는 줄 알았어……."

"너도 참 용케 무사했군?"

"전투기의 탈출 장치 같은 것으로 날아가는데, 낙하산도 없었다고. 죽음을 각오했는데, 지상에 추락하기 직전에 비눗방울 같은 것이 감싸서 화를 면했어."

그러고 나서 겨우 거북이 있는 데로 돌아가 진행 중인 상황을 가슴을 졸이며 지켜봤다고 한다.

다만 그들의 레벨이라면 똑같은 높이에서 줄 없이 번지점프를 감행해도 죽지는 않을 것이다. 생사를 정하는 건 HP니까.

"거북이가 성 코앞까지 왔을 때는 너희도 날아간 줄 알았다고."

"아니, 그때 영감님이 마지막 문제를 풀어서 멈춘 거겠지."

그 영감님은 일이 끝나고 후다닥 자취를 감췄지만.

"케나에게 그 영감님 얘기를 할 거야?"

"비밀로 해달라곤 했지만, 입막음 비용은 받지 않았으니까."

"퀴즈 때 신세를 졌잖아."

"끙. 그렇긴 하지만. 어떻게 할까?"

두 사람은 한동안 고민하다가 이번 일을 케나에게 있는 그대로 보고하기로 했다. 다만 은귀에 관해서는 물어보지 않는 이상 얼버무리기로 결론을 내렸다.

그리고 현재 직면한 어려운 안건으로 화제를 넘긴다.

"여왕님과 저녁을 먹으라고? 이 꼴로?"

현재 두 사람은 귀족 앞에 나가도 부끄럽지 않은 옷으로 갈아입혀졌다. 욕실을 빌린 다음에 방으로 쳐들어온 시녀 군단의 손에 의해서.

엑시즈는 파란 바탕에 금색 자수를 넣은 헐렁한 재킷과 바지. 쿠올케는 코르셋을 하지 않았지만, 어깨와 등이 확 드러나는 머메이드 드레스다.

드레스는 어울리냐 안 어울리냐의 관점에서 보면 무척 잘 어울린다.

옷을 갈아입힐 때 시녀들이 마르면서도 완벽한 몸매를 보고 넋이 나가 한숨을 쉬었을 정도다.

엑시즈도 얼굴이 새빨개진 쿠올케와 대면한 시점에서 한순간 정신이 나가서 표정을 굳혔을 정도다. 알맹이를 모르면 반했을지도 모른다고, 나중에 투덜거렸다.

이어서 곧바로 시종이 찾아와 그들을 성에 있는 한 방으로 안내했다.

그 시종이 말하길, 만찬은 여왕의 사적인 방에서 이루어지므로 편한 분위기에서, 예의범절은 일절 따지지 않는다고 한다.

그리하여 두 사람은 마음의 준비도 제대로 하지 못한 채 여왕 사하라셰드와 대면했다.

놀라운 사실은 그들 앞에 놓인 요리 대부분이 술집 같은 데서 나올 대중 요리라는 점이다. 맛은 차원이 다르게 좋았지만.

동석한 사람은 편한 차림을 한 기사단장과 재상밖에 없었다.

그 두 사람도 털털한 느낌으로, 여왕에게 존댓말을 쓰면서도 태도는 거침없었다.

"그러면 안 됩니다, 폐하. 그건 채소만이 아니라 고기도 싸서 먹는 겁니다."

"흠. 가끔은 이름 없는 와인도 좋군. 거참, 오래된 와인은 누군가가 아끼는 거라서 괜히 신경을 써야 하니까 못쓰겠군."

"".........."'

"어머, 다들 뭐 해? 식사에 손을 거의 안 댄 거 같은데. 와인보다 에일을 더 좋아하는 걸까?"

"아닙니다, 폐하. 시정의 와인에는 물을 타니까, 차라리 과실주 맛이 더 낫습니다."

"그렇군요. 배움이 부족했어요. 그렇다면 에일을 가져오게 하죠."

"에일도 심할 때는 물이 훨씬 나을 정도인 것도 있으니까 말이외다. 취향은 사람마다 다른 게 아니겠소?"

"그런 건가요? 다음엔 시정의 식량 사정을 개선해 보죠. 식사가 맛없으면 인생이 시시해져요."

여기는 정말로 어딘가의 술집인 걸까 싶을 정도로 분위기가 달랐다.

고급 재료를 쓴 대중 요리를 앞에 두고 조용히 도시의 식량 사정을 논의하며 술을 쭉쭉 소비해 나간다. 의뢰를 성공리에 마친 모험가들이 큰 소리로 웃는 술집과는 다르지만, 분위기는 통하는 구석이 있다.

그것은 엑시즈와 쿠올케도 경험한 적이 있는 직장 뒤풀이에 가깝다.

추억에 잠긴 두 사람은 더 참지 못한 여왕의 권유로 폭식의 한계에 도전하게 되었다.

""우읍.""

"하하하! 폐하 앞에서 사양하니까 그렇지. 내놓은 식사에는 감사해야 한다고!"

배가 터지기 직전에 이거 먹어라, 저거 먹어라 공세를 피한 두 사람이지만, 기사단장이 웃으며 등을 찰싹찰싹 때리면 고통이 더 커진다.

지금은 식사도 끝나 각자의 앞에 홍차가 있는 찻잔이 놓였다.

식사 때와 마찬가지로 모두가 자리에 앉아 이번 사건의 보수를 내리기로 했다.

먼저 미리 짠 것처럼 기사단장과 재상이 엉뚱한 곳으로 고개를 돌렸다.

그러자 자리에서 일어난 여왕 사하라셰드가 머리를 깊이 숙였다. 기사단장과 재상은 못 본 척하는 듯하다.

"엑시즈 님, 쿠올케 님. 두 분께 감사드립니다. 여러분 덕분에 오우타로퀘스는 위기에서 벗어날 수 있었답니다. 고맙습니다."

"어어어어어어어?!"

"저기, 고, 고개를 들어 주세요!"

일하면서 귀족과 대면한 적은 있지만, 나라의 정상이 머리를 숙인 적은 처음이다. 심장에 무진장 나쁘고, 엄청나게 멋쩍다.

동요해서 어떤 태도를 보여야 할지 모르겠다. 둘이서 함께 허둥대고 있을 때, 고개를 든 여왕이 장난이 성공한 것처럼 웃음을 참고 눈을 찡긋한다.

"그리고 두 분께 여쭈고 싶은 게 있어요."

"뭐, 뭡니까?"

심장에 나쁜 일이 있은 직후여서 쿵쿵대는 가슴을 억누른 엑시즈가 신중하게 되물었다.

"두 분은 플레이어죠?"

""?!""

한순간에 실내 공기가 얼어붙는다.

대답하지 못하는 태도가 그 질문의 답을 여실히 드러내고 있다고 해도 좋다.

정체를 들킨 엑시즈와 쿠올케는 여왕에 대한 경계심을 드러내고 철저하게 다음 순간을 대비한다. 대체 어디서 그 정보가 유출됐는지, 생각해도 답은 나오지 않는다.

"경계하는 게 당연하겠죠. 하지만 안심해 주세요. 우리는 그 정보를 다른 사람에게 흘리지 않아요."

기사단장은 팔짱을 끼고, 재상은 턱수염을 만지며 여왕의 말을 긍정했다.

믿을 수 없다 or 모종의 함정인가? 의심이 심해진 엑시즈 일행에게, 여왕이 다음으로 꺼낸 말은 충격적이었다.

"여기 있는 모두는 플레이어의 관계자예요."

"뭐……?"

"허……?"

이어서 밝혀진 세 사람의 정체를 듣고, 엑시즈 일행은 허탈한 소리를 냈다.

여왕과 기사단장과 재상은 모두 플레이어의 양자라고 한다.

하지만 엑시즈 일행의 정체를 눈치챈 이유는 그것이 아니라, 수호자의 탑 퀘스트를 달성했기 때문이라고 한다.

"그 거북이에 관해서는 여러모로 전해지는 바가 있지만, 내놓은 문제에 관해서 우리는 아리송할 뿐이죠. 그래서 우리는 그 탑을 조사하기 위해 각지에 사람을 조금씩 보냈어요."

지금까지 몇몇 정보를 수집한 결과, '스킬 마스터'란 단어가 나온 부분에서 추측한 듯하다. 그야 지금 세계의 주민에게 '스킬 마스터'를 물어봐도 대답하는 사람이 있을 것 같진 않다.

"이판사판으로 사태를 눈치챈 플레이어님이 해결해 주기를 기대해 봤는데……."

듣고 보니 모험가 길드에서 들은 '오래된 문헌을 조사해서 판명한 운운'과도 다르다는 사실을 눈치챘다. 보수를 미끼로 사람을 모으고, 잘하면 플레이어가 낄 것을 기대해서 도박에 나서다니, 아무리 그래도 너무 불리한 게 아닐까 싶다.

의뢰에 손댄 은귀, 엑시즈와 쿠올케가 있었으니까 오우타로퀘스의 계략이 성공한 걸지도 모르지만.

사정을 알면 눈앞에 있는 세 사람에게, 어이없다는 듯, 다시는 엮이고 싶지 않다는 시선을 보내는 것도 어찔 수 없는 일이다.

여왕은 그 시선으로 두 사람의 마음속을 헤아리고, 쓴웃음을 지으며 보수를 주었다.

그때는 재상에게 "이번 일에 대한 입막음 비용도 포함되었다네."라는 첨언도 함께.

"그 옷도 드리죠. 다시 만날 일이 있을지도 모르니까요."

""사양하겠습니다!""

예복이 있다고 알려지면 또 부를 것이라고 경계한 두 사람이 단호히 거절하자, 기사단장이 아쉬운 표정을 지었다. 도저히 방심할 수가 없다.

그 뒤에는 원래 옷으로 갈아입고 성을 나섰다.

추적자나 첩보원을 경계하며 오우타로퀘스 왕도를 떠나고, 서쪽 통상로 부근에 여관이 있는 정도의 작은 마을에서 두 사람은 겨우 경계를 풀었다.

"이, 이만큼 멀어지면 이제……."

"오우타로퀘스 무서워. 오우타로퀘스 무서워. 오우타로퀘스 무서워……."

"어이, 쿠올케. 정신 차려!"

여러모로 정신적으로 상처가 남은 소동으로 인해, 그들의 멘탈은 더욱더 갈려나갔다.

제3장

신전과 회담과 오우타로퀘스행과 재회

일단 펠스케이로에서 마을로 돌아온 케나를 메이드와 집사와 딸이 맞이했다.

"잘, 다녀, 오셨어요."

"응, 다녀왔어. 루카. 두 사람도 집을 봐줘서 고마워."

"황공합니다."

"케나 님도 느긋하게 지내려고 여기에 이사를 온 거 아니었나요? 여느 때보다 분주하네요."

"하하하……."

록시느가 비꼬는데도 반박할 수 없다. 변경 마을에 틀어박히겠다고 한 것치고는 여기저기에 나다니는 것 같다.

"쿠."

"응, 루카."

케나에게서 날아간 쿠가 루카의 어깨에 앉는다. 서로 머리를 쓰다듬거나 머리카락을 만지는 등 사이좋은 모습에 가슴이 푸근해진다.

"엄, 마."

"왜, 루카?"

어깨에 있는 쿠를 의식하며 루카가 케나의 옷자락을 잡아당기며 뭔가 말하려고 했다.

케나는 쪼그려 앉아서 루카와 눈높이를 맞추고, "눈치 보지 말고 말하렴."이라고 했다.

"쿠랑, 같이…… 자도, 돼?"

머뭇머뭇 말을 꺼내며 루카가 부탁해서, 케나는 웃으며 허가를 내렸다.

"잠든 사이에 쿠를 깔아뭉개지 않아야 한다?"

"안, 해."

"쿠도, 루카랑 잘래."

뺨을 부풀린 루카는 쿠가 머리카락을 잡아당겨 함께 자자고 보채는 바람에 "안녕히, 주무세요……."라고 말한 뒤 거실을 뒤로 했다.

루카가 자기 방으로 돌아간 것을 확인한 케나는 대기 중이던 록시느, 록시리우스를 돌아본다.

"이쪽에서 무슨 일 있었어?"

"아뇨. 이렇다 할 이변은 없습니다."

"마치 케나 님은 뭔가 있었던 듯한 말투네요?"

남의 불행을 즐기는 듯한 록시느의 말투에, 케나는 한숨을 푹 쉬고 쿠션 더미에 벌렁 드러누웠다.

"쿠션이 또 늘어났네……."

"아가씨의 역작이에요. 재봉 솜씨가 순조롭게 늘고 있네요."

"그래? 그것 말고는?"

"요리는 아직 멀었지만, 감자를 겨우 깔 수 있게 되었어요."

장난이 성공한 것처럼 보고하는 록시느에게, 록시리우스의 눈썹이 실룩거리며 반응하고 있다.

사이가 나쁜 건 어쩔 수 없다고 치고, 슬슬 적당한 선에서 타협해 주면 좋겠다.

다음 날. 케나는 아침을 먹은 다음에 펠스케이로로 날아갔다.

역시 쿠도 따라왔다. 집 안에서 서로 떨어지는 건 가능한 것 같은데, 외출하면 어느샌가 케나의 곁에 있는 듯하다.

모처럼 이동 수단이 생겼으니까 【전이】를 쓰지 않고, 수호자의 반지를 써서 1번 수호자의 탑으로 날아간다. 그곳에서 중간섬으로 내보내게 하면 이동 완료다.

습격 때도 이 방법을 쓰면 됐는데, 솔직히 연락 내용에 동요해서 깜빡했다. 만약 썼다면 동문 습격에 제때 갈 수 없었으리라.

괘종시계 수호자에게 이상한 일이 없었는지 물어봤지만, 현재로서는 하늘의 사자 대우를 받는 것 말고는 이상한 점이 없다고 한다.

중간섬과 면한 곳을 다시 확인해 봤는데, 사람들이 공물로 바친 꽃다발이 늘어나서 성채처럼 쌓여 있었다. 대체 누가 정리하는지 따지고 싶어진다.

오늘 방문 목적은 여러 가지 있다. 겸사겸사 스카르고에게 물어보고 싶은 것도 있었다.

"쿠, 네가 있었다는 곳에서 신전 말고 떠오르는 게 있어?"

“우응, 밤이었어.”

“밤의 신전이라는 거야?”

“우응, 모르겠어.”

“아이코……. 그건 스카르고에게 물어볼 수밖에 없으려나.”

케나가 종교 관련으로 아는 것은 별로 없다.

마을에서 아이들에게 글자와 계산을 가르칠 때 강사로 와준 스냐의 이야기를 접한 정도다. 스냐는 랙스 공무점의 대표다.

혹시 몰라서 록시리우스와 록시느에게도 물어봤지만, 두 사람 모두 고개를 가로저었다.

마을 사람은 간단한 창세 신화를 아는 정도다.

그 신화에 따르면, 이 세계에는 창세신이 둘 있다고 한다.

자세히 물어보려고 했더니 스냐도 ‘그건 신전 사람에게 물어보는 게 나아요.’ 라고 대답했다.

가르치는 내용에 관해서는 일반인보다 교회가 낫다는 구분이 있는 걸지도 모른다.

원래는 게임이었던 리아데일의 설정에서도 창세 신화 부분은 들은 적이 없었으니까, 200년 사이에 만들어진 건지 현지 신앙인지는 알 수 없다.

“애초에 밤의 신전(?)이란 곳이 하늘에 있는지 지상에 있는지. 자기가 있는 곳을 전하려고 남을 이용하는 것이 그 녀석답지만, 명확한 장소를 모르니까 곤란한걸……. 아마도 그것도 스스로 생각하라는 거겠지만.”

당시에는 지식이 부족했던 케나에게 이것저것 가르쳐 준 사람이 오푸스다. 그때는 자주 '스스로 생각해.' 라는 말을 들었던 것을 떠올린다.

여기 와서 눈앞에 없는데도 여전히 교사 짓을 하냐고 생각하니, 케나는 조금 허탈해졌다.

펠스케이로에 도착한 다음에는 가장 먼저 교회로 갔었다.

그런데 대리로 나온 늙은 사제에게 '시간이 되면 이쪽에서 사람을 보내 알리겠습니다.' 라는 말을 들었다.

그래 보여도 나라의 높으신 분으로서 일과 책임이 있겠거니 해서 이렇게 사람이 오기만을 기다리고 있다.

다음으로 간 곳은 아비타와 화염창 용병단이 평소 숙박하는 여관이다.

목적은 왕도 방위에 호출받았을 때의 보수를 받는 것이다.

모험가 길드에서는 화염창 용병단과 세트로 보수를 내놓은 듯하다. 왜 세트가 됐냐면, 방위선에 참가하는 신청을 아비타가 한꺼번에 했기 때문이다.

방위전 보수는 왕궁에서 모험가 길드를 거쳐 각자에게 분배된다. 그때 조금 탐문 조사를 해서 개개인의 보수를 나눈다고 한다.

별동대로 처리한 덕분에 케나가 받을 보수는 다소 많다. 돈은 많아서 나쁠 일이 없지만, 너무 많아도 곤란하니까 잘 생각한 끝에…….

"그러면 여기 술값을 제가 낼게요."

왕도 방위전의 보수를 써서 거하게 놀자는 명목으로 마시던 아비타 일행에게 제안했다.

모두가 깜짝 놀란 얼굴로 케나를 주시하는 가운데, 아비타에게 편승해서 마시던 에리네도 놀랐다.

"그래도 되겠습니까, 케나 양? 힘쓰는 남자들의 술값은 제법 나갈 텐데요?"

"금화 하나 정도는 나가나요?"

"아니, 그만큼 마시려면 사람이 좀 부족한걸. 애초에 아가씨는 얼마나 받았는데?"

"금화 30개를 받았는데요."

"오오!" 하고 단원들이 탄성을 지른다.

이건 별동대 구성을 들은 샤이닝세이버가 눈치껏 많이 챙겨준 것이다.

그 장소에 케나가 가지 않았다면 어떻게 됐을까? 그런 추측에서 왕도의 피해를 상정한 결과다.

그 무리가 통째로 왕도를 침공했다면 최악의 경우 펠스케이로가 지도상에서 소멸했을지도 모르니까, 특별 보상금을 지급했다.

덤으로 별동대의 위협을 시민들에게 덮어두고 싶어서 입막음 비용을 포함했다고 한다.

이건 케나의 몫이라고 받은 주머니 안에 이번 일에 관해서 설명하는 아가이드 재상의 편지가 있었기 때문이다.

여담으로 용병단이 받은 보수는 한 사람당 은화 50개 정도다.

케나가 손가락을 튕겨서 날린 금화를 받은 아비타는 손에 잡힌 것을 보고 만족스럽게 고개를 끄덕였다.

"좋아. 얘들아! 오늘은 아가씨가 쏜댄다. 술로 목욕할 정도로 마시자고!!"

"""오오오오오오오!!"""

여관이 들썩거릴 정도의 큰 환호성이 울려서 바깥을 지나가던 사람들이 무슨 일인가 싶어서 술집 안을 들여다본다.

케나는 도수가 낮은 과실주를 기울이며 에리네와 장사 이야기를 하기로 했다.

"흠. 정기적인 보리 매입입니까?"

"가공품은 사카이 상회에 돌린다고 해도, 원재료는 딱히 한 가게에만 의지하지 않아도 되니까요. 외곽 통상로를 도는 에리네 씨 상단이라면 마을에도 가끔 들를 수 있죠?"

"뭐, 마을에 들르기 전에 들여놓으면 확실하게 사주신다는 거군요. 좋습니다. 그 제안을 받아들이죠. 그나저나 처음 봤을 적의 케나 양을 아는 몸으로서, 지금 상황은 흥미롭군요."

"윽……. 그, 그러네요. 현재의 제가 있는 것도 에리네 씨와 아비타 씨를 만난 덕분이니까요. 그러니 처음 수업료를 갚을 때가 된 거겠죠."

"누이 좋고 매부 좋은 일이군요."

서로 얼굴을 보고 웃는다.

사카이 상회에서 보리를 직접 사들일 수도 있지만, 예전에 케이릭 본인이 말한 '이 정도로 사카이 상회는 망하지 않습니다' 발언도 있어서, 여러모로 진 빚이 있는 에리네에게 은혜를 갚는 의미로 제안한 것이다.

정기적이란 범위에서 벗어나는 걸지도 모르지만, 적어도 한 달에 한 번은 원재료 납품을 확보할 수 있어서 안심한 부분도 있다. 만약 사카이 상회의 납기일에 맞추기 어려울 때는【전이】해서 보리를 사들이면 될 일이다.

에리네의 상단이라면 마을에 확실하게 오니까 문제없겠지. 그 결정에 관해서는 케이릭에게도 한 번 보고할 필요가 있다.

술주정뱅이에게 싸구려 술을 억지로 권유받거나, 에리네와 요즘 장사 상황을 이야기하거나 하고 있을 때, 통째로 빌린 술집 겸 여관에 여성 2인조가 찾아왔다.

이름을 불린 것 같아서 케나가 뒤돌아보자, 낯익은 여성들이 종종걸음으로 다가온다.

"안녕하세요, 케나 씨. 오랜만이에요."

"응? 그 정도로 오랜만이진 않잖아?"

"괜찮아요. 안 그래도 자주 볼 수 없으니까요."

"그렇구나. 그러면 그동안 잘 지냈냐고 해야겠네. 론티, 마이."

"푸헉?!"

그중 한 명인 마이리네의 얼굴을 본 아비타가 부하를 향해 힘차게 술을 뿜었다.

그럴 수밖에. 누가 이런 서민 동네의 술집에 왕녀가 태연하게 찾아올 줄 알까.

"악! 더러워!"

"단장이 술을 뿜었어?!"

"가, 갑자기 왜 그러십니까?"

그 주위에서 작은 소동이 일어나는 바람에 케나만 보고 일직선으로 돌격하던 마이리네도 그 사실을 눈치챘다.

"아, 아비타 경. 오랜만이에요."

"고, 고고고, 공……. 왜 이런 데를 호위도 없이 오셨습니까?"

공주님이라고 말하려는 도중에 목소리를 낮추고 다시 물어보는 아비타.

그러자 싱긋 웃어 반응한 마이리네가 술집 출입문을 돌아봤다.

"호위라면 있어요. 기사단장이 직접 왔죠."

"안녕하십니까……."

하얀 갑옷에 검을 찬 백은의 드래고이드가 커다란 몸으로 쑥 들어온다.

그 자세는 케나가 샤이닝세이버와 만났을 때 중에서 가장 겸허하고 얌전했다.

한순간 케나가 '이게 누구야?' 라고 생각할 정도로 차분했다.

그러자 가볍게 고개를 숙인 샤이닝세이버에게 단원들이 들러붙었다. 그을린 팔뚝으로 목을 휘감고, 다른 사람보다 머리 하나만큼 큰 드래고이드가 몸을 억지로 숙이게 한다.

"저기……?!"

“안녕. 잘 지냈어, 대장?”

“요새 기가 산 것 같던데, 애송이?”

“넌 말이야. 기사단장이라면 부하를 교육할 때 예의란 걸 더 가르치는 게 어떠냐? 모험가만 보면 눈에 불을 켜고 덤벼드는데 말이야. 발정 난 개새끼가 아니잖아.”

“아니, 그건, 조금…… 죄송합니다.”

취해서 시비를 거는 건지 아니면 원래 그런 건지, 주먹과 무릎으로 툭툭 치면서 불평을 잔뜩 듣는 샤이닝세이버. 무척 친해 보인다고 할까, 너무 졸병 취급을 받는다.

그 모습을 론티와 마이리네가 흐뭇하게 구경하니까, 케나는 고개를 갸우뚱했다.

쓴웃음을 짓던 부단장이 조용히 해설해 준다.

“실은 우리 중 절반은 원래 기사단에 있었습니다. 우리 용병단은 단장과 함께 기사단을 그만둔 사람들이 모인 곳이죠. 샤이닝세이버 경은 아비타 단장의 후계자였으니까, 당시를 아는 사람은 후배로서 귀여워했습니다.”

“헤에……. 어? 후계자? 아비타 씨는 기사단장이었어?”

“네. 전대 기사단장이었죠.”

고개를 끄덕이며 옆에서 싱글벙글 웃고 듣는 마이리네.

론티는 당시의 기사단 사정은 모르는 듯, 케나와 함께 놀랐다. 그 당사자는 어느새 샤이닝세이버를 쿡쿡 찌르는 일행에게 가세했다.

"이봐, 내가 말했지? 모험가와의 관계는 매끄럽게 하라고. 안 그러니까 이럴 때 껄끄러운 관계가 된 거잖아. 안 그래?"

"어어, 저기, 여기선 좀 봐주십쇼, 선배 단장님!"

"아니. 용서할 수 없어. 너는 방위가 뭔지를……."

"큭, 헉. 술 냄새가?! 그 상태로 들러붙지 마십쇼!"

땀내 나는 교류에 어떻게 끼어들지 고민하는 케나의 두 팔을, 론티와 마이리네가 단단히 붙잡았다.

좌우를 보고 물음표를 띄우는 케나에게, 두 사람이 나란히 미소를 짓는다.

그리고 "자, 가요. 대사제님이 기다려요."라며 질질 끌고 간다.

"어? 혹시 보낸다는 사람이 너희였어?! 왜 신전의 심부름꾼이 된 거야?"

"마침 운 좋게 손이 비었거든요. 그건 됐고, 얼른 가요!"

"아니, 갈 테니까 잡아당기지 좀 마! 저, 저기, 에리네 씨, 아비타 씨. 다음에 또 봐요."

"그래요. 다음에 또 봅시다. 조심해서 가세요, 케나 양."

"오냐. 아가씨, 다음에 보자고."

케나에게 손을 흔드는 에리네와 용병단 일동. 붙들린 샤이닝세이버를 방치하고, 세 사람은 술집을 뒤로했다.

"야! 두고 가지 마!"

"아앙? 야, 애송이. 넌 아가씨한테 몹쓸 짓을 하면 안 된다?"

"단장님이 예뻐하니까 말이지. 나중에 뒷골목에 호출받긴 싫잖아? 안 그래?"

"알겠습니다, 알았다고요! 그러니까 놔주십쇼!"

그런 대화가 계속 이어지고, 샤이닝세이버가 케나 일행을 따라잡은 건 한참 뒤였다.

론티와 마이리네를 따라간 케나는 강가에서 기다리던 귀족 전용 도하선―― 상아색 크루저 같은 것을 타고, 중간섬을 거치지 않고서 반대편 강기슭에 있는 귀족 거리에 내렸다.

그 시점에서 머릿속에 불길한 예감 MAX인 경종이 울렸다. 딱히 키가 울리는 건 아니다.

굳이 따지자면 직감 같은 것이다.

"저기, 뭔가 무지 불길한 목적지가 어른거린 것 같은데……?"

귀족 거리의 메인 스트리트라고 할 수 있는 길. 돌로 깨끗하게 포장한 곳을 똑바로 나아가고 있다.

지난번에 마이마이를 따라서 방문한 종점의 정면에 떡하니 서 있는 건물이 있다.

누구나 다 아는 이 왕도의 상징, 왕성이다.

하얀 외관에 파란 첨탑이 몇 개 서 있는 이 왕성은 과거 모 길드가 지은 모습 그대로 말로 표현할 수 없는 위압감으로써 길 가는 사람들을 내려다보고 있다.

케나는 질색한 얼굴로 뒤돌아본다.

그러나 그 시야를 하얀 갑옷이 가렸다. 간신히 아비타의 구속을 풀고 따라온 샤이닝세이버가 놓치지 않겠다는 것처럼 케나를 노려보고 있다.

"저기요?"

"공식이 아니다. 사적인 거야. 대사제도 동석하니까 걱정하지 마. 듣자니 폐하께 이것저것 불평했다고 들었지만……."

"뭐, 그 아이는 성격이 그러니까."

"도망치지 마."라고 한마디 덧붙이는 바람에 케나는 포기하고 한숨을 푹 쉬었다.

어깨를 축 늘어뜨리고, 즐겁게 웃는 마이리네와 론티에게 팔을 붙들려 왕성의 문을 지난다.

성안에 들어가고 나서는 비슷한 풍경이 이어지는 복도를 오가고, 계단을 몇 개 올라간 뒤에 아담한 문 앞에 끌려간다.

성이라고 하면 게임 중에 신세를 많이 졌다. 퀘스트를 받거나, 싫은 소리만 하는 NPC에게 시비를 걸리거나. 굳이 말하자면 좋은 기억이 없다.

별로 감흥이 없는 장소라고 느끼는 케나의 태도에, 케나를 데려온 론티와 마이리네는 조금 실망했다.

"케나 씨는 성에 관심이 없나요?"

"어? 그러네. 옛날엔 여기저기에 성이 있었으니까. 딱히 관심은 없을걸."

"아으으으……. 이것저것 더 설명하고 싶었는데."

"아하하, 미안해."

“하으으.” 하고 한숨을 쉬고 어깨를 축 늘어뜨린 마이리네에게, 케나는 쓴웃음을 짓고 사과했다.

론티는 문을 두드리자 나온 시녀에게 “데려왔습니다.” 라고 전하고 케나에게서 떨어진다. 마이리네도 똑같이 떨어지는 걸 보니 두 사람은 여기까지만 따라오는 듯하다.

시녀가 문 너머로 돌아가고 잠시 지나서, 안쪽에서 문이 활짝 열렸다.

문 너머는 창문이 큰 방으로, 내부는 디자인이 간소한 장식으로 꾸몄다.

그러면서도 깔끔한 느낌이 나는 방 중앙에 커다란 둥근 테이블이 있었다.

거기서 먼저 기다리던 세 사람이 자리에서 일어나 케나를 맞이했다.

한 사람은 팔짱을 끼고 뚱한 얼굴을 한 스카르고. 케나를 보더니 얼굴을 활짝 폈다.

한 사람은 사제복 같이 헐렁한 로브를 걸친, 인상이 딱딱한 장년 남성.

마지막 한 사람은 입가에 미소를 띤, 연두색 드레스를 입은 토실토실한 여성이었다.

장소가 장소인 만큼, 스카르고와 동석한 인물은 뻔하다.

속으로 한숨을 쉬고 싶은 기분을 겉으로 드러내지 않고, 케나는 자세를 바로잡아 다리 하나를 뒤로 빼서 연기하듯 작게 몸을 숙여 인사했다.

동양식으로 머리를 숙이지 않는 것은 케나가 하이엘프이기 때문이다.

여기서 머리를 숙였다간 '엘프 왕족이 인간 왕족에게 머리를 숙여선 안 됩니다!' 라며 아들이 격노할 것 같아서다.

"처음 뵙습니다. 부족한 아들이 평소 불편을 끼쳐 죄송하네요. 하이엘프 케나라고 합니다."

잠시 침묵이 흐른다. 어째서인지 넋이 나간 두 사람. 왕과 왕비는 케나와 눈이 마주치자 황급히 오른팔을 가슴에 대고 답례했다.

스카르고는 두통을 참듯이 자기 자리에서 축 늘어졌다.

케나는 뭔가 실수했나 싶어서 자기 행동을 되짚어 보지만, '평범하게 인사한 거니까 문제없겠지?' 라고 그냥 넘어갔다.

실제로는 초대한 사람이 먼저 인사하는 암묵적인 규칙이 있는 자리에서 케나가 보인 행동은 왕과 왕비에게 큰 충격을 줬다.

샤이닝세이버는 방 앞의 경비를 부하에게 맡기고, 자기 업무로 복귀한다고 했다.

"돌아갈 때는 같이 가 주마."라고 중얼거리고 자리를 떠났다.

왕과 왕비가 어색하게 의자를 권해서 "실례합니다."라고 말한 뒤 테이블 한쪽에 앉는다.

오른쪽에는 스카르고, 정면에는 왕과 왕비가 앉았다.

왠지 모르게 의사에게 잔소리를 듣는 기억이 다시 살아난 케나는 왜 이런 자리가 됐냐고 따지는 눈으로 스카르고를 봤다.

갑자기 예리한 눈빛에 노출된 아들은 몸을 뻣뻣하게 폈다.

"저, 저기…… 어머님?"

"미안해요, 케나 공. 우리가 억지를 써서 동석하게 했어요. 대사제를 책망하지 마세요."

중재하고 나선 사람은 왕비다.

그 푸근한 미소에 한순간 친어머니의 얼굴이 겹쳐 보여서, 케나는 숨을 집어삼켰다. 곧바로 정신을 다시 차리고 작게 심호흡한 뒤, 마음을 차분하게 가라앉힌다.

"나는 스카르고에게 조금 물어보고 싶은 게 있을 뿐인데요. 왜 두 분과 회담하게 된 거죠?"

"그건 대사제에게 들었다. 우리도 두 번이나 왕도를 구한 귀하와 만나고 싶었을 뿐이지. 그쪽 이야기가 끝나면 우리와 잠시 잡담해 줬으면 하는군."

사람들 위에 서는 자의 근엄한 목소리를 듣고, 케나는 숙부를 떠올렸다.

가출한 케나의 아버지가 분가의 어머니와 결혼하는 바람에 집에서 쫓겨나고, 그 대신 본가를 잇게 된 숙부(아버지의 동생)가 자주 '일터는 무대다' 라며 한숨 돌릴 겸 병문안을 와준 기억이 떠올랐다.

그때마다 입에선 푸념만 튀어나왔다.

움직일 수 없는 케나는 얌전히 들을 수밖에 없어서, 뒤늦게 찾아온 비서(사촌)가 숙부를 연행하는 것이 일상 풍경이었다.

“평범하게 말하지 않을래요? 그 말투면 피곤하잖아요?”

“그, 그래. 케나 공은 말이 잘 통하는 것 같군. 나는 토라이스토라고 하네. 이쪽은 아내인 알나시지.”

“저기, 어머님?! 갑자기 위엄을 풀지 마시죠. 하이엘프의 긍지 정도는 지켜 주세요!”

“답답한 회담은 관둘래! 여기는 하이엘프 마을도 아니니까.”

태연하게 대꾸하는 어머니를 본 스카르고가 머리를 감싼다. 조금이라도 앞으로 있을 협상에서 케나를 유리하게 하려고 했던 꿍꿍이가 와장창 무너졌기 때문이다.

아들 마음도 모르는 케나는 샤이닝세이버에게 ‘사적인 자리’ 라고 들은 바도 있어서, 친구(마이)의 부모와 만나는 정도의 의식밖에 없었다.

반대로 국왕 부부는 사전에 스카르고와 아가이드를 통해 들은 케나의 인물상을 생각해서 속으로 전전긍긍하고 있었다.

왕도에 출현한 거대 마물에게 기사단과 마법사단이 고전하는 가운데, 고작 마법 두 발로 격파한 능력.

딸과 아들을 통해 익히 들은, 강대한 소환수를 자기 뜻대로 부리는 수단.

스카르고가 마지못한 말한 옛 스킬 마스터의 역할 등이 있다.

그런 마음은 직접 본 케나의 시원시원한 본모습에서 괜한 걱정임이 밝혀졌다.

실내에서 조용히 명을 기다리던 시녀가 모두에게 차를 돌린다.

그 시녀는 차를 다 돌린 다음 인사하고 밖으로 나갔다.

다시 네 사람만 남았을 때, 토라이스토 국왕이 머리를 깊이 숙였다.

"우선 예전의 거대 마물 사건과 이번 일에 대해서, 정식으로 예를 표하지. 정말 고맙다. 그리고 딸과 아들이 여러모로 불편을 끼쳤다. 그건 진심으로 미안하군."

"음…… 머리를 숙일 이유는 없는데요? 거대 펭귄은 아이들에게 피해를 줄 것 같아서 날려 버린 거고, 마물 침공도 친구인 샤이닝세이버가 요청한 거예요. 그 일에 관해서는 위험수당을 포함한 보수도 받았으니까요. 한 나라의 왕이 모험가에게 머리를 숙일 사태 같지는 않네요. 마이는 친구고, 전돌이는 아가이드 씨가 부탁한 일이고요."

김이 빠진 얼굴로 고개를 든 토라이스토와 눈이 마주치고, 케나는 씩 웃었다.

나라와는 아무 관계도 없이 지내고 싶다는 말을 넌지시 돌려서 했을 뿐이다.

토라이스토는 그 의도를 잘 이해한 듯, 고개를 들고는 만족스럽게 웃고 끄덕였다.

"그렇군. 그렇다면 우리는 대등한 친구라는 뜻으로 받아들여도 되겠나?"

“기왕이면 왕족처럼 신분이 높은 사람과는 엮이고 싶지 않은데 말이죠. 스카르고가 나라의 삼인자니까 그것도 어렵나.”

“어머님?! 마치 제 탓인 것처럼 말씀하시지 말아 주시죠!”

“실제로 어떤지는 잘 모르겠는데, 얘가 도움이 되긴 해요?”

“저기……?!”

“그래요. 나라 안팎의 성직자를 잘 통솔하고 있어요. 연설 때 빛나거나 꽃이 날리거나 하는 것도 국민들에게 인기가 많은걸요.”

케나의 직구 질문에 토라이스토가 쓴웃음을 지었다.

남편 대신 왕비 알나시가 대답했다.

매우 정상적인 답을 듣고, 케나는 “헤에.” 라며 뜻밖이라는 얼굴로 아들을 봤다.

“어머님…… 어째서 의심하는 눈으로 보시는 겁니까?”

“아니, 그런 건 아니야. 나라에서 제일 높은 분이 그렇게 말할 정도니까 사실로 받아들일게.”

“어머님께서 저를 어떻게 생각하시는지, 자세히 물어보고 싶습니다…….”

“평소의 행실을 고치는 걸 추천하는데?”

울상을 한 스카르고가 자리에서 일어나려는 것을, 케나가 목깃을 붙잡아서 말린다.

엉뚱하게 흘러가는 어머니와 아들의 대화에 왕과 왕비가 눈을 휘둥그레 떴다.

“기다려. 너한테 물어보고 싶은 게 있어서 내가 여기까지 온 거잖아."

"하아…… 제가 어머님께서 납득할 대답을 내놓을 수 있을지 의문이지만, 듣겠습니다."

"밤의 신전에 관해서 물어보고 싶은데?"

"밤……?!"

스카르고가 눈을 가늘게 떴다. 왕과 왕비도 어째서인지 입을 다물었다.

마른하늘에 날벼락보다 더한 뜬금없는 질문이었던 듯하다.

"대체 무슨 바람이 분 겁니까? 어머님께서 신에게 관심을 보이시다니……."

"그 반응을 봐서는 밤의 신전이 진짜 있나 보구나. 아하."

문제는 그것이 케나가 찾는 그곳이 맞는지다.

"밤의 신전이란 창세 신화의 반신을 모신다고 하는 장소인데. 그런 곳에 무슨 볼일이 있습니까?"

"왠지 아는 사람이 거기 숨어 지내는 것 같거든."

"어느 세상에 야신(夜神. 밤의 신)과 동거하는 인물이 있다는 겁니까?!"

어느 세상이고 나발이고, 케나가 아는 오푸스라면 신과 동거해도 신경 쓰지 않고 살 것 같다. 아무튼 뻔뻔한 인물이니까, 오히려 신이 더 곤란해할지도 모른다.

힘껏 소리치고 머리를 감싼 스카르고는 고개를 푹 숙이고서 중얼중얼 떠들고 있었다. 등 뒤에는 칙칙하게 짙은 회색으로 물든

구름이 커지고 있다.

"오랜만에 어머님께 도움이 된다고 여겼더니 설마 야신을 알고 싶으시다니. 그야 야신은 성격이 과격하다고 전해지지만, 몽신(夢神. 꿈의 신)이라고 하는 온화한 측면도 있으니까 말이죠. 아닙니다. 어머님의 교우 관계를 의심하는 건 아니지만, 어쩌면 그 야신조차도 어머님께는 위협이 안 될지도 모릅니다. 역시나 어머님! 모두의 간담을 서늘케 하는 연줄이 있군요!"

왠지 도중부터는 흉흉한 발상에 이른 듯하다.

네온 같은 태양을 짊어지고 자기 어머니를 찬양하는 아들을 본 케나는 조금 창피해졌다.

몽신은 태양신의 반쪽으로 밤을 수호하는 여신이다.

그것과 한 쌍을 이루는 것이 과격한 성격을 지닌 야신의 얼굴이다.

마신으로서 사람의 마음에 공포를 뿌리는 악귀나찰 같은 존재이다. 요전번에 출현했다고 하는 이그즈듀키즈의 상사에 해당한다.

마음이 들뜬 스카르고는 그 자리에 있는 세 사람의 눈빛이 아이를 지켜보는 훈훈한 느낌으로 변한 것을 느끼고 헛기침한 다음 자세를 바로잡았다.

"몽신이라면 꿈속에 거처가 있다는 설이 있는데……. 야신이라면."

말없이 머리 위를 가리키는 스카르고. 그것이 의미하는 것은 달인 듯하다.

제아무리 스킬 마스터라고 해도 달에 도달하는 스킬은 없으니까, 케나는 힘이 쏙 빠질 수밖에 없다.

게임 시절과 똑같이, 이 세계에도 달이 있다. 두 개거나 보라색이거나 엄청나게 크거나 하진 않지만, 지구와 마찬가지로 차고 기우는 하얀 달이 밤하늘을 장식한다.

그건 그렇고, 케나는 아들의 말에서 뭔가 이상한 것을 느끼고 말을 곱씹었다.

"야신……? 야신? 음음? 어라? 어디선가 들어본 것 같은데."

"그야 신이니까요. 들어본 적은 있겠죠. 그건 그렇고 너무 자주 말했다간 이단심문이 기다리니까, 어머님도 조심해 주시죠."

"음, 노력해 볼게. 야신, 야신, 야신의 신전? ……뭔가 귀에 익숙한데. 뭐였지?"

——미안하군…… 케…….

——그때까지…… 고생…….

"키!"

『무슨 일이십니까?』

깊이 생각에 잠긴 케나를 배려해서 조용해진 실내.

뇌리에서 번뜩인, 과거에 들은 적이 있는 단편적인 대화가 떠오르지 않아서 외부 기억 장치(키)를 불러낸다.

불러내고 자시고 항상 곁에서 대기하고 있다고 할까, 일심동체이지만. 그건 무시하고.

물론 키의 발언은 케나 말고 들리지 않으니까, 갑자기 누군가를 큰 소리로 부른 케나에게 왕과 왕비는 곤혹스러운 눈치다.

"로그 검색해! '야신의 신전' 으로 부탁해."

『알겠습니다. 잠시 기다려 주십시오.』

"저기, 케나 공은 무얼 하는 거죠?"

"어머님은 성령이 따르니까요. 그것에게 부탁한 겁니다. 무얼 부탁했는지는 짐작할 수 없지만요."

"성령……? 신의 사도로 옛날이야기에 종종 나오는 그 성령 말인가?"

"저도 본 적은 없습니다만."

대사제와 왕과 왕비가 속닥속닥 이야기하는 가운데, 시선을 독점 중인 케나의 정면에는 키가 출력한 로그가 나타났다.

음성이 없는 대화 로그가 눈앞에 있는 공간에 쭉 펼쳐진다. 케나의 눈에만 보여서 제삼자는 아무것도 없는 공간을 노려보고 인상을 굳힌 케나만을 확인할 수 있다.

천하의 스카르고도 부조리한 불벼락이 떨어지지 않을까 불길한 예감이 들어서 몸을 떨었다.

그 문장은 다음과 같다.

『흠. 겨우 완성했군. 한 달은 진짜 길었구나.』

『저기 말이야……. 고정된 사람은 나밖에 없는데. 침대에서 거의 움직이지 못하는 입원 환자를 게임에서도 구속하는 건 대체 무슨 괴롭힘이야!』

『뭐, 사소한 말은 넘어가고. 빨리 식전을 진행하지. '건배'.』

짠.

『게임 속 마실 건 밋밋한 맛밖에 안 나니까. 그 점을 개선해 줘.』

『감각 설정을 다 켜면 다 해결될 텐데?』

『그렇게 위험한 짓을 할 것 같아아아?!』

무언가의 외침과 타격음, 폭발음이 한동안 이어진다.

『그나저나 취향이 참 고약한 던전이 됐네. 온통 금색이라니.』

『한계돌파&스킬 마스터 두 명의 노력이 모였을 뿐이잖아. 분명 욕심이 가득한 플레이어가 파닥파닥 낚이겠지.』

『표현이 적나라해. 마이너스 1점. 쓸데없는 함정도 한가득 만들고 말이야……』

『분명 한탕 하려는 바보들이 픽픽 죽어 나자빠질 거다. 자신의 야심에 익사해라. 흥! 좋아. 이 던전의 이름은 '야심의 던전'이라고 하지.』

『발음하기 너무 어려워.』

『그렇다면 '야심의 신전'으로 하마.』

『뭐, 최하층에 영문도 모를 신상을 설치했으니까 그게 낫겠네.』

『우선 소문부터 내자. 누가 제일 먼저 지옥을 볼지 기대되는군.』

『소문을 낼 거면 우리 커뮤가 괜찮을 거야. 숫자도 적고.』

『좋아. 이만 돌아가자. 케나.』

『길마한테도 구속이 풀렸다고 말해. 오푸스.』

“어어…… 야신의 신전이 아니라 야심의 신전이라는 거야?! 헷갈리잖아, 이 망할 오푸스!!”

분노의 외침에 연동한 몇몇【액티브 스킬】이 발동하고, 주위에 농밀한 기운을 확 뿌렸다.

태평하게 잡담하던 세 사람은 갑작스러운 케나의 격노에 화들짝 놀랐다.

그래도 갑작스러운 어머니의 기행에 비교적 익숙한 스카르고가 겨우 달래서 그 자리를 진정시켰다.

“실수로 이성을 잃었네요. 놀라게 해서 미안해요.”

케나는 자기보다 나이가 많은 국왕 부부에게 추태를 보인 것에 솔직히 사과했다.

상대는 케나를 장수하는 종족의 높으신 분으로 여기는 듯, 신경 쓰지 않는다고 말한 눈치다. 케나로서는 자기 나이가 외모와 일치한다고 차마 말할 수 없어서, 그쪽 사정은 미묘하게 골치 아픈 구석이 있다.

확인하고 싶었던 것도 어쩌다가 자체적으로 해결하고——그래서 스카르고가 눈물을 콸콸 흘렸지만——그대로 왕족과의 잡담으로 하루를 보내게 되었다.

딸의 교육에 관해서 상의하는 알나시 왕비와 의기투합하고, 마이리네의 오래된 드레스를 받는 조건으로 가끔 차를 마시는 자리에 출석하기로 약속하고 말았다.

이번으로 끝이라고 생각했는데, 흥이 오르면 말실수가 많아지는 성격은 고치는 게 좋을지도 모른다.

그 덤터기는 귀가한 케나에게 대량의 드레스를 받을 루카가 쓴다고 할 수 있으리라.

해가 저물 무렵이 다 되어서 왕성을 떠난 케나는 그대로【전이】를 써서 귀가했다.

언제나 그렇듯 그날 무슨 일이 있었는지 하나도 빠짐없이 말하는 루카를 귀여워하고, 사람이 많은 곳만 다니는 바람에 모습을 감췄던 쿠를 달랬다.

록시리우스와 록시느도 끼워서 가족의 단란함을 느끼고 안도한다. 조금은 마음의 평화를 되찾은 듯하다.

그렇다고는 해도 왕비와 같이 차를 마시는 친구가 된 것이 가장 큰 스트레스일지도 모른다.

하룻밤을 보내고 다시 헬슈펠로【전이】해서 케이릭과 만난다.

이번에는 보리 운송을 에리네의 상단에 위탁한 관계로 사카이 상회에서 사들이는 것을 잠시 멈추고자 상의하는 것이다. 그러나 손자라고는 해도, 상대는 경험이 풍부한 상인이다.

이야기하는 동안 이것저것 말하다가 언질을 잡히고, 보리 운송에 관해서는 케이릭과 에리네가 잘 협의한 다음에 진행하겠다는 결과가 나왔다.

"끙. 빈틈이 없는걸……."

"조모님, 상인이란 빈틈을 찾아내서 이익을 얻는 자를 말하는 겁니다."

“예전에는 이 정도로 사카이 상회가 망하지 않는다고 하지 않았어?”

“그건 그거고 이건 이겁니다. 게다가 조모님과는 어떻게든 접점을 유지하는 게 좋다고, 오래된 감이 말하니까 말이죠.”

“술만으로 끝나진 않는 거구나…….”

당연한 것처럼 당당히 말하는 케이릭에게, 케나는 쓴웃음만 나온다.

케나의 볼일은 이걸로 끝나서, 케이릭에게 추가로 마운석 가공을 부탁받았다.

여담으로 재료는 케이릭이 새로이 준비한 돌로, 예전에 마을로 운송한 분량은 케나에게 양도한 것으로 친다.

일부는 가고일로 바꾸어서 마을 방어를 단단하게 했다. 그래도 아직 많이 남아서 뭔가 다른 사용처가 떠오를 때까지 보관하고 있다.

사카이 상회와의 볼일이 끝나면 록시느가 부탁한 일용품과 식량을 사서 다시 마을로 돌아간다. 그리고 보관 창고에 수북하게 쌓인 보리를 저가용 술로 가공하고 그날 하루를 끝마쳤다.

“끙…….”

다음 날은 거실에서 테이블 위에 펼친 지도와 키가 머릿속에 띄운——케나에게만 보이는——게임 지도를 비교하며 끙끙대고 있었다.

쿠는 케나의 머리 위에 누워서 느긋하게 지내고 있다.

해가 잘 들어오는 창가에서는 록시느가 바느질감을 척척 처리하고 있다. 손에 든 것은 요전번에 케나가 받은 드레스 한 벌이다.

왕족이 입었던 옷인 만큼 옷감도 좋고 마감도 잘해서 좋은 점밖에 없지만, 아무리 그래도 마을 처녀가 입기엔 좋지 않다. 옷자락이 길고, 거칠게 다루면 뜯어지는 등 실생활에서 버티지 못한다.

아무튼 록시느가 두 벌 정도를 나들이용 옷으로 수선하고 있는 참이다.

케나는 '야심의 신전' 의 현재 위치를 특정하고 있다.

당시에는 거의 초심자를 골탕 먹이는 곳으로 정의하고, 오푸스가 개인적으로 즐기는 사양이었다. 제작할 때는 케나도 거들었지만, 만든 뒤에는 오푸스에게 다 떠넘겼다.

까놓고 말해서 어디에 만들었는지 장소가 기억나지 않았다.

그래서 지난번에 끄집어낸 로그와 그 이전을 전부 체크하고, 장소를 알 수 있는 단어를 전부 긁어냈는데…… 그건 다 키에게 맡겼다.

판명된 것은 '적국(赤國)' 과 '중계 포인트 근처' 라는 사실뿐이다.

게임 시절 적국의 중계 포인트는 사막 한복판에 덩그러니 있는 육각 정자에 고정된 거대 수정이었다. 거기서 조금 남쪽으로 내려가서 미탐색 구역과의 아슬아슬한 경계선에 있는 산등성이에 그 던전을 만들었다고 어렴풋이 기억하고 있다.

그것을 예전에 에리네에게 구입한 오우타로퀘스 방면 지도와 대조해 본 결과, 그 지점에 겹치듯 작은 마을이 있는 것 같았다. 외곽 통상로의 가장 남쪽이라고 할까.

"음? 200년이나 지나서 이미 탐색이 끝난 걸까?"

그렇게 생각해 보기도 했지만, 던전 설계는 그 음습하고 교활한 함정 전문가의 손을 거쳤다.

두 자릿수 레벨밖에 안 되는 현재의 모험가 제군에게는 벅찬 장소이리라.

구덩이 함정과 쇠구슬 진자는 넘어가더라도, 개중에는 〈부르는(마물이) 석(뿅)판〉 같은 것도 설치했으니까.

〈부르는 석판〉이란 무인 던전에 정기적으로 마물을 생성하는 장치다.

다다미 한 장 크기의 마운석판에 소환할 마물의 형상을 새겼다. 미량의 마력을 매일 조금씩 모으다가 일정량에 도달했을 때 자동으로 마물을 소환하는 장치다.

일반적인 소환수와 달리, 소환된 마물은 죽지 않는 이상 계속해서 존재한다.

그러나 층에 따라서는 존재하는 마물의 상한이 정해져 있어서, 포화 상태가 되는 일은 없다.

그런 것이 각층에 설치되었으니까, 100레벨 전후의 플레이어라면 파티를 짜서 돌입해 최하층에 도착하면 그나마 나은 수준이리라.

당연히 함정에 걸리지 않을 때라면 말이다. 당시의 본인이 말하기론 장난 수준이라고 했지만, 얼마나 믿어도 좋을지 모르겠다.

그 녀석의 장난이란 말에 속아서 대체 몇백 명이나 되는 플레이어들이 전쟁 기간에 쓴맛을 봤을까. 규정의 한계를 시험하는 그 녀석의 행동에는 아군도 고생을 많이 했다.

더군다나 쿠에게 남긴 말을 확인하려면 케나 자신이 직접 뛰어들 수밖에 없으리라.

돌고 돌아서 제자리로 돌아왔다는 자업자득 느낌이 들기도 한다.

처음에는 모든 힘을 동원해서 스킬을 가산한 최대 파괴 마법으로 던전 부분을 통째로 소멸시키는 방법도 생각해 봤지만, 주변에 마을이 있다면 차근차근 파고들 수밖에 없을 듯하다.

“귀찮아 죽겠네…….”

그때 공동 목욕탕 청소를 마친 루카가 록시리우스를 데리고 타박타박 돌아왔다.

록시느와 불똥 튀는 눈빛을 주고받은 록시리우스는 루카가 집에 들어가는 것을 지켜본 다음 케나에게 인사하고 발걸음을 돌렸다.

일과인 마을 순찰로 돌아가려는 거겠지.

“다녀, 왔어요…….”

“어서 오렴, 루카.”

“어서 오세요, 루카 님.”

"어서 와, 루카."

일어나서 루카에게 인사한 록시느는 붙잡고 있던 작업을 후다닥 끝내더니 "점심 준비를 하겠습니다."라며 주방으로 이동했다.

벌떡 일어난 쿠는 케나의 머리 위에서 루카의 머리 위로 이동했다.

방구석에 상비한 물통에서 컵으로 물을 뜬 루카는 케나의 옆에 쏙 앉았다.

그리고 컵에 있는 물을 반쯤 마시더니 케나가 펼친 지도를 들여다봤다.

"어디, 지도, 야……?"

"남쪽 나라, 오우타로퀘스야. 가볼래?"

케나가 물어보자, 루카는 고개를 도리도리 저었다.

"아니. 집, 볼래. 케나, 엄마는, 갈 거야?"

"그래. 확인할 겸 가야 하겠지. 헛수고가 될지도 모르지만……. 그래도 조금 오래 집을 비워야 할 것 같단 말이지."

질린 기색으로 어깨를 늘어뜨린 케나는 자상한 얼굴로 새로 생긴 딸을 쓰다듬는다.

조금 간지러운 듯 목을 움츠린 루카는 잠시 후 머리에 올려진 어머니의 손을 잡았다.

"괜찮, 아. 내가, 집, 볼 거니까…… 케나, 엄마, 는 안심, 하고 다녀와……."

"어머나~ 당당한걸."

가족으로 맞이한 초창기와는 다르게 강한 의지가 깃든 눈으로 보는 루카를 보고, 케나는 얼굴을 활짝 펴고 루카를 와락 끌어안았다.

품에 안긴 루카는 어떤가 하면 '조금 실수했어' 라고 말하고 싶은 듯 떫은 얼굴로 너무 심각한 케나의 포옹 버릇에 작게 한숨을 쉬었다.

도와달라며 케나의 등 뒤에 있는 출입문에서 얼굴을 내비친 록시느에게 시선으로 구조를 요청하지만, 록시느는 즐거워 보이는 웃음만을 남기고 문 너머로 사라졌다.

그 뒤로 한동안 케나가 끌어안아 귀여워하고, 루카는 점심을 먹을 때가 다 되어서야 풀려났다.

일단 "던전에 들어갈 거니까 며칠 걸릴지도 몰라."라고 말해뒀다. 밤중에 록시느와 록시리우스에게 루카를 부탁한 케나는 다음 날 해가 뜨기도 전에 펠스케이로로 날아갔다.

거기에서 오우타로퀘스 왕도로 이동할 예정이다.

거리로 보면 마을에서 그대로 외곽 통상로를 따라서 남하하는 게 가깝지만, 【전이】의 목표 설정에 맞지 않을 때는 일이 오래 걸릴 때의 왕복이 곤란해진다.

먼저 오우타로퀘스를 설정해 두면 그쪽으로 날아간 다음에 이동하면 될 일이다.

일회용 목표물은 있지만, 여관에 설치했다가 만에 하나라도 다른 데 치우기라도 하면 큰일이 나니까 쓰는 것이 망설여진다.

펠스케이로 모험가 길드에 오랜만에 얼굴을 내비치고, 의뢰를 대충 훑어본다.

면식이 있는 아르마나의 말에 따르면 펠스케이로와 오우타로퀘스를 잇는 서쪽 외곽 통상로는 현재 사용할 수 없다고 한다.

이것은 지난번 방위전의 영향은 물론이고, 레오헤드 등의 낯선 마물이 어디서 출현했는지 조사 중이기도 해서다. 그리고 케나가 만든 커다란 구덩이를 메우고 있는 것도 원인이다.

그 대신에 대륙 중앙을 가로지르는 도시부 직통로가 개방되었다고 한다.

도시부 직통로는 원래 왕도와 왕도를 최단 거리로 잇는 통로이므로, 유사시가 아니면 긴급 전령이나 왕족, 기사단 정도밖에 사용할 수 없다나.

상층부인 나라의 정점에 있는 왕족과 재상 등은 『폐도』에 관한 정세를 어떻게 판단해야 좋을지 몰라서 '안전이 확인될 때까지 통행 금지' 를 통보했다고 한다.

기사단과 모험가 등 서쪽 방위전에 참가했던 자들은 터무니없는 케나의 전투력 말고도 미지의 마물, 레오헤드가 얼마나 강대한지를 체험했다.

집단전에서 힘을 발휘하는 기사단일지라도 그런 건 상정하지 못한다. 실제로 멀리서 날아든【매료 마법】에 완전히 농락당하기 직전이었으니까.

그러므로 현재는 예전에 참가한 인원, 아비타가 이끄는 화염창 용병단도 불러서 재편성의 이름을 빌린 단련을 한창 하는 중이라고 한다.

물론 이건 케나에게도 의뢰할 예정이었지만, 아비타와 샤이닝세이버가 '말 그대로 한 방에 갈 것 같다' 는 한마디 말로 취소시켰다고 한다.

케나는 기왕에 오우타로퀘스에 간다면 호위 의뢰라도 받을까 해서 게시판에 붙은 수많은 의뢰서를 구석구석 살폈다.

모험가 길드의 안에 있던 동업자들에게서 두려움과 부러움 같은 시선이 날아들지만, 둔감한 케나는 전혀 눈치채지 못했다.

얼굴을 아는 사람이 친절히 충고해 줘서, 그제야 뒤돌아보고서(부정적인 감정을 포함한) 그것을 눈치챘을 정도다.

소문이 난 실력자와 예상치 못하게 눈이 마주친 그들은 긴장해서 침을 꿀꺽 삼킨다.

"아, 미안해요. 의뢰서가 잘 안 보일까요?"

그러나 웃는 얼굴로 공손하게 사죄하는 케나를 보고서 꽝! 하고 맥없이 자빠졌다.

"아, 좋은 거 찾았다."

적당한 의뢰를 찾아내서 아르마나에게 가져간다.

접수처에 있던 직원들은 안쪽 공간에서 넘어진 테이블과 의자를 정리하는 모험가와 케나를 번갈아 보면서 쓴웃음을 지었다.

케나가 받은 의뢰는 오우타로퀘스로 가는 음유시인 부부를 호위하는 일이다.

기본적으로 일반 여행자는 걸어서 이동한다. 도로를 따라서 가면 정기 승합마차가 있지만, 도시부 직통로에서는 쓸 수 없다. 이유는 귀족이 쓰는 마차를 방해해서, 라고 한다.

10일 정도 걸렸지만, 케나에게는 참 유의미한 일정이었다.

술집이나 길거리에서 노래하는 곡 말고도 신화 속 이야기를 엮은 시를 배우고, 케나는 입원 시절에 좋아했던 아이돌 노래 등을 역으로 가르쳐 주거나 했다.

개중에는 키에게 통째로 입력해 게임 중 배경 음악으로 쓴 것도 있어서, 즉석에서 재생해 선보였다. 음유시인 부부는 매우 놀랐지만, 낯선 이방의 음악에 감동했다.

스킬 중에는 【주가(呪歌)】라고 하는 공격 보조 수단도 있지만, 케나는 이 세계에 오고 나서 그런 것과 관계없이 노래를 접해 충실한 나날을 보낼 수 있어서 만족했다.

오우타로퀘스로 가는 길은 간단히 말해서 내리막길이다.

천천히 높이가 낮아지는 길을 따라서 가다 보면 녹음이 짙은 광대한 삼림이 눈앞에 보인다.

고도가 높은 곳에 있는 헬슈펠 주변에 펼쳐진 상쾌한 녹음과는 매우 다른, 밀림에 가까운 숲이다. 서서히 끈적거리는 습기를 머금은 공기 때문에, 익숙하지 않은 케나는 불쾌함을 느끼고 있었다.

왕도에 가까워진 언저리에서 나무 위에 걸린 다리가 도로를 대신하기 시작하고, 나무와 나무 사이를 누비듯 걸쳐서 나무다리가 펼쳐진다.

TV 방송에서 본 적이 있는, 어드벤처 플레이그라운드 느낌이 나는 도시 중앙에서 커다란 나무와 동화한 왕성이 눈에 들어온다.

도시 입구이기도 한 위병 근무소를 지나면 그곳은 이미 오우타로퀘스 왕도다.

거기서 케나는 의뢰인에게 보수를 받고, 다음에 또 만날 일이 생기면 같이 노래하기로 약속한 다음 헤어졌다.

부부가 보이지 않게 되고 나서, 케나는 뒤돌아서 왕성과 닿은 거대한 생물을 쳐다봤다.

"엑시즈네가 말한 쿠죠의 수호자 탑이 이거구나. 그런데 왜 여기 있어?"

오우타로퀘스의 거북이 소동에 관해서, 케나에게는 정보가 들어오지 않았다.

엑시즈가 깜빡한 것도 있고, 쿠올케가 자세한 설명 없이 '조언이 도움이 됐어.' 라고만 대답한 탓도 있다.

케나는 두 사람이 수호자의 탑 시련에 도전한 줄로만 알았다.

주위를 둘러봐도 주민들이 조금 신경을 쓰는 눈치지만, 난리를 치는 사람은 없어 보였다.

케나는 소재지를 알고, 움직이지 않는다면, 나중에 방문해도 되겠다고 판단했다.

"자, 먼저 길드에 가서 그 마을의 정보를 수집해 볼까?"

그 전에 【매직 스킬】 커맨드 화면을 띄워서 【전이】 장소에 오우타로퀘스가 등록된 것을 확인한다.

그러고 나서는 주위를 살펴보는데, 나무에 동화해서 트리 하우스가 된 집들의 길거리 풍경이 어딜 봐도 똑같다 보니 찾는 건물이 어떤 건지 몰라서 끙끙댔다.

"어딜 가야 길드나 여관이 있을까?"

아무튼 근처 사람에게 물어볼까 해서 한 걸음을 내디뎠더니 뒤에서 큰 소리가 등을 강타했다.

"아앗——?!"

"케나 님……?"

뒤돌아본 케나가 본 인물은 얼마 전에 변경 마을에서 마주친 워캣 남매였다.

케나의 뒤를 이어서 문을 지나 들어온 듯, 동생인 클로피아는 혐오감을 드러내며 손가락질하고, 오빠인 클로프는 괴이쩍은 얼굴로 케나를 봤다.

"저기, 클로프 씨랑, 이름을 부르면 폭발할 것 같은 동생?"

"당신에게 이름을 불리고 싶은 마음은 없어욧!!!"

"부르지 않아도 폭발하는구나……."

병원에도 뭐든지 신경질을 부리는 아이가 있었으니까, 대응은 익숙하다.

끈기 있게 접하다 보면 벽이 사라지는 것이다.

하지만…… 나중에 겨우 마음을 연 그 아이는 케나를 심각한 스토커로 착각해서 공포에 질린 나머지 밑으로 들어왔다는 사실을 고백받는 바람에 충격을 먹은 사실은 흑역사다.

조금 우울해지는 과거를 떠올리고 기력이 줄어든 케나에게, 클로피아는 "이렇게 공기가 나쁜 곳에는 있기 싫어요!" 라는 말을 내뱉은 뒤 오빠를 남기고 성큼성큼 떠나갔다.

"죄송합니다. 케나 님. 동생이 버릇없이……."

"아니야. 그건 그렇고……. 사람들이 엄청 쳐다보는 것 같은데, 왜 그런 거야?"

조금 떨어진 곳에 있는 위병과 주변을 걷는 민중이 뚫어져라 보는 바람에, 케나는 몸을 바르르 떨었다.

케나는 모르지만, 클로프와 클로피아 남매는 이 나라에서도 정상급에 속하는 모험가이므로, 동생의 성격을 감안하고도 영웅으로 대접받는다.

그중 한 명에게 일방적으로 미움받은 케나에게 비난의 시선이 쏠리는 건 당연하리라. 동정하는 시선도 조금 섞이긴 했지만.

"케나 님, 잠시 실례하겠습니다."

"어? 저기?"

그 사실을 떠올린 클로프는 황급히 케나의 손을 잡아당겨 그 자리에서 이탈했다.

외부인을 차단하기 쉬운 모험가 길드의 안쪽 방을 얼굴만 보여줘서 빌리고, 케나와 함께 안도의 한숨을 쉰다. 여담으로 사람들이 뚫어져라 본 이유는 클로프가 간단하게 설명했다.

"그랬구나. 이러면 오늘 여관에선 다들 의심스럽게 보겠는걸."

"뭐하면 성에 방을 준비시킬까요?"

"그랬다간 수상한 사람이 왜 성에 가냐고 사람들이 이상하게 여길걸. 사하라세드를 보러 온 것도 아니고 말이야."

클로프는 "그럴 수도 있겠군요." 라며 고개를 끄덕인 다음, 여왕과의 면회를 완강히 거부하는 케나가 이 나라를 찾은 이유에 흥미가 생겼다.

기왕이면 이유를 알아내 동행하고, 그 행동을 관찰해 여왕에게 보고하는 것이 그림자의 역할이라고 순식간에 판단한다.

"그렇다면 조금 좁기는 해도 우리 집에 오시겠습니까? 방은 비니까 얼마든지 묵으시죠. 동생이 폐를 끼친 보상으로 말이죠."

"끙. 그건 매력적인 제안이지만, 동생이 화내지 않을까?"

"원래부터 클로피아의 책임이니까요. 잘 타이르죠."

"정 그렇다면 그 호의를 받아들여 볼까. 그래서……? 무슨 속셈이 있는데?"

"눈치가 빠르시군요……. 가능하다면 케나 님의 여정에 동행하고 싶습니다."

그 제안을 듣고 조금 망설이는 케나.

상대는 함정으로 유명한 『악의와 살의의 저택』 주인이 설계한 공포의 던전이다.

70, 80레벨 정도의 인물은 자칫 잘못했다간 던전에 득실대는

몬스터에게 끔살당할 가능성이 크다.

뭐, 그렇게 되면 스카르고가 쓰지 말라고 신신당부한 【소생 마법】이 나설 차례겠지.

여담으로 왜 금지했냐면, 현재 리아데일에선 【소생 마법】이 사라진 마법으로 분류되기 때문이다.

동행을 허가했는데 죽었다고 하면 클로피아에게도 폐를 끼칠 것 같으니까, 만약의 경우에는 아들의 충고를 무시하고 쓸 작정이다.

덤으로 이 나라의 모험가라면 그 던전도 알 것 같으니까, 조건을 달아서 동행을 승낙했다.

케나는 부스럭부스럭 꺼낸 지도의 한 지점을 손으로 가리켜 물어봤다.

"아, 이 던전 말이군요. 압니다. 설명할 필요가 있습니까?"

"지금은 어디까지 공략이 이루어졌나 궁금해서."

"그렇게 말씀하시는 걸 보면 이게 옛날부터 있었던 걸까요? 저기, 제가 알기론 100년 전쯤에 발견됐는데, 벽면이 금이어서 모두가 눈이 돌아갔었죠. 초창기에는 1층과 3층 사이에서 사망자가 많이 발생했다고 들었습니다."

"3층까지인데 그 정도야……?"

"그럴 만한 보물이 어느 정도 발견했다고 하는데, 동료를 잃은 모험가가 동굴 옆에 여관을 차리기 시작하면서 어느샌가 그곳을 중심으로 모험가를 상대하는 가게가 모여 시가지가 생겼습니다.

조금 규모가 큰 마을 정도지만요."

그런 보물이 있었나 싶어서 케나는 생각에 잠겼다.

오푸스가 배치한 보물 상자에는 두 사람이 모은 아쉬운 수준의 아이템밖에 없었을 터이다.

근력+1 팔찌, 방어력 상승 방패 등, 미미한 플러스 효과를 부여한 초심자 수준의 무기, 방어구밖에 없다.

반대로 케나는 현재 그런 아이템의 제조법이 사라져, 명공으로 불리는 일부 장인이 간신히 그 수준의 효과를 부여하는 데 성공했다는 사실을 모른다.

"모험가 길드도 마을에 있습니다. 일정한 실력이 없는 사람은 안에 들이지 않을 겁니다. 예전에 들은 바로는 지금까지 도달한 최하층이…… 13층이라고 했던가요."

꽈당!

말을 놓치지 않으려고 몸을 쑥 내밀었던 케나가 벌러덩 나자빠졌다.

물론 예상을 한참 벗어난 결과 때문이다.

"100년이 걸렸는데도 반도 못 간 거야?!"

"반이라고요? 그렇다면 그 던전은……?"

"아, 응. 옛날에 나쁜 친구와 내가 만든 곳이야. 듣기론 그 친구가 최하층에 틀어박혔을 가능성이 있거든. 그래서 지금은 어떻게 됐나 싶어서 물어본 거야."

"네…… 그렇군요. 여왕님의 혈연이 손대면 이런 던전이 만들어지는 겁니까……."

"아니야. 설계한 사람은 그 나쁜 친구거든? 내가 알기론 30층이 끝일 거야."

기본적으로 게임 필드에 있는 중계 포인트 주위는 최소 레벨 몬스터가 배치되므로 초심자용 사냥터가 된다.

그 초심자를 대상으로 장난질을 치는 던전을 만들자고 오푸스에게 들었을 당시에는 참 한가한 사람도 다 있다고 생각했었다.

결국 장난질에 동참해 흥이 오른 오푸스와 함께 통로에 금을 바르거나 하면서 즐겁게 만든 건 사실이다.

고레벨 플레이어를 대상으로 만든 것이 아니므로, 초심자를 졸업하면 쉽게 깰 수 있다.

하지만 요즘 세상에서 전체적으로 레벨이 떨어질 줄은 차마 예상하지 못했다.

"거참. 나머지 17층은 내가 직접 돌파해야겠네."

"저라도 괜찮으시다면 미력하게나마 힘을 보태죠."

다소 편해질 줄 알았던 예상이 빗나가는 바람에, 케나는 귀찮다는 듯이 어깨를 축 늘어뜨렸다.

클로프가 봤을 때는 그런 수고를 들여서 만나러 가는 악우라는 자에게 흥미가 생긴다.

이건 무슨 일이 있어도 동행해야 하겠다며 일보다 사적인 감성을 우선하는 형태로 협력을 자처했다.

그 던전의 본성이 어떤지도 모르고.

리아데일의 대지에서

WORLD OF LEADALE

제4장

도착과 던전과 기믹과 함정

이러니저러니하면서도, 케나는 클로프의 집에서 이틀을 묵었다.

이건 클로프와 클로피아 남매가 휴양과 준비에 쓴 날짜다.

케나와 만난 시점에서 그들은 장기 의뢰를 마치고 막 귀환한 참이었기 때문이다. 클로프는 당장에라도 던전에 가는 케나와 동행할 뜻을 내비쳤지만, 피로를 감추진 못했다.

그것을 클로피아가 야유를 섞어 설명했기에, 케나가 휴양을 권한 것이다.

그리고 적개심을 드러내는 클로피아를 고려해서 여관을 잡으려고 했을 때, 오빠가 집에 들이기로 한 결정은 뒤집을 수 없다고 주장하는 클로피아에게 붙들렸다.

왕도 한쪽에 자리를 잡은 남매의 집은 트리 하우스였다. 넓이는 일반인의 집보다 다소 커서, 남매는 방 하나를 하숙방으로 빌려주고 있다고 했다.

작은 단칸방 하나를 빌린 케나는 간이 거점 아이템을 설치하고, 그날 밤에 마을로 복귀했다.

주인의 기척을 감지하고 일어난 록시리우스, 록시느에게 경위를 말하고, 수호자의 탑에서 집으로 옮긴 짐에서 소지한 아이템을 던전용으로 정리한다.

조용히 잠든 루카의 얼굴을 마음껏 구경한 다음, 케나는 다시 오우타로퀘스로 날아갔다.

그때 케나를 골탕 먹이려고 침입한 클로피아를 밟아서 무심코 물리친 일은 사소한 사건이다.

그 탓에 성질이 더 고약해진 클로피아는 이틀째 밤에도 복수하러 나타났다.

그러나 이번에는 자동 요격 시스템인 번개 정령에 의해 집에서 쫓겨나는 꼴이 되지만, 딱히 중요하지 않은 일이므로 자세한 설명은 생략한다.

오우타로퀘스 왕도에서 던전 마을까지는 5일 정도 걸리는 거리라고 들었다.

정식 명칭은 렉티 마을이라고 하는 듯한데, 어차피 한 번 가고 끝일 것으로 생각한 케나는 그 이름을 외우지 않았다.

오우타로퀘스 왕도에서 그 렉티 마을까지는 정기 승합마차가 다닌다고 해서 남매와 함께 탔다. 승합마차는 3일 전후로 도착한다는 듯하다.

도중에 고어 타이거 무리에 습격당했지만, 케나가 나설 새도 없이 클로프와 클로피아가 쉽사리 물리쳤다.

여행 동안 케나는 클로프에게 별로 도움이 안 되는 오우타로퀘스의 토막 지식 같은 것을 들었다. 오우타로퀘스에선 사람들이 대부분 나무 위에서 산다고 생각하기 일쑤지만, 모두가 그런 건 아니라는 듯하다.

오히려 나무 위 생활을 고집하는 사람들이 모인 곳이 왕도라고 한다. 무슨 차이가 있는지 케나는 이해할 수 없었다.

그 밖에도 여왕은 의외로 말이 잘 통하는 사람이며, 때로는 시정을 둘러본다는 명목으로 휴식 삼아 방랑하고 있다나.

급기야 클로피아가 '그런 나라의 중요 기밀을 남한테 떠벌리면 안 돼요!' 라고 격노하거나, '폐하께서 해를 입으면 어쩌려는 거예요!' 라고 더욱 흥분하거나 했다.

한없이 마음에 들지 않는다며 말을 꺼낼 때마다 케나를 보니까, 승합마차에 같이 탄 사람들이 오해해서 싸늘한 시선이 케나에게 푹푹 꽂혔다.

그 반응으로 봐서, 케나가 여왕의 친척이라는 사실은 클로피아에게 아직 알려지지 않았다고 판단했다.

"왜 그토록 원숭이가 되고 싶은지 여전히 의문이야."

"나무 위에서 생활한다고 원숭이 소리를 들을 이유는 없어요! 땅바닥에 찰싹 들러붙어 사는 자도 마땅한 호칭을 듣고 싶은 건가요? 게라거나."

"그러면 나중에 *동생과 감을 던지고 싸울 수밖에 없네?"

"뭘 어떻게 해석하면 그렇게 되는 거예요?!"

태평한 케나의 말을 전부 물고늘어지는 클로피아.

맞장구를 치는 수준으로 덤벼드니까, 케나도 놀리는 게 조금 즐거워졌다.

---

* 일본 전래동화 「원숭이와 게의 전쟁」. 원숭이가 던진 감에 맞아 죽은 게의 자식들이 복수하는 이야기.

앞으로 한동안 던전 안에서 함께 행동할 거니까, 너무 미움받는 것도 문제가 있지만.

클로프는 뒤에서 즐겁게 미소를 짓고, 두 사람을 뒤따르며 렉티 마을의 입구를 지났다.

던전을 에워싸는 형태로 생긴 마을이라서 트리 하우스 같은 곳은 하나도 보이지 않는다.

이 마을은 옛 백국(白國)의 변경 마을처럼 건물 대부분이 여관이었다.

나머지는 모험가에게 필수인 도구점과 무기점, 술집과 곁다리 수준의 창녀촌이다.

그런 시설을 운영할 정도의 주민 인구와 더불어, 나머지는 태반이 모험가다.

애초에 이 던전이 발견되었을 무렵에는 입구와 안쪽 벽면이 금으로 뒤덮여 있으니까 고대 왕족이나 권력자의 무덤이 아니냐는 소문이 퍼졌던 듯하다.

다만 지하 1층부터 나름대로 강력한 마물이 출몰하므로, 내부 탐색은 큰 위험이 뒤따른다고 한다. 케나도 그 이야기를 듣고서 떫은 표정을 짓는다.

이 던전의 성립 과정은 한없이 시시한 장난질에 가까우므로, 멀쩡한 해석을 듣다 보면 등에서 불쾌한 땀이 흐르는 느낌이 든다.

오푸스가 말하길, '초심자를 골탕 먹이는 던전' 이라고 하니까.

게임 초심자란 일반적으로 레벨 10 이하를 가리킨다.

하지만 MMORPG 리아데일의 최종 도달점은 레벨 1000대에 달한다. 당연히 초심자 레벨도 그 기준에 맞춰서 올라갔다.

대체로 레벨 200까지가 초심자. 레벨 500까지를 중급자, 레벨 800까지를 상급자로 불렀다. 케나처럼 레벨 1100까지 가면 폐인이다.

레벨 600~700 언저리라면 나름대로 잘 놀면서 전쟁을 즐길 수도 있다고 하는 것이 플레이어들이 내놓은 결론이다. 그것에서 일탈한 폐인들의 나라가 끔찍하게 기피당한 것은 당연하다고 할 수 있으리라.

본론으로 돌아와서, 야심의 신전으로 명명된 던전의 기믹은 레벨 200 이하에서 대응할 수 있지만, 현재의 주민들 레벨로는 도저히 대처할 수 없을 것이다.

케나가 생각했을 때, 케이리나를 데려오면 하층부를 나름대로 잘 진행할 것으로 본다. 나라에 속한 기사가 남쪽에 있는 이런 데까지 올 일은 없겠지만.

레벨 80인 클로프와 70인 클로피아로는 반이나 가면 잘한 축이리라. 지난번에 들은 13층 도달은 두 사람이 달성한 게 아닐까 생각했을 정도다.

"그건 저희가 아닙니다. 단둘이서 던전에 들어가긴 여러모로 부족하니까요."

"그건 인재 문제야? 아니면 인원이 있으면 해결할 수 있다는 뜻이야?"

“굳이 말하자면 인재 문제일까요. 사람이 많으면 역할이 너무 분산됩니다. 저희는 전위 경향이다 보니까요.”

“그렇구나…….”

케나는 슬쩍 클로피아를 봤다. 무식하게 돌진하는 이 여자가 있으면 함정의 소굴 같은 던전을 진행하기 어려울지도 모른다.

“저기! 왜 지금 나를 본 거예요?!”

“아니, 딱히 이유는 없는데.”

다 이유가 있다고 말하는 것처럼 입꼬리를 올리며 웃는 척했더니, 순식간에 불이 붙은 것처럼 격노한 클로피아가 케나에게 덤벼들었다.

파리라도 쳐내는 것처럼 클로피아를 치우는 케나에게, 클로프도 쓴웃음을 감추지 못했다.

반대로 “왜 오라버님도 웃는 거예요?!”라고 야단맞는 판국.

소음 공해라는 점에서 엄청나게 눈에 띄는 집단이다. 그리고 그것과는 별개로 마을 문을 지날 때부터 주변에 뜨문뜨문 있던 모험가들의 시선이 케나 일행에게 쏠렸다.

그보다는 클로프와 클로피아가 있다는 것을 알아채고 넋이 나갔다고 보는 게 정확하다.

“이, 이봐…… 저기, 저 사람들은…….”

“그래. 클로프와 클로피아 남매야…….”

“저 사람들이 왜 여기 있지?”

“모험가 길드가 여기 공략에 속이 탄 게 아닐까?”

"어이어이, 그렇다면 우리가 용돈을 벌 때가 아니잖아……."

여기저기서 숙덕거리면서 야유로도 들리는 말이 오가는 게 들린다.

클로피아는 대놓고 깔보는 눈으로 그 모험가들을 힐끗 보더니, 무시하듯 코웃음을 쳤다. 곧바로 주위 모험가들의 얼굴이 분노로 물들고, 살벌한 적대심이 팍팍 전해진다.

"미움받는걸."

"신경 써도 의미가 없습니다."

클로프는 동생을 타이르지도 않고 케나에게 "이쪽입니다."라고 말을 걸더니 깔끔한 여관으로 안내했다.

여관 주인은 클로프의 얼굴을 보더니 열쇠를 던져 주며 "2층이다."라고만 말하고 거들떠보지도 않았다.

케나가 그 반응에 고개를 갸웃하자, 클로프는 쓴웃음을 지으며 "얼굴을 익혔거든요."라고 가르쳐 주었다. 던전 말고도 다른 목적으로 이 마을에 자주 들른 듯하다.

클로프가 안내한 곳은 느긋하게 쉴 수 있을 만큼 큰 방이었다. 클로피아는 짐을 내려두고는 지루한 듯한 얼굴로 창가 벽에 몸을 기댄다.

방 안에는 잠글 수 있는 작은 상자가 있는 것 말고는 침대도 의자도 없다.

클로프가 말하기론 여럿이 바닥에서 부대끼며 자는 방이라고 한다.

"헤에."

"뭐하면 케나 님만이라도 1인실을 빌릴까요?"

"어, 왜? 수학여행처럼 같이 자는 거지? 결속이 다져질 것 같아서 좋잖아."

"수, 수학여행……?"

결속을 입에 담은 시점에서 클로피아가 혐오하는 시선을 보냈다. 입으로 불만을 말하지 않을 뿐인데도 너무 조용해졌다.

케나 자신은 수학여행 경험이 없지만, 소설이나 드라마에서 본 그 상황을 조금 동경했다. 아무리 그래도 여기서 그런 상황이 생길 리가 없다는 건 알지만.

예시로 든 단어를 아리송하게 여기는 클로프에게, 케나는 의미심장한 웃음을 보였다.

"잠시 작업해도 될까? 아마도 걸리적거리진 않을 거야."

"뭘 만드실 겁니까?"

"던전 탐색용 소도구를 조금 말이지."

"그러십니까……."

이해할 수 없다는 얼굴로 고개를 끄덕인 클로프와 관심조차 보이지 않는 클로피아는, 케나가 행사한 【크래프트 스킬】의 발광 현상에 놀라서 뒤돌아본다.

아이템 박스에서 몇 가지 재료를 바닥에 늘어놓고, 무작위로 스킬을 쓴다.

두 사람에게는 변경 마을에서 목격한 【쿠킹 스킬】 이후로 처음

보는 고대의 기술(스킬)이다. 관심이 없는 척했던 클로피아도 눈을 크게 뜨고 놀랐다.

만드는 물건은 따라온 두 사람의 생존 확률을 올려줄 아이템이다.

아무리 그래도 자업자득 실수로 죽은 결과에는 개입할 마음이 없지만, 케나의 충고를 잘 듣고 순순히 받아들이면 보탬이 되는 아이템을 줄 예정이다.

클로피아가 케나에 대한 반발이 앞서서 흉한 꼴을 보이지만 않으면 괜찮으리라.

클로프에게 질리도록 들어서 그런지 같은 방에서 자도 클로피아가 케나의 수면을 방해하는 이벤트는 발생하지 않았다. 모포를 몸에 두르고 바닥에 누워서 자는 일은 처음이지만, 케나로서는 아무 문제도 없이 날이 밝았다.

여관에서 나와 던전 앞에서 장비와 소지품을 점검한다.

케나도 그렇지만, 클로프와 클로피아에게도 따가운 시선이 쏟아졌다.

태반은 이 마을에서 용돈이나 버는 모험가들이다. 혐오나 훼방꾼에게 보이는 시선 등이 인정사정없이 집중되고 있다.

던전은 이미 여기서 아침 햇빛을 받아 보이는 입구부터 벼락부자 취향의 금박 통로였다.

"와, 추억이 돋기는 하네."

『케나는 깔끔하게 잊었지만 말이죠.』

키가 예리한 태클을 걸지만, 떫은 표정을 지은 케나는 불평을 참았다. 이렇게 사람들이 보는 가운데서 소리쳤다간 더더욱 이상한 사람 취급을 받을 것 같기 때문이다.

여담으로 던전에서 금을 씌운 부분은 3층으로 끝이다.

이건 당시 제작 중에 오푸스와 함께 일곱 나라의 상점과 경매장을 탈탈 털다가 여기저기서 금을 너무 박박 긁어모았기 때문이다.

그 시기 이후로 게임에서 금값이 하늘 높은 줄 모르고 치솟는 바람에, '스킬 마스터가 금을 매점했다' 는 소문도 퍼졌다.

제아무리 스킬 마스터라도 보유한 스킬과 장사 재주는 비례하지 않았기에 두 사람의 자금이 바닥을 드러낸 시점에서 금박 공정이 멈춘 것이다.

"자, 이거. 머리 장식으로 했으니까 달아."

"머리 장식치고는 조금 투박하군요."

케나는 클로프와 클로피아에게 어제 만든 아이템을 건넸다.

머리에 다는 장식이지만, 본체는 그것에 딸린 만년필 모양의 부품이다.

사실 이것은 마운석을 박아서 헤드라이트 구실을 하는 장비 아이템이다.

기동 키워드는 '신이시여, 우리 앞을 밝게 비춰주소서' 다. 이렇듯 쓸데없이 격식을 갖춘 키워드인 이유는 일상 대화나 손가락을 튕기는 동작 등으로 꺼지지 않게 하기 위해서다.

그리고 제작한 포션을 몇 개 두 사람에게 떠넘겼다.

미리 목숨이 위험할 수 있음을 클로프에게 전했고, 클로피아는 클로프가 단단히 타일렀기에 순순히 포션을 받았다.

케나가 직접 주는 것보다 클로프를 경유하는 게 클로피아가 잘 받는 듯하다.

그리고 야심의 신전에 들어가 외부의 시선이 사라졌을 즈음, 케나는 쿠를 두 사람에게 소개했다.

"이, 이건 대체……."

"말도 안 돼. 요정이야……."

두 사람은 케나가 예상한 대로 입을 쩍 벌리고 경직했다. 장난이 성공한 것 같아서 케나는 만족했다. 이런 것에 맛을 들이면 오푸스처럼 될 테니까 조심해야 한다.

"쿠는, 쿠."

둥실둥실 떠올라서 머리를 숙이는 쿠를 보고, 클로피아의 눈이 조금 싸한 기색을 띠기 시작했다.

쿠도 그것을 감지했는지 클로피아와 거리를 벌렸다.

그러자 갑자기 클로피아가 슬픈 표정을 짓는다. 조금만 더 표정 관리를 익히는 게 좋지 않을까.

야심의 신전, 던전 안은 이상하게 조용했다.

통로는 세 사람이 옆으로 나란히 서도 될 만큼 넓지만, 탐색이 능숙하다고 주장한 클로피아를 선두로, 클로프에 이어서 케나는 맨 뒤에 있다.

생물의 기척은 둘째 치고, 마물의 낌새조차 없다시피 하다.

그럴 수밖에 없는 것이, 여기로 올 때까지 각 층에 설치되어 있던 〈부르는 석판〉이 전부 깨져 있었다.

〈부르는 석판〉이 없으면 마물이 발생할 수 없으므로, 이만큼 조용한 것도 이해할 수 있다.

아마도 벽에서 마물이 발생하는 걸 목격하고 석판을 파괴해 마물 공급을 끊은 것이리라.

마물을 해치우지 않으면 레벨이 오르지 않으니까, 위에서 본 모험가들의 레벨이 낮은 것도 납득이 간다. 여기 모험가들에게는 레벨을 올려서 강해지려는 욕구가 없는 듯하다.

"아까워라……."

"뭐가 말이죠?"

〈부르는 석판〉의 파손 상황을 보고 중얼거린 케나에게, 클로프의 소박한 의문이 날아들었다.

케나는 뒤돌아보며 〈부르는 석판〉의 특성을 간단히 설명했다.

"이건 던전 안에서 일정하게 마물을 생성하는 역할이 있거든."

"네. 말로는 들은 적이 있습니다. 이 던전이 발견된 당시에는 마물이 강해서 여러 사람이 희생됐다고 말이죠."

"이 석판을 파괴하면 마물이 안 나오니까 잘된 일이잖아."

철저하게 무시 중이던 클로피아도 속 시원하다는 투로 정론을 말했다. 인명을 우선한다면 틀린 게 아니리라.

하지만 정기적으로 생성되는 마물에게도 명확한 역할이 있다.

"그 마물을 해치우면 일정 확률로 상자가 나올지도 모르잖아."

"네?"

"뭐어……?!"

"즉, 마물을 해치우지 않으면 보물 상자가 출현하지 않는다는 말입니까?"

"그런 거야."

게임 개발사에서 만든 던전과는 다르게, 플레이어가 만든 던전은 보물 상자가 출현하는 위치와 패턴이 세세하게 정해진다.

일반적으로는 '쓰레기' 나 '창고행' 으로 불리는 잡템을, 케나와 오푸스는 온 대륙을 돌아서 긁어모았다.

던전의 예비 방에 수집한 그 아이템은 전부 여기 마물이 떨구는 보물 상자로 전송되게끔 설정했다.

그런 마물이 발생하는 근원을 없애면 아이템이 하나도 안 떨어지는 것도 당연하다.

뒤늦게나마 충격적인 진실을 안 두 사람은 벌어진 입을 다물지 못한다.

그렇게 한동안 넋을 놓고 있다가, 케나가 두 사람을 추월하려고 나섰을 때 정신을 차린다.

"오라버님……."

"그래. 여기서 무사히 나가면 상부에 이 사실을 알리자."

"저 여자가 한 말을 전부 믿어도 되는 거예요?"

"이 던전의 보물이 고갈 중이라는 가설을 뒤집을 순 있겠지. 무엇보다도 초창기에는 자주 나오던 보물 상자가 마물이 자취를 감추자마자 찾기 어려워진 이유가 밝혀진 거야. 뭐하면 시험 삼아 마물을 해치워 봐도 돼. 그렇게 해서 보물 상자가 나오면 증명할 수 있겠지."

평소보다 말수가 많아진 오빠가 의외로 흥분한 것을 알고, 클로피아는 놀랐다. 그렇게 된 원인이 저 여자라는 사실은 마음에 안 들지만.

마음에 안 드는데도 신경이 쓰이는 이유가 생겼다는 사실이 샘이 난다.

애초에 허풍치고는 말하는 내용이 너무 딱딱 맞아들어간다. 엘프가 던전을 만들다니. 드워프라면 그나마 신빙성이 있는데도.

"잠깐만! 초보자가 앞서다가 함정에 걸리면 어쩌려고 그래요!"

그러니까 믿지 않겠다고 결심했다. 클로피아는 그것이 후환이 될 줄도 모르고, 앞으로 나선 케나에게 호통을 쳤다.

"음. 보스 방의 석판도 깬 건 아니겠지……?"

"여기에도 석판이 있다는 겁니까? 그런 건 들은 바가 없군요."

지하 5층 구석에 있는 거대한 문 앞에서 고개를 갸우뚱한 케나에게, 클로프가 놀라면서 뒤돌아본다.

일반적으로 몇 층마다 배치되는 보스 방의 첫 번째인데, 야심의 신전에서는 보스 방이 두 개밖에 없다.

위치는 5층과 30층이다.

왜 그런 구성이 되냐면, 당연히 제작자의 의향이다.

제작자 왈, '크크크. 먼저 5층에서 보스 방이 나오면, 들어온 사람들은 다음 10층에 똑같은 게 있다고 생각하겠지? 하지만 나는 그런 정석을 밟지 않는다! 거기 없으면 10층 단위로 있다고 생각하겠지? 하지만 15층에도 없으면 더는 없을 것으로 가정해서 긴장감에 지쳐 복귀하려고 할 거다. 그리고 지상 직통일 것 같은 전송진을 타는 거지. 하지만 그건 다시 5층으로 가는 함정이다! 크크크크. 그리고 또 5층 보스를 잡고, 거기서 고민하겠지! 전송진을 써도 괜찮을지를 말이야. 순순히 걸어서 돌아간 자는 승자. 전송진을 탄 자는 패자다. 그리고 다음으로 전송되는 곳은 30층! 거기서 보스를 잡으면 잘된 거고, 못 잡고 죽으면 사망 페널티를 떠안는 거다. 그리고 거기서 보스를 잡은 사람들에겐 함정이 발동한다. 걸어서 복귀할 수밖에 없는 함정이! 크크크크크! 보인다, 보여. 돌아가기 힘들어서 무덤 부활을 택할지 말지 고민하는 초심자들의 고뇌가!'

이런 소리를, 큰 소리로 웃으면서 했다.

이 발언으로도 알 수 있듯, 한순간에 지상으로 돌아가는 장치는 5층과 15층에만 있다. 사실 그것도 함정이고 지상으로 통하진 않지만.

즉, 5층에서 보스를 잡고 다음 보스를 찾아서 15층까지 갔다가 돌아가는 전송진을 선택하면 다시 5층으로 돌려보내진다. 거기서 전송진을 썼을 때만 30층으로 날아가고, 지상으로 돌아갈 수단은 걷는 것밖에 남지 않는 심술궂은 기믹이었다.

던전에서 한순간에 밖으로 나가는 전송진과 효과가 비슷한 마법이 있기는 하지만, 최소 요구 레벨 문제가 있어서 초심자는 입수할 수 없다.

그리고 오푸스란 남자는 초심자가 고통받는 모습을 보며 기뻐하는, 다시 말해서 그렇고 그런 인간이다. 대놓고 남의 불행을 꿀맛으로 여기는 성격이어서, 초심자는 그 녀석의 좋은 먹잇감이다.

야심의 신전이란 던전은 자존심을 채우려고 했다간 험한 꼴을 보는 함정 던전이다. 뭐, 케나도 그걸 거든 사람이니까 남 말할 처지는 아니지만.

케나가 그런 생각을 하며 보스가 뭐였는지 기억을 더듬고 있을 때였다.

"그것보다 먼저 처리해야 할 문제가 있는 것 같군요."

중얼거린 클로프와 클로피아가 뒤돌아봤다.

케나도 덩달아 뒤를 확인해 본다. 말할 것도 없지만, 케나도 일정한 거리를 유지하며 자신들을 뒤쫓는 자들을 알고 있었다.

케나는 평범하게 다음에 들어온 모험가로 여겼다. 그러나 두 사람은 다른 듯하다.

클로프는 케나를 지키려는 것처럼 앞으로 나서고, 허리춤에 찬 검에 손을 댔다. 클로피아는 활시위에 화살을 메기고 있었다.

"어라?"

"거참, 이 정도도 모르다니 앞길이 불안하네요."

탄식한 클로피아가 통로 너머를 노려보며 허탈하게 중얼거렸다.

두 사람의 머리에는 작은 마도구 라이트가 달려서, 보스 방 앞에 있는 넓은 공간으로 나오려고 했던 시시한 난입자들이 뚜렷하게 드러났다.

"칫! 들켰나……."

혀를 차고 나타난 인물은 젊은 엘프 사내들이다. 엘프이므로 외모와 연령이 일치할지 어떨지는 모른다. 워캣과 코볼트도 있다.

눈빛이 살벌한 10인 집단이 케나 일행의 앞을 가로막았다.

모험가답게 검과 갑옷으로 무장한 자가 일곱 명, 활을 든 사람이 세 명. 단순히 다음에 들어온 모험가치고는 분위기가 흉흉하다.

"대체로 예상하지만, 물어는 보죠. 무슨 일입니까?"

클로프가 대표로 물어본다. 일단 일행의 리더로 여겨지는 모양이다. 상대가 그렇게 생각하는 것에 불과하지만.

무기도 들지 않고 멍하니 서 있는 엘프 소녀가 여기서 가장 적대해선 안 되는 인물임을, 보통은 아무도 생각하지 않으리라.

"물어봐도 소용없어요, 오라버님. 어차피 돈 냄새를 맡고 따라온 거겠죠."

"아하."

"당신도 조금은 긴장할 줄 알라고요!"

그렇게 하이에나 같은 사람도 있구나 싶어서 솔직하게 고개를 끄덕인 케나에게 클로피아의 질타가 날아든다.

"우리도 다 말라가는 이 던전에 질린 참이었는데 말이다. 너희

같은 숙련자가 들어간다면 뭔가 있겠구나 생각한 거다."

"히히. 얌전히 비밀을 말해. 정보의 대가는 그 여자들로 어때?"

욕망을 띤 열 쌍의 눈이 케나와 클로피아의 몸을 훑어보듯이 움직인다.

클로피아는 소름 끼친다는 듯이 몸을 떨지만, 케나는 자기 몸이 빈약(입원 시절의 몸이 빼빼 말랐던 것도 포함해서)하다고 여기니까 놀란 눈치다.

"정보 말고도 더 뜯어내려는 거냐. 가엾군."

"네가 불쌍히 여길 필요는 없다고!"

클로프가 눈빛과 표정으로 불쌍해하자, 격노한 선두의 사내가 검을 뽑았다.

뒤에 있는 사내들도 덩달아 검을 뽑고, 화살을 시위에 메긴다.

케나의 【서치】로 보니 습격자들의 평균 레벨은 20에 못 미쳤다. 이래선 잘해야 두 사람에게 생채기를 낼 수 있으리라.

"쪽수는 우리가 유리해. 에워싸. 정보는 혼쭐을 내준 다음에 실토하게 할 수 있으니까 말이야."

"히히히. 남은 여자는 마음대로 하겠어."

"먼저 잡은 사람이 임자다. 알겠지!"

벌써 다 이긴 것처럼 구는 강도들을, 케나도 황당해하는 눈으로 볼 수밖에 없다.

클로피아는 이를 드러내고 소리 없이 분노하고 있다. 과연 저것들의 인격에 화가 난 걸까, 아니면 소행을 용서할 수 없는 걸까.

"오라버님과 똑같은 남자라고 생각할 수 없는 야만인이에요! 각오하세요!"

당겨서는 안 되는 영역까지 아슬아슬하게 시위를 당기고, 화살을 날린다. 눈에 보이지 않는 속도로 날아간 첫 번째 화살은 시건방진 말을 나불댄 엘프의 어깨에 꽂혔다.

"꺽?!"

"흥. 먼저 덤비다니 제법이잖아. 얘들아, 해치워라!"

"""오오오오오!!"""

보아하니 이쪽에서 먼저 공격했다는 명분을 준 듯하다.

화살이 날아가고, 사내들이 검을 쳐들고 이쪽으로 다가온다.

가장 먼저 클로피아의 두 번째 화살이 날아가 선두에 있던 코볼트의 다리에 박힌다. 비명을 지른 코볼트가 고꾸라지고, 화살이 박힌 다리를 끌어안고 뒹굴거린다.

뒤에 있던 사내들은 쓰러진 동료를 걷어차는 것도 주저하지 않는다. 진짜 야만인이다.

케나가 조용히 "공격해도 돼?"라고 클로프에게 확인해 보니 "적당히 해주세요."라고 대답했다.

"적당히 반만 죽이는 거구나……. 알았어."

【매직 스킬 : 소결염창(燒結炎槍)(루비이아조스)】.

말 한마디로 머리 위에 거대한 화염창을 만든 케나의 행위를 보고 덤벼들려던 사내들이 급정지한다. 어른 한 사람 크기는 될 법한 화염창이 우뚝 선 모습은 누가 봐도 숨을 집어삼킬 정도로 흉악하다.

빨강과 주홍색 불똥을 흩날리며 케나의 머리 위에서 대기하는 그 모습만으로 사내들의 욕망 어린 표정에 그늘이 지기 시작한다.

"이, 이봐…… 그, 그걸 어쩌려는 거야?"

기어드는 투로 말하며 화염창을 가리키는, 가장 먼저 덤벼들려고 했던 사내에게, 케나는 씩 웃기만 했다.

갑자기 얼굴색이 파래진 그 사내는 발걸음을 돌려서 도망치려고 한다. 하지만 사용자의 시야에 있는 이상 마법이 빗나갈 요소는 없다.

"에잇."

"어?"

케나가 아니라 아까부터 어깨 위에서 조용히 있던 쿠가 방아쇠를 당겼다. 사용자가 아니면 간섭할 수 없는 것으로 알던 케나는 당혹스럽다.

그건 그렇고, 쏜살같이 날아간 화염창은 순식간에 도망치려던 사내를 따라잡아 등을 맞혔다.

일반적인 【화염창】이라면 박히거나 불태워서 둥근 구멍을 내지만, 이 【소결염창】은 전혀 다르다. 맞힌 순간에 흩어져서 대상의 온몸을 뒤덮고 전부 불사른다.

온몸이 불덩이가 된 사내가 "으아아아아아아악?!" 하고 단말마를 지르며 불타고, 그 상태로 정지했다.

불기둥 속에서 불타서 숯이 되는 상황에서 죽지 않는 상태를 유지한다. 몹시 악취미지만, 본보기로 삼기 좋은 마법이다.

다른 사내들의 마음이 꺾여서 전투를 포기하면 목적을 달성했으니까 해제해 줄 예정이다. 이 시점에서는 옷이 타고 살짝 화상을 입는 정도로 그치리라.

"주, 죽이지 말아 줘."

"투, 투항하겠어."

"사사, 살려줘! 사과할게! 사과할 거니까!"

곧바로 사내들이 무기를 버리고 투항을 택했다.

"뻔뻔한 소리를 하네요."

"뭐, 상대가 케나 님이니까……."

가장 약한 줄 알았던 소녀가 시각적으로 끔찍한 방법을 써서 죽이려고 든 것이다. 바들바들 떠는 것도 당연하다.

"사실은 이런 수단을 쓰고 싶지 않았는데."

"그렇다면 안 쓰는 게 낫지 않았어요?"

"클로피아?"

"네……. 죄송해요. 오라버님."

"내가 이럴 때 강경한 태도를 보이지 않으면 관대하게 대처했다고 느낀 누군가가 독자적으로 보복하려고 움직일 거니까 말이야. 이 사람들의 몸이 뒷골목에서 싸늘하게 포개지거나 하면 싫잖아?"

뭔가 구체적으로 무시무시한 소리를 하는 케나에게, 습격자들도 등골이 오싹해진다.

별다른 영창도 없이 만든 마법의 위력도 그렇고, 무자비한 방법도 그렇고, 항복하기 충분한 이유다. 그러나 케나가 지금보다 약하게 대처할 경우, 정체 모를 존재가 보복할 가능성이 있는 듯하다. 그것도 가장 최악의 방법으로.

부상 상태를 따지면 클로피아가 쏜 화살에 맞은 사람이 가장 심하다.

부상자는 화살을 뽑아서 붕대를 감고 지혈하는 정도만 한다.

하지만 이번 일이 강도 미수 정도로 그치긴 했어도, 무죄 방면할 수는 없으리라.

"어떻게 할까?"

"갈 길을 서둘러야 하니, 여기에 묶어서 방치하죠."

"너무 관대한 거 아닌가요, 오라버님?"

5층이지만 왔던 길을 돌아갈 수도 없으니까, 사내들은 포박해서 방치하기로 했다. 덤으로 케나도 【위압】이나 【안광】 등을 날려서 사내들을 기절시킨다.

어차피 마물이 출몰하지 않는 층이니까 드러누워 있어도 아무 일이 생기지 않는다.

케나가 사내들의 이마에 도료를 써서 '강○범' 이나 '짐승' 같은 글자를 쓴다. 그것만큼은 클로피아도 공감한 듯, 본인도 신나게 낙서에 가담해 '겁쟁이' 라고 적었다.

클로프만이 얌전히 사내들을 보며 두 손을 맞댔다.

여담으로 5층 보스는 레벨 50짜리 구울이었다.

방금 전투에서 나설 기회가 없었던 클로프가 단칼에 끝장을 냈다. 보물 상자는 나왔지만, 내용물은 하급 포션이다. 케나는 관심이 없었지만, 나머지 두 사람이 흥분했다.

"오라버님! 이건…… 드물게 나온다고 하는."

"그래. 상급 포션이야."

케나는 힘이 빠져서 무릎을 꿇었다.

기술 소실이 심각한 오해를 만든 사실을 깨닫고 머리를 부여잡았다.

(찔끔 회복하는 포션인데…….)

『알려주는 게 어떻습니까?』

(저렇게 감동하는데 찬물을 끼얹긴 싫은걸.)

시험관처럼 생긴 포션 병을 들고 싱글벙글한 두 사람 사이에 끼어들어 '그건 옛날 하급 포션이야.' 라고 밝힐 수는 없다.

『관계없어 보이니, 방치하는 게 어떻습니까?』

(네가 먼저 말했으면서!)

머릿속에서 키와 말씨름하고 있는 사이, 감동이 잦아든 두 사람이 나아갈 것을 촉구했다.

"가시죠, 케나 님."

"그래그래."

"왜 당신이 의욕이 없어지는 건가요! 원래는 당신 사정으로 가는 거예요!"

"그래그래요."

"놀리는 건가요?!"

클로피아의 앙칼진 호통이 던전 안에서 허무하게 울려 퍼졌다.

6층부터 13층까지는 특별한 일 없이 나아갔다.

〈부르는 석판〉이 모조리 깨져 있어서 발견하는 족족 아이템 박스에 회수한다.

나중에 합류하면 오푸스와 상의해서 이 던전을 유지할지 폐기할지를 정해야 하리라.

오푸스의 성격으로 봐서 이 던전을 노리고 오는 모험가를 배려할 것 같진 않으니까, 폐기할 가능성이 크다. 그렇다면 케나가 어떻게 할지 마음먹기에 달렸다.

말발로는 이길 수 없는 오푸스에게 어떻게 대처할지 생각했더니 14층으로 내려온 직후 클로피아가 통로 너머에서 뭔가를 발견한 듯하다.

팔을 옆으로 뻗어서 클로프의 진행을 막았다.

"무슨 일이야?"

"뭔가 있어요."

활로 화살을 쏴 보니 딱딱한 금속에 부딪힌 듯한 소리가 났다. 보아하니 화살이 통하지 않는 적 같다.

전투태세를 유지하며 기다리자, 어둠 속에서 빛이 밝히는 통로로 은색 딱정벌레가 느릿느릿 나타났다.

크기는 다 큰 돼지만 하며, 세 마리가 뭉쳐서 움직이고 있다.

“블릿츠 비틀이네. 느리지만 단단해.”

케나가 적의 정보를 알려주자 두 사람이 동시에 뛰쳐나간다.

곧바로 날아간 클로피아의 화살은 전부 은색으로 빛나는 외골격에 튕겨 나갔다.

그제야 비로소 블릿츠 비틀이 일행을 인식했는지 속도를 높여서 일행에게 쇄도했다. 그러나 다리가 여섯 개인데도 느릿느릿하다.

앞에 있던 클로피아와 위치를 바꾼 클로프가 선두에 있는 블릿츠 비틀에게 검을 내려치지만, 깡 소리를 내고 외골격에 막혔다.

“다, 단단해…….”

“내가 단단하다고 했잖아.”

블릿츠 비틀은 레벨이 40밖에 안 되지만, 단단함만 보면 레벨 100 몬스터를 능가한다. 더군다나 경험치는 적게 주니까 실력이 없는 초심자에게는 전혀 무익하고 성가신 적이다.

게임에서 플레이어의 공략법은 마비 구슬 등의 아이템으로 멈추게 해서 집단으로 두들겨 패거나, 일단 거리를 벌려 어그로를 푼 다음에 뒤에서 기습하는 식의 꼼수가 필요했다.

케나는 그런 수단을 쓸 줄 알고 구경했는데, 정면 승부로 고전하는 것을 보고 한숨을 쉬었다.

몬스터가 제일 먼저 케나를 노리지 않는 건 레벨 차이가 커서 그렇다.

즉, 클로프와 클로피아를 우선해서 공격한다.

곤충형 몬스터는 대체로 마법 저항이 낮아서 마력이 더 효과적이다.

영혼을 침식하는 어둠 마법이 가장 유효하므로, 케나는 【매직 스킬 : 블라인드 샷】을 선택했다.

케나의 주위에 느닷없이 출현한 수백 개의 그림자 바늘이 블릿츠 비틀 세 마리에게 골고루 꽂힌다. 그리고 대상의 영혼을 갈기갈기 찢어서 손쉽게 죽였다.

남은 것은 외상이 없는 사체뿐. 그것조차도 잠시 후 지직거리며 사라졌다.

"마, 마법."

"이번엔 보물 상자가 없나."

통로 바닥에 빼곡하게 박힌 검은 바늘도 얼마 후 사라진다.

조금 지루한 표정을 지은 케나는 몬스터가 사라진 곳을 멍하니 보는 두 사람의 옆을 지나쳐 먼저 가기로 했다.

두 사람이 놀란 건, 일반적인 몬스터는 그런 식으로 사라지지 않기 때문이다.

이 던전에서는 몬스터가 경험치와 함께 적은 확률로 보물 상자만 준다.

"저기! 당신이 먼저 가지 말아요!"

조금 거리가 벌어졌을 즈음에 두 사람의 발소리가 따라온다.

한쪽은 주절주절 불평하면서, 어쩌면 시비를 거는 것처럼 보이기도 한다.

"왜 당신이 앞장서는 거예요?!"

"왜긴…… 그야 동생이 그 정도 상대에게 생채기도 못 냈으니까 그러지. 우르르 몰려들면 어떻게 처리할 거야?"

"윽! 아, 아까는 상황을 지켜본 거예요! 다음엔 당신이 나서기 전에 내가 마법으로 섬멸해 보이겠어요!"

격앙하면서도 어떻게든 자제하는 클로피아의 새빨개진 얼굴을 보고, 케나는 눈을 가늘게 뜨더니 "헤에?" 라고 중얼거리고 앞길을 양보했다.

어째서인지 기세등등하게 고개를 끄덕인 클로피아는 이어서 신중하게 천천히 이동하기 시작한다.

클로프는 케나의 옆을 지나칠 때 미안한 얼굴로 머리를 살짝 숙이고, 동생을 보조하고자 나란히 섰다.

『믿음직하지 못한 동행자로군요.』

(솔직히 말해.)

『방해됩니다.』

키의 돌직구 의견을 듣고 쓴웃음을 지은 케나는 어깨를 으쓱하고 두 사람을 뒤따랐다.

여담으로, 케나에게 동행하는 조건으로 정한 사항 중에, 가는 길에 있는 자잘한 방은 무시한다는 것이 있다.

이것은 어쩌면 훗날 진입할지도 모를 모험가들의 몫을 줄이지 않기 위해서다.

클로프가 보물 상자의 정보를 가지고 돌아가면 〈부르는 석판〉

을 파괴하는 일도 줄어들 테니까.

그러므로 문은 무시하고 통로만 쭉쭉 나아간다.

클로피아는 종종 문과 작은 방을 보고는 한숨을 쉬었다.

참고로 이 조건은 지상에 있던 모험가들의 태도를 본 케나가 추가로 정한 것으로, 도중에 '귀찮아지면' 철회할지도 모른다고 말해 두기는 했다.

클로피아는 황당해했지만, 케나를 아는 사람이라면 '뭐, 원래 그런 녀석이니까…….' 라는 이유로 넘어갔으리라. 사람이 너무 착해도 문제다.

시간이 오래 걸리지 않아 계단을 찾아내고, 일행은 무사히 15층에 도착했다.

각 층의 길은 키가 기억하므로, 케나는 앞장선 클로피아가 방향을 잘못 잡았을 때만 지적하기로 했다.

다행인지 불행인지, 지금까지는 '쓸데없는 참견이에요!' 라는 소리를 들은 적이 없다.

도적 클래스인 클로피아의 감은 진짜인 듯하다.

그리고 여기까지 오면서 케나가 깜빡한 것이 있었다.

리아데일의 게임 시스템으로 만들어진 함정은 기본적으로 몇백 엔 정도의 돈으로 구매하는 '기믹' 이다.

그 가동 형식을 함정에 비유하자면, '해당 구역에 진입한 자를 대상으로 ○○라는 기믹이 작동한다' 는 것이다.

이것을 회피하려면 오프라인 모드에서 구하는 【패시브 스킬 :

직감】이나 【위험 감지】로 함정 자체를 피하거나 일부러 작동하게 해서 그 위험 자체를 피해야 한다.

간단히 말해 작동시키려고 일일이 숨겨진 스위치를 누르거나 밟을 필요가 없다.

그러므로 이 자리에서 물리적인 함정 발견&해제 같은 도적 스킬이 가장 뛰어난(본인은 그렇게 믿는) 클로피아가 선두에 서는 건 아무런 의미도 없는 자살행위다.

라이트가 밝히는 쓸데없이 직선인 미로에 T자 길이 나타났을 때였다.

좌우로 나뉜 길은 무시하더라도, 눈앞의 벽에는 이상한 스위치가 달려 있었다.

모양은 위아래로 움직여서 켜고 끌 수 있는 스위치 같다.

맨 뒤에 있는 케나의 머릿속에서는 그곳에 접근할수록 【위험 감지】의 요란한 경보가 울리고 있었다.

케나의 실수는, 똑같은 위기감을 전방의 두 사람도 느꼈을 거라고 여긴 점이다.

물론 그 스킬이 없는 두 사람은 그대로 위험 구역에 진입하고, 아무런 예고도 없이 천장에서 떨어진 두꺼운 기왓장 같은 석재(가로세로 30센티미터, 두께 2센티미터)에 기습당했다.

선두에 있던 클로피아가…….

클로피아의 머리에서 무진장 아파 보이는 소리가 나고, 그 원인을 제공한 석재는 몸에서 흘러내렸다. 바닥에 떨어져서 던전 저편

까지 닿을 정도의 소음이 메아리처럼 울려 퍼진다.

머리를 뒤덮는 투구조차 쓰지 않은 클로피아지만, 어떻게든 의식을 유지했다.

차마 말로 표현할 수 없는 타격 때문에 바닥에 엎드려 머리를 감싸고 비명을 참으며 바들바들 떨고 있다.

보통 사람은 머리가 깨져도 이상하지 않을 소리여서, 클로프가 황급히 뛰어가 등을 쓰다듬고 부드럽게 말을 걸어 돌본다.

석재를 주운 케나는 천장을 쳐다봤다. 어디서 석재가 떨어졌는지 모를 정도로 매끄러운 천장이 보였다.

"그렇구나. 이대로 여기 있다간 두 번째가 떨어질 것 같아. 클로프 씨. 치료할 거면 조금 떨어진 데서 해요. 우물쭈물하다간 다음 게 떨어져요."

"그, 그렇습니까……."

클로프는 동생을 두 팔로 안아서 들고, 왼쪽 통로로 이동했다.

여담으로 스위치는 그냥 돌로 만든 부조고, 석재가 떨어진 위치는 스위치에서 두 발짝 떨어진 곳이다.

먼저 위험이 없는지 관찰해 보는 거리인 점에서 오푸스의 고약한 성격을 짐작할 수 있다.

16층에서는 15층에서 내려오는 계단 중간에 있는 추락 함정에 클로프와 클로피아가 딱 걸렸다.

층과 층 사이의 중간 지점에 가로세로 10미터 크기의 층계참이 있는데, 두 사람이 그곳에 발을 내디딘 순간 바닥이 사라진 것이다. 더군다나 아래쪽으로 문이 열리는 형태의 함정이 아니라, 말 그대로 바닥이 사라지는 함정이다.

예고도 없는 상황이어서 뒤로 뛸 겨를도 없이, 두 사람 모두 순식간에 케나의 시야에서 사라졌다.

아래에서 뭔가 건조한 것을 '파사삭' 하고 부수는 듯한 소리와 함께 케나의 허리까지 분진이 피어오른다.

"클로프 씨?!"

이쯤에 와서야 케나도 계단에 발을 들인 무렵부터 울리기 시작한 머릿속 위험 신호를 알아채지 못하는 두 사람이 이상하다고 생각하기 시작했다.

막을 방법이 있어서 호랑이 굴에 뛰어드는 줄로만 알았다.

그건 그렇고, 안에서 성대하게 기침하는 남녀의 고통스러운 숨소리가 들려왔다.

케나는 【바람 마법】을 써서 분진을 모으고, 회오리바람을 일으켜 계단 위로 날렸다.

뭉게뭉게 피어오르던 분진이 사라지고, 케나는 시야를 확보하고자 【부여 백색광 Lv.1 : 라이트】를 천장에 날렸다. 이것이 분진의 원인을 드러나게 했다.

"꺄, 꺄아아아아아악?!"

"으헉……?!"

"와……."

직시한 데다가 그 안에 처박힌 클로피아가 비명을 질렀다.

클로프도 그것이 뭔지 알아채고 놀랐다.

위에서 보던 케나도 그 끔찍함에 식은땀을 흘렸다.

구덩이에 떨어진 두 사람이 밟은 물건은 하얗게 변질해서 바삭바삭하게 마른 거대한 환형동물이었다. 간단히 말해서 거대 지렁이다.

한 마리가 길이 8미터는 될 법한데, 원래라면 추락한 사람을 미끌미끌 끈적끈적한 구덩이에 빠뜨리는 함정이 기다렸을 것이다.

200년이나 지난 지금은 완전히 바삭바삭하게 말라서 작은 충격에도 풍화하는 구조물로 변했다. 추락해서 발로 부쉈다고는 하나, 아직도 대부분 그 원형을 유지하고 있다.

모험가라고는 해도 생리적인 혐오를 느끼는 그것의 가루를 들이마셨다는 사실에 비명을 빽 지른 클로피아는 그냥 기절했다.

케나는 조금 징그럽다고 여기는 정도지만, 솔선해서 아래로 내려갈 마음은 없다. 그래서 두 사람을 구출할 때는 【끌어당기기】를 썼다.

추락 함정의 덮개 부분은 두 사람을 끌어올리자마자 어디선가 나타나 순식간에 닫혔다.

그렇게 되면 평범한 돌바닥만 펼쳐져서, 어디에 함정이 있었는지 흔적을 찾을 수 없다.

"여전히 사람들이 싫어하는 점을 잘 찌르네."

"살아있었으면 어떻게 됐을지 생각하면 오싹합니다."

다시 바닥을 밟아 보지만, 이번에는 바닥이 사라지지 않았다.

【직감】이나 【위험 감지】도 전혀 반응하지 않는다.

보아하니 걸린 자에게 정신적인 피해만 주는 함정인 듯하다.

그 피해를 고스란히 본 클로피아에게는 불쌍하다는 말밖에 나오지 않는다.

"슬슬 저녁때군요. 오늘은 여기서 야영하죠."

케나가 아이템 박스에서 장작과 조리용 재료를 꺼낼 때, 클로프는 집요하게 바닥이 꺼지지 않는지를 확인하고 있었다.

"괜찮아요."

"하지만 밤에 긴장을 풀었을 때 바닥이 사라질 가능성도……."

케나의 말을 이 자리의 긴장을 풀어 주려는 뜻으로 받아들였는지, 클로프는 좀처럼 층계참으로 다가오지 않았다.

"누군가에게 타격을 준다는 목적은 달성했으니까, 재탕은 없어요. 두 번째엔 감정이 약해진다는 지론이 있는 녀석의 함정이니까 말이죠. 그것만큼은 신용할 수 있어요."

마음에 안 드는 신용이지만, 그걸 의심하면 앞으로도 전부 신용할 수 없게 된다.

그러므로 지금은 그렇게 생각하는 편이 정신적 피로를 줄일 수 있다.

케나가 【쿠킹 스킬】로 요리를 완성한 뒤에야 클로프가 층계참으로 이동했다.

다만 클로피아만은 정신을 차린 뒤에 다시 비명을 질렀으니까, 오푸스의 목적은 달성했다고 봐도 되리라.

만약 오푸스가 이쪽을 감시하고 있다면 여기 함정을 또 가동하는 일은 없을 것이다.

그날은 층계참 전체에 【차단 결계】를 치고, 그 자리에서 하룻밤을 보냈다. 클로피아만은 그곳에서 자는 것을 완강히 거부하고, 벽과 계단을 써서 잤다고 한다.

제5장

발각과 자기희생과 강적과 분노 폭발

그리고 일행은 19층에 도착했다.

16층과 17층은 딱히 함정에 걸리는 일 없이 무난하게 통과할 수 있었다.

나타난 건 몬스터 정도로, 클로프와 클로피아도 충분히 대처할 수 있는 적이었다.

통로가 비교적 넓어서, 케나는 함정이 작은 방에나 있을 것으로 추측했다.

18층은 작은 마귀형 몬스터(고블린이나 임프 등)와 대거 마주쳤지만, 클로프와 클로피아도 위태롭지 않게 물리쳤다.

숫자가 많다 보니 케나가 개입하는 일도 생기고, 대부분 간단한 【불 마법】으로 격파했다.

주문도 딱히 외우지 않고 빗발치는 불화살을 날리는 케나에게, 이를 밉살스럽게 보는 클로피아의 시선이 꽂혔다.

클로프가 달래지만, 자꾸 열받게 하는 요소가 사방에 널린 듯하다.

그리고 18층에도 천장 낙하 함정이 있었는데, 이번에도 또 클로피아가 걸렸다.

겨우 가라앉은 혹 위에 새로운 혹이 생겨서 울상을 짓는 클로피

아. 클로프는 자꾸 험한 꼴을 보는 동생에게서 선두 자리를 빼앗았다.

마물 대처는 두 사람에게 맡기고 맨 뒤에서 걷던 케나는 이참에 떠올린 것을 확인하기로 했다.

"쿠, 아까 그거 말인데."

"응?"

케나의 어깨 위에서 기분 좋게 콧노래를 부르던 쿠가 고개를 갸우뚱한다.

"얼마 전 내 술식에 개입해서 마법을 날렸잖아? 그건 어떻게 한 거야?"

케나의 질문에 쿠는 고개를 갸웃하고 허리를 꺾는 것으로도 모자라는지 팔을 빙빙 돌린다. 대체 무슨 춤인지 물어본 케나도 모르겠다.

그런데 보아하니 이건 생각하는 포즈인 듯하다. 좌우로 몸을 비튼 다음, 가슴을 펴고 "열심히 했어."라고 당당히 주장한다.

"아니, 열심히 하긴. 왜 그런 게 되냐고 물어본 건데."

다시 물어보는 말에 쿠는 손을 입에 대고 뭔가 생각했지만, 이윽고 눈물을 큼지막하게 글썽거리며 "하면 안 됐어?"라고 되물어본다.

"안 되는 게 아니고. 고맙다고 말하려는 거야. 따진 게 아니니까 울지 마. 응?"

작은 아이를 괴롭히는 기분이 된 케나는 쿠의 얼굴을 어루만지며 열심히 달랬다.

어휘력이 부족한 쿠에게 물어봐도 정확한 정보는 더 끌어낼 수 없을 것 같다.

역시 최하층에 틀어박힌 바보에게 캐물을 수밖에 없다.

케나는 이것도 벌점에 가산하고, 그 인간에게 퍼부어 주겠다며 굳게 맹세했다.

그건 그렇고, 문제는 계단을 내려가서 나온 19층 풍경이다.

휘이이이이이이이이이이이이이이이이이이이이이잉.

하얀 것이 섞인 강풍이 불어닥치는 눈앞의 풍경에, 클로프와 클로피아는 두 눈을 휘둥그레 뜨고 입을 벌려서 멍하니 있었다.

케나만은 한숨을 쉬고, "여기서 이게 나오나." 라며 감상을 중얼거렸다.

위쪽 층과는 딴판으로, 혹독한 대자연에 휩싸이는 압박감이 전해진다.

일행의 눈앞에 펼쳐진 풍경은 완만한 구릉 일대에 펼쳐진 새하얀 눈밭과 몰아치는 눈보라다. 하늘은 칙칙한 회색으로 포개진 구름이 차지했으며, 천장은 조금도 눈에 띄지 않는다.

케나 같은 플레이어의 상식에 따르면 이런 던전 풍경은 지극히 당연한 것이다. 던전 내부에 바깥처럼 필드가 존재하는 것은 딱히 드물지도 않다.

하늘과 저 멀리 보이는 숲, 산맥은 벽에 투영한 3D CG 같은 것이다.

실제 넓이는 18층 구조물과 크게 다르지 않을 것이다.

미로가 사라진 만큼 계단이 어디 있는지 예측하기 어렵다는 것이 문제점이리라.

구릉이 있는 걸 보면 천장은 다소 높을 것으로 예상된다.

조금 쌀쌀하긴 하지만, 동상이 걸리는 얼음 지옥 같은 필드와 비교하면 그나마 나은 편이다.

"저저저저저기, 케케케케케나 님. 여여, 여기는 대체 뭡니까?"

"응. 지극히 평범하고 일반적인 던전 풍경이야. 딱히 드물지도 않잖아?"

덜덜 떠는 남매에게, 케나는 태연한 얼굴로 대꾸했다.

태연한 케나의 얼굴을 보고 '무척 드뭅니다' 라고 차마 말할 수 없어서, 클로프는 침묵했다.

200년 전에는 이런 풍경이 일반 상식이었다고 들어도 이상하게 느낄 수밖에 없다.

이런 풍경이 있는 던전이 널렸다고 생각하면 인식을 고칠 수밖에 없다.

아주 드물게 그 시대의 지하 건조물이 발견되는 일은 있어도, 이것과 같은 풍경이 펼쳐졌다는 보고는 들은 바가 없다.

실제로는 깊게 들어가면 비슷한 던전이 얼마든지 있지만, 이 시대의 모험가로는 레벨이 너무 달라서 더 진입할 수 없는 것이 현실이다.

그 경험자를 넘어서 제작자인 케나는 눈을 뽀득뽀득 밝고 전진해서 주위를 빙 둘러봤다.

어둑어둑해서 시야가 나쁘다. 구릉이라고 해도 어두운 하늘이 배경인 만큼 가까스로 높낮이가 다른 하얀 윤곽을 파악할 수 있는 정도다.

아까도 말했듯 이러한 던전의 경우, 내려가는 계단이 어디에 파묻혀 있는지가 가장 성가신 문제다.

계단 안에도 눈이 꽉 찼으리라.

(파낼까……. 삽도 없는데. 마법으로?)

『찾으려면 전문 짐승이 필요하겠죠.』

(기린을 꺼내려면 먼저 액티브 몬스터를 섬멸해야 해. 안 그러면 사람이 죽을 거야.)

키와 가볍게 잡담을 주고받으며, 케나는 눈밭을 나아가기 시작했다.

나머지 두 사람과 너무 떨어지지 않은 위치에서 눈을 파 본다.

여의봉을 눈에 푹 꽂거나 하는데, 이런 던전의 상식을 모르는 사람이 보면 이상한 행동처럼 느껴질지도 모른다.

대체 뭘 하려는 건지 이해할 수 없는 케나의 행동을 클로프가 구경하고 있을 때, 클로피아가 오빠의 옷을 쭉쭉 잡아당겼다.

"왜, 무슨 일이야?"

"오라버님은 저 여자와 무슨 관계예요? 존댓말을 쓰다니…… 뭔가 이유가 있는 거예요?"

"아, 그랬지. 그래. 일단은 말하는 게 좋을까. 네가 돌이킬 수 없는 실수를 저지르기 전에."

동생이 존경하고 사랑하는 여왕과 케나의 관계를 클로프가 폭로하려던 그때, 등 뒤에서 톡 하고 이상한 소리가 났다.

최대한 경계하면서 두 사람이 천천히 돌아보자, 그곳에는 두 사람을 응시하는 세 쌍의 검은 눈이 있었다.

황급히 뒤로 뛰어서 거리를 벌린 두 사람이 그 정체를 보고서 조금 황당해한다.

위아래로 긴 둥근 몸통에 통으로 된 모자를 쓰고, 나뭇가지로 된 팔에 늘어진 장갑을 낀 손. 목에는 체크무늬 머플러를 둘렀으며, 숯으로 만든 둥근 눈과 힘찬 눈썹, 당근으로 된 코를 갖췄다. 누가 봐도 눈사람이었다.

그 눈사람 셋이 떡 있는 것을 알아챈 클로프는 무기를 내렸다.

주위를 슬쩍 확인해 보니 그것만이 아니라 눈보라 저편에도 비슷한 형체가 몇 개 보인다.

어느새 근처에 접근한 것을 알고 경악한다. 아무리 몰래 대화하고 있었다고 해도, 주위 경계를 게을리한 적은 없을 터였다.

그 눈사람의 정식 명칭은 눈악마. 적정 레벨은 100인 마법 생물이다.

설원 활동 특화형이며, 그 범위에서는 이동하는 데 아무런 제한이 없다.

그래서 발소리와 기척을 완전히 숨기고 사냥감을 뒤에서 기습한다. 슬라임처럼 안에 있는 핵을 부수지 않는 한 해치우기 어렵다.

그 몸은 눈으로 구성되어서, 검에 베이거나 화살이 박혀도 전혀 움츠러들지 않는다.

제아무리 나름대로 실력이 있는 검사라도 익숙하지 않은 눈밭에서 검을 휘두르면 제대로 피해를 준 느낌을 얻기 어렵다.

그야 상대는 눈사람이니까. 베어도 눈보라를 양식으로 삼아 금방 회복한다.

클로피아의 지원 사격도 푹푹 꽂히기만 할 뿐, 움츠러든 기색은 딱히 보이지 않는다.

이쪽은 답이 없는 상황인데 상대는 눈밭에서 통통 뛰면서 몸통 박치기를 감행한다. 부딪히면 몸속 깊숙이 충격이 전해지는 묵직한 일격이다.

일직선 공격이어서 피하면 될 일이지만, 이것도 익숙하지 않은 눈에 발이 걸리는 바람에 한 대, 두 대 하고 피해가 누적된다.

발을 헛디뎌서 무릎을 꿇고, 문득 주위를 확인해 보니 에워싼 눈악마들이 늘어났다.

그것이 다섯, 일곱이 되고, 열을 넘어갈 무렵에는 익숙하지 않은 눈밭에서 발이 미끄러진 클로프가 몸통 박치기를 정통으로 맞아 데굴데굴 굴렀다.

잽싸게 몸에 올라탄 눈악마들은 재롱을 부리는 강아지처럼 위에서 통통 뛰어서 클로프를 눈에 파묻기 시작한다.

"크……."

옆을 보니 클로피아도 속수무책으로 눈악마들에게 깔려서 눈밭에 묻히고 있었다.

몸을 일으키려고 해도 꼼짝할 수 없어서 저항하지 못하고 그대로 눈에 매장될 것으로 여긴 직후.

이아 플레어 샷
【매직 스킬 : 염무선사(炎舞扇射)】.

빨간 사선 여러 개가 눈보라를 가르고, 눈악마들을 꿰뚫었다.

닿은 곳부터 녹아서 몸통과 머리를 잃는 눈악마들.

무참하게 쓸린 눈악마들은 비명을 지르며 사방팔방으로 도망친다.

클로프가 몸을 일으켜 클로피아가 무사한지 확인하려고 달려가는데, 그쪽도 가까스로 눈투성이가 되어 구덩이 안에서 몸을 일으켰다.

케나는 눈악마들이 폴짝폴짝 뛰면서 필사적으로 도망치는 것을 보고 "도망칠 수 있을 것 같아?" 라며 팔을 휘둘렀다.

【서먼 매직 : load : 불의 정령 Lv.7】.

"다 녹여 버리면 계단도 찾을 수 있겠지."

케나의 앞에 전개된 주홍색 마법진에서 불길이 쏟아진다.

사방에 튀는 불덩이는 팔팔 끓는 용암처럼 눈밭에 낙하한 순간 엄청난 수증기를 피우며 구멍을 낸다.

마법진에서 쉴 새 없이 흘러나와 주위에 튀는 불덩이.

눈이 녹아서 아래에 깔려 있던 흙바닥도 부글부글 끓는 소리를 내며 증발하기 시작한다.

그리고 주위가 새빨갛게 물들고 나서야 마법진에서 튀어나온 것은 어깨에 힘을 주고 새빨갛게 불타는 거대 고릴라다. 레벨은 무려 770. 덩치가 2층집만 하다.

몸이 대부분 용암 같은 불덩이로 구성된 고릴라, 프로미넌스는 몸 여기저기서 불을 내뿜고 있다.

끝없이 열기를 주위에 뿌리기 때문에 출현한 순간부터 일대의 기온이 급상승.

술사인 케나에게는 효과가 없지만, 클로프와 클로피아에게 미칠 영향이 최대한 없도록 【화염 내성】의 방어 마법을 걸었다.

쿠는 태연한 얼굴로 프로미넌스의 포효에 맞춰 "어흥!" 하고 소리치고 있었다.

착지한 장소는 수증기도 남지 않고 증발해서, 바닥의 석재까지도 녹으려고 한다.

"크허어어어어어어어어어어어어어어어엉!!"

프로미넌스가 가슴을 탕탕 치면서 포효하자 주위를 몇 미터 간격으로 에워싸듯 불의 고리가 퍼졌다.

눈악마들은 이미 흔적도 남지 않았고, 눈밭도 이 시점에선 돌이 깔린 공간이 되었다.

프로미넌스의 팔 움직임에 동조한 고리는 팔을 번쩍 쳐들어 포효했을 때의 파동을 받아서 빨간색을 지나 파란색 고리로 변화한다.

간단히 말해서 높이 쳐든 두 팔 주위에 파란 훌라후프가 여러 개 걸렸다고 생각하면 된다.

쳐들고 나면 내려칠 수밖에 없다. 힘껏 내려친 두 팔과 파란 고리가 돌로 된 바닥에 처박혔다.

그리고 바닥 구조재를 녹이면서 관통하고, 여기저기에 생긴 균열에서 19층 바닥이 무너졌다. 바닥의 잔해는 파란 고리에 닿아서 증발하며 사라진다.

케나는 자기들 주위에 【방벽】을 치고, 나머지 두 사람과 함께 무너지는 바닥에 휩쓸린다. 그 상태로 【방벽】 필드에 【부유】를 걸어서 천천히 낙하한다.

남은 불이 지금도 공간 전체를 가득 채워서 산산이 부서진 구조재 조각도 공중에서 물거품처럼 녹는다.

프로미넌스는 자기 역할을 다해서, 떨어지는 중에 존재가 희미해지며 사라졌다.

결과적으로 두 팔을 한 번 휘둘러 던전 2층분의 구조물을 가차없이 소멸하고, 세 사람은 21층 통로에 내려섰다. 아직 위에서 녹은 석재가 마치 천장에서 빗물이 새는 것처럼 끊임없이 떨어지고 있다.

"아차차, 위력이 조금 셌나 보네."

""……………………..""

클로프와 클로피아는 엄청난 참상 속에서 뻥 뚫린 천장을 쳐다보고 할 말을 잃었다.

소환 정령의 레벨이 얼마나 높은지는 모르는 눈치였지만, 그래도 저만한 위압감을 동반한 상대가 고위 정령임은 이해한 듯하다.

그 일격이 낳은 결과는 2층분의 뚫린 바닥이다. 재질도 강도도 잘 모르는 던전 바닥을 쉽사리 파괴하는 존재가 흔할 것으론 보이지 않는다.

프로미넌스는 원래 눈밭만 녹이려고 소환했는데, 보아하니 오랜만에 불린 기쁨에 정령이 힘을 너무 쓴 듯하다.

다시 본 '여왕의 큰어머니' 인 케나의 파격적인 힘에 클로프도 당혹스러움을 감출 수 없다.

저것이 진심으로 동생에게 미치지 않아서 다행이라며 혼자 안도했다.

그 당사자인 클로프의 동생 클로피아는 어떤가 하면, 힘없이 주저앉아 있었다. 저게 자신에게 미치면 어떻게 될지 하는 상상이 클로피아에게 공포를 안겼다.

거기로 다가간 클로프는 손을 내밀어 동생을 잡아당겼다.

"자, 내 손을 잡아."

"그……그래요. 고마워요, 오라버님……."

"이제 팍팍 가보자."

아직 여파가 남아서, 던전 안의 공기가 뜨겁다.

그런 것도 사소한 일인 것처럼 케나는 성큼성큼 걷기 시작한다.

클로프는 동생의 손을 잡고서 천천히 뒤따른다.

멍해진 몸으로 걷던 클로피아가 그러고 보니 아까 대화가 중간에 끊긴 것을 떠올렸다.

오빠에게 아까 하던 말을 마저 해달라고 요구하고 들은 사실은 클로피아의 세계를 바닥부터 무너지게 할 정도로 충격적이었다.

"어……?"

"사하라셰드 여왕님의 백모님이야. 케나 님은."

"네……?"

클로피아는 오빠의 손을 잡으며 지금까지 자신이 한 짓을 떠올리고, 머릿속이 새하얘졌다.

그리고 22층에 접어든다.

클로프는 말없이 고개를 푹 숙인 클로피아의 손을 잡고서 나아간다.

눈앞에는 앞장선 케나가 있었다.

21층에서는 종종 지적하는 케나의 충고에 따라서 벽을 따라 걷거나, 아무것도 없는 길을 뛰어넘거나 해서 아무도 함정에 안 걸릴 수 있었다.

선두를 걷는 케나는 뒤에서 들리던 날카로운 발언이 끊긴 사실에 미간을 찡그렸지만, 클로프가 사하라셰드와의 관계를 털어놓았다고 듣고서 납득했다.

그건 나중에 해결하기로 하고, 문제는 이번 층이다.

계단을 내려간 세 사람 앞에 펼쳐진 것은 새까만 공간과 저 너머 먼 곳에 희미하게 빛나는, 이번 층의 종점으로 여겨지는 장소.

시험 삼아 【라이트】 마법을 날려 봤는데, 케나의 손을 떠난 순간에 빛이 사라지고 말았다.

“안티 매직 에어리어(마법 무효화 영역)야?!”

어째서인지 라이트 매직 아이템도 이 층에 내려온 직후에 빛이 확 약해졌다.

그 현상에서 예상되는 사실에 케나는 다소 초조한 표정을 지었다. 뒤에 있는 두 사람을 지원할 수단이 격감하기 때문이다.

“케나 님, 그 안티 어쩌고는 뭡니까?”

“안티 매직 에어리어야. 아마도 이 층 전체에서 마법을 하나도 쓸 수 없을 거야.”

“마법을 쓸 수 없다고요?!”

놀란 클로프와 클로피아도 손을 앞으로 내밀고 뭔가 시험해 본다. 그 얼굴이 서서히 경악으로 물드는 것으로 봐서, 말로 표현할 수 없는 충격을 맛본 듯하다.

“이, 이런 일이 생길 수 있습니까……?”

“딱히 드물지는 않을 텐데……. 아하, 지금 세계엔 이런 것도 별로 없구나!”

“그, 그래요. 마법을 쓸 수 없는 장소는 알현장 정도밖에 없답니다.”

“그런 데서는 마법을 못 쓰는 게 아니라, 멋대로 마법을 쓰면 감옥에 가니까 안 쓰는 거 아니야?”

“그건 부정할 수 없군요.”

“으엑.”

불길한 대답을 들은 케나의 표정이 구겨진다.

이런 공간에서도 문제없이 나는 쿠에게 의문이 생기지만, 요정이 쓰는 마법은 별개라고 생각하고 신경 쓰지 않기로 했다.

그리고 정면 저 멀리에 있는 빛을 주시한다. 다종다양한 스킬의 혜택으로, 케나의 눈에는 어둠 속에서 일직선으로 뻗는 길이 보였다.

"역시나. 오푸스가 하는 짓이니까, 어두컴컴한 곳에서 외길을 주파하라는 거겠지만."

여의봉을 쑥 늘려서 어둠 속 바닥 부분을 탁탁 쳐 본다.

예상대로 쭉 뻗은 외길 부분을 빼면 전부 텅텅 비어 있었다. 발을 헛디뎌서 도착하는 곳은 다음 층일지, 아니면 나락일지.

뒤에 있는 두 사람에게 그 주의사항을 전달한다. 이것만큼은 도전자의 【운】이나 【신체 능력】을 믿을 수밖에 없다.

이렇듯 이벤트와 함정이 가득한 방과 얼른 작별하고자, 케나는 한 걸음을 내디뎠다.

그와 동시에 【직감】으로 느낀 위기감 때문에 머리를 숙였다.

곧바로 오른쪽 어둠에서 뭔가 쏘는 소리가 작게 들리고, 케나의 머리가 있던 장소를 은빛 섬광이 지나간다. 그 섬광은 왼쪽 어둠으로 사라지고…….

쾅!!

"사람을 죽일 셈이야……?!"

케나가 불평하기 전에 날아간 빛이 사라진 왼쪽 어둠이 크게 폭발하고, 열기와 충격파를 흩뿌린다.

뒤에 있던 클로프와 클로피아가 본 이상하게 두꺼운 화살은 엄청난 폭발물이었던 듯하다.

충격과 열풍과 부서진 벽 조각의 일부가 날아왔다.

【평형감각】 스킬과 키의 방벽으로 이걸 막은 케나도 넋이 나갔다.

클로프와 클로피아도 날아든 물건의 터무니없는 살상력을 목격하고 표정을 굳혔다.

"저기……."

"이, 이게 뭡니까……."

"이이이이이, 바보 오푸스으으으으의! '미사일' 을 설치하다니, 뭐 하는 짓이야!"

그야말로 미사일. 판타지 RPG답지 않은 아이템이다.

원통의 화살 형태를 미사일이라고 부르며.

둥글고 투척해서 쓰는 물건을 파인애플이라고 부른다.

스킬 자체는 중견 레벨이 되어야 퀘스트로 얻을 수 있지만, 위력이 제작자 레벨의 5분의 1을 대미지에 가산하는 부분이 위협적이다.

오푸스나 케나의 레벨로 이걸 만들면 레벨 200 이하의 플레이어는 한 방에 훅 간다.

이점은 사용 제한 레벨이 낮다는 점이다. 초심자라도 쉽게 적을 해치울 수 있는 아이템이다.

물론 한계돌파자가 만드는 파인애플은 경매의 주력 상품으로 다뤄졌다.

그게 옆에서, 아무렇지도 않게 날아온 것이다.

제작자가 그 녀석이니까, 클로프와 클로피아가 정통으로 맞으면 확실하게 가루가 된다.

그 자리에서 남매를 빙 돌아본 케나는 그 시선에 움찔하는 동생을 가볍게 무시하고.

기분 좋게 싱긋 웃으며 이 자리에서의 최선책을 제시했다.

"죽기 살기로 뛰어어어어어!!"

""네, 네에에에엣!""

그리고 다 지나간 뒤에 판명된 사실인데, 치사성 공격은 처음 한 발뿐이었던 것 같다.

그야 그렇게 무시무시한 공격이 처음에 날라오면 누구든 위기감이 생기겠지.

원흉의 계략에 완전히 빠졌다고 해석한 케나는 한숨을 쉬고 긴장을 풀었다.

통로 끝에 있는 계단을 내려가면 23층이다.

그곳은 안티 매직 에어리어가 아니었다.

그러나 또 치사성 함정이 있으면 귀찮으니까, 케나는 먼저 가서 조사하겠다고 주장했다.

"그, 그렇다면 제가 정찰을 맡겠어요!"

"네, 기각."

갑자기 언동에서 가시가 사라진 클로피아의 발언에 미간을 찡그리며, 케나는 가차 없이 거절했다.

"어째서죠?!"

"내 말 안 들었어? 아까처럼 미사일이나 지뢰가 있으면 위험하니까 그래."

"제 실력이라면 그런 함정은……."

"클로피아, 아까부터 그렇게 말하면서 함정에 자꾸 걸린 우리로는 설득력이 없어. 지금은 물러나."

"오라버님……."

"물러나라고 했어."

"네……."

납득할 수 없는지 계속해서 입술을 깨무는 클로피아를 클로프가 강한 어조로 타일렀다.

"죄송합니다, 케나 님. 저희가 방해한 것 같아 면목이 없군요."

"응. 그건 이미 어쩔 수 없지만. 반대로 여기서 너희만 돌려보내긴 불안하니까. 뭐, 한 수 배운다고 생각해 주면 되지 않을까?"

"번거롭게 해서 죄송합니다……."

"그건 괜찮지만 말이야. 잠시 먼저 정찰하고 올 테니까 기다리고 있어."

"알겠습니다."

"……."

계단 아래 통로 한쪽에 케나가 【차단 결계】를 쳐서 일시적인 휴

게소를 만든다.

케나가 이 층 안쪽으로 가면 클로프, 클로피아 남매만 남는다.

두 사람 모두 벽에 등을 기대고, 위층에서 전속력으로 뛰는 바람에 거칠어진 호흡을 가다듬는 중이다. 슬슬 호흡이 차분해졌을 무렵에 축 늘어진 클로피아가 입을 열었다.

"어, 어쩌면 좋을까요? 오라버님……."

"케나 님 말이야?"

"네……."

클로피아는 심각한 기색으로 위축됐다.

진실을 밝힌 사람은 클로프지만, 실제로는 너무 신경 쓸 필요가 없다고 생각했다.

그가 케나에게 느낀 인상은 권력과 엮이기 싫어 한다는 것과 은근히 친근한 강자라는 점이다. 너무 강한 사람은 일반적으로 남을 깔보는 경향이 강해지는데, 케나는 그렇지 않다.

'다른 나라의 밀정입니다' 라고 고백하는 말을 들으면 보통 경계하거나 멀리하는 법이다.

그걸 전혀 아랑곳하지 않는 데다가 대놓고 얄미운 소리만 하는 동생을 포함해서 교우 관계를 타진할 정도로 착한 사람이다.

지금까지 클로프가 만난 사람 중에서는 가장 특이한 인물이라고 할 수 있으리라.

그리고 지금이라면 여왕이 말한 '심기를 해치지 말라' 도 이해할 수 있다.

모습을 보기만 해도 몸이 떨릴 정도의 소환수를 아무 대가도 없이 불러내고 부리는 것은 들은 적도 본 적도 없기 때문이다.

그런데도 '조금 과했다' 고 말한 것으로 봐서 두 개 층을 증발시킨 것도 온 힘을 다한 것이 아닌 듯하다.

그런 강자가 명백히 케나보다 뒤떨어지는 두 사람의 던전 동행을 허가해 줬는데, 그 이면을 의식하지 않고 승낙했을 때는 기회라고만 여겼다.

그리고 이미 짐짝이 된 현재 상황에서 거추장스럽게 여기지 않고 자신들을 지켜주는 점에는 죄책감밖에 들지 않는다.

임무라고는 해도 그때 '동행하고 싶다' 고 말한 자신을 때려주고 싶어진다. 클로피아만큼은 아니어도 클로프는 다른 의미로 몹시 후회하고 있었다.

"우리가 같이 머리를 숙이는 것 말고는 다른 방법이 없겠지."

"어, 어째서 오라버님도 머리를 숙일 필요가 있어요? 저 혼자 잘못한 건데!"

"내가 미숙해서 케나 님께 불편을 끼쳤다. 이유는 그게 전부야."

"저기요?"

"오라버님이 그렇게 미숙할 리가 없잖아요!"

"어어?"

"그렇다면 너는 케나 님의 역량과 우리 힘을 비교해서 어떻게 생각하지? 짐짝이라고 생각하지 않아?"

"그래요. 뭐, 그건……."

"잠깐 말 좀 들어주겠어요!!"

""아까부터 대체 뭐예요(뭡니까)……?!""

누군가가 등 뒤에서 큰 소리로 말을 거는 바람에 놀라서 뒤돌아본 두 사람은 거기에 뜬금없는 존재가 있어서 다시 놀랐다.

"길 한복판을 가로막으면 지나갈 수 없어요."

클로프와 클로피아는 벽 쪽에 있었는데, 말하는 중에 흥분해서 통로를 가로막은 듯하다.

거기에는 짓궂게 미소를 짓는 엘프 미녀가 있었다.

아름다운 맑은 흑발과 파란 눈. 머리는 등이 가릴 정도로 길고, 왼손으로 종이봉투를 소중히 끌어안고 있었다.

같은 여자가 봐도 질투할 정도로 가냘프면서도 풍만한 몸매. 몸에 걸친 것은 여기가 던전 안이 맞는지 의심스러울 정도로 뜬금없는 메이드 의상이다.

솔직히 말해서 너무 이상한 광경이다.

여기는 두 사람도 상대에 따라서는 죽음을 각오해야 하는 적이 출몰하는 던전이다.

집안일 전문가인 메이드가 느긋하게 장을 보러 다닐 장소가 아니다.

조금 마음에 걸리는 건, 그 메이드가 결계 안에 있다는 점이다.

케나가 친, 악의가 있는 자를 통과시키지 않는 【결계】. 그곳에 아무 지장도 없이 발을 들였다는 것이 그 메이드가 무해한 존재임을 증명한다.

“실례했습니다. 안녕히 계세요.”

종이봉투를 손에 든 엘프 메이드는 넋이 나간 두 사람에게 공손히 인사하고 던전 안쪽으로 사라졌다.

“다들 왜 그래? 유령이라도 본 얼굴인데…….”

경직한 채로 엘프 메이드를 보낸 두 사람은 메이드가 사라진 길과는 다른 방향에서 돌아온 케나를 보자마자 맥없이 주저앉았다.

“저기, 무슨 반응이 그래! 상처받잖아…….”

“그게, 방금, 뭔가 환영을 본 것 같아서…….”

“오라버님과 제가 똑같은 걸 봤어요……. 이건 백일몽이에요!”

“그럴지도 모르겠구나!”

미간을 주무른 클로프가 어딘가를 보고 중얼거리자, 오빠의 팔에 매달린 클로피아가 이상한 소리를 한다.

“무슨 일이래……?”

무슨 일이 있었는지는 모르겠지만, 케나는 두 사람이 혼란에 빠진 건 이해했다.

그리고 더 아래인 24층을 이동하면서, 두 사람에게 사정을 들었다.

“검은 머리의 엘프 메이드가 지나갔다고?”

“네……. 그렇습니다.”

세 사람은 이야기하면서 뭉쳐서 걷고 있었다.

아니, 쿠도 포함하면 네 사람이라고도 할 수 있지만, 쿠는 항상 있는 케나의 어깨 위. 대화에 끼기는커녕, 이야기 내용도 이해할지 의심스럽다.

케나의 옆에는 클로프, 그 뒤에서는 클로피아가 따라오고 있다.

대화 내용은 아까 두 사람이 마주쳤다고 하는 수상한 인물에 관해서다.

그러나 클로피아만은 한마디도 끼어들지 않고 작은 동물처럼 조심조심 뒤따를 뿐이다.

케나가 보면 이쪽이 훨씬 수상한 인물이다.

그나저나 여기에서 검은 머리의 엘프 메이드라고 하면, 케나에게는 딱 한 명 떠오르는 사람이 있었다.

"그건 역시 사이렌이겠네……."

"케나 님이 아시는 분일까요?"

"아, 응. 일단은……. 여기 틀어박혀 있다고 한 친구의 전속 메이드야. 사이렌이 있다는 건, 역시 그 녀석은 여기 있는 거구나!"

두 사람이 마주친 상황으로 미루어 보아 정기적으로 장을 보러 나가는 것 같다.

메이드에게 30층까지 왕복하게 할 거면 차라리 자신이 움직이라고 불평하고 싶지만, 그 당사자는 워낙 타인을 잘 이용하려는 인간이라 말해도 소용없을 것 같아서 그 자리에서 포기했다.

게다가 던전의 제작자인 오푸스라면 적에게 공격당하지 않고 함정에 걸리지 않는 아이템(허가증) 정도는 내줬을 것이다.

사이렌은 케나만큼 오랜 시간 게임을 플레이한 오푸스가 유일하게 가동하고 있는 소환 메이드다.

'세상 모든 남자들이 꿈꾸는 애인으로 딱 어울리지 않을까?' 라고 캐릭터 디자인을 한 만큼, 그 외모는 길드 남자들에게 호평받았다.

성격은 남자의 이상을 고스란히 구현한 듯, 온화하고 온화한 성품에 모성애가 넘쳐난다. '이런 사람에게 시중을 받고 싶어!' 를 구현한 듯한 소환 메이드다.

"그나저나 사이렌은 상관없지만."

"상관없습니까……. 명백하게 보통은 아니었습니다만."

"그래 보여도 소환 메이드거든. 전위직이라서 나랑 대등하게 싸울 수 있는 강자야."

"이해했습니다. 상관없는 일이 맞군요."

아무리 소환한 사람의 절반 레벨이라고 해도, 레벨 550레벨 전위직은 꽤 강적이다.

후방직 특화인 케나는 접근전으로 가면 호각으로 싸울 정도다.

이를 모르는 클로프는 케나만큼 실력이 있는 인물로 오해하고, 더는 신경 쓰지 않기로 했다.

사이렌을 대수롭지 않게 여긴 케나는 걸음을 멈추고 뒤돌아 클로피아에게 시선을 돌린다.

그 시선을 받고 벌벌 떨던 클로피아는 마치 사형 선고를 받고 그것을 당연하게 받아들인 사형수처럼 굳어 버렸다.

"아, 그나저나 동생도 말해 봐. 너라면 이 경우 '왜 그렇게 무서운 지인을 방치하는 건가요?!' 라고 따져야 하잖아?"

"아뇨. 그게……."

눈을 마주치지 않으려고 고개를 숙인 클로피아는 머뭇거리며 말을 찾는다.

그런 동생을 가로막듯 클로프가 두 사람 사이에 끼어들었다.

"죄송합니다 케나 님! 모든 것이 제 불찰입니다!"

"왜 옆에서 클로프 씨가 사과하는 거야? 뇌물을 받은 정치인의 비서야?!"

"아니요, 오라버님은 잘못한 게 없어요! 케나 님! 제 목숨으로 괜찮으면 기꺼이 내놓을 테니, 오라버님만은 살려주세요!"

"무슨 말을 하는지 모르겠다고 하는 건데……. 그보다 나는 제물을 가지고 노는 사악한 대마왕이야? 그리고 갑자기 존칭?!"

"아닙니다. 동생만이라도! 제발 용서해 주십시오! 저는 남은 인생을 케나 님께 바치기로 각오했습니다!"

"이번엔 노예 선언? 나를 얼마나 악당으로 취급하는 건데!"

"그렇다면 제가 팔려 가도 상관없어요!"

"클로피아 넌 끼어들지 마! 이건 내 문제야."

"오라버님이야말로, 제 죄를 뒤집어쓰지 마세요!"

중간에 남매 싸움 같은 상황으로 바뀌면서 케나 혼자 꿔다 놓은 보릿자루가 됐다.

쿠가 고개를 갸웃거리며 "싸워? 왜?" 라고 중얼거리며 케나의 어깨에서 훌쩍 날아올랐다.

왠지 주객이 전도된 책임 공방으로 넘어가면서 시끌벅적한 실랑이가 벌어진다.

케나는 두 사람을 보고 한숨을 내쉬며 손가락을 튕겼다. 그러자 천장에서 주먹이 튀어나와 두 사람의 머리를 강타한다.

그렇다고 케나가 이 던전의 조작법을 떠올린 것은 아니다. 단축키에 등록한 것 중 하나인, 주변의 물질을 이용해 조작하는 싸움 중재용 마법이다. 이런 걸 등록할 정도로 길드 내에서 실랑이가 많았던 시절이 있었다.

클로프는 그렇다 치더라도 클로피아에게는 이 던전에서 세 번째 충격이다. 눈물을 글썽거리며 쭈그리고 앉아 괴로워했다.

"케……케나 님……."

"아무튼 너희가 사이좋은 남매라는 건 알았으니까. 클로프 씨는 일이 어쩌다가 이렇게 됐는지 얘기해 봐."

"네……."

딱 봐도 분통이 난 케나가 팔짱을 끼고 고통스러워하는 두 사람을 노려본다.

놀라서 몸을 움츠리는 클로프. 클로피아는 죄책감 때문에 완전 울상이다.

케나는 이걸 어쩌나 싶어서 노려보던 것을 멈추고 씁쓸한 얼굴로 한숨만 내뱉는다.

왕가와의 혈연관계를 클로피아에게 설명했다는 자초지종을 듣고, 케나가 더욱 씁쓸한 표정을 짓는다.

"뭐, 확실히 사하라셰드는 동생(같은 아이)의 딸이니까 내 조카에 해당하지만, 그렇다고 해서 내게 반발한 게 여왕에게 대드는 걸 의미하진 않아."

그 동생도 게임 속 선후배에 불과하니까, 혈연관계는 아니다.

하지만 케나가 그런 것까지 설명하긴 매우 어려운 일이다.

"지금의 나는 평범한 모험가야. 나라를 다스리는 신분과는 전혀 다르단 말이지. 그러니까 예전처럼 험담하거나, 폭언을 퍼부어도 전혀 문제없다는 거야. 애초에 내가 조카의 권력을 이용해 사리사욕을 채울 만큼 어리석은 인물로 보였어?"

"저기…… 안, 보여요."

쭈뼛거리기만 하는 클로피아가 겁내는 것이 케나로서는 슬프다. 차라리 아까처럼 얄밉게 말하는 것이 그나마 대화가 성립했다.

"내가 원하는 게 있으면 내가 번 돈을 쓸 거고, 우리 가족에게 손대는 사람이 있으면 쫓아가서 구속하고 그런 생각을 한 걸 후회할 때까지 괴롭힐 거야. 동생의 발언에 마음에 들지 않는 부분이 있으면 그 자리에서 보복할 건데? 그리고 나는 동생의 태도가 제법 마음에 들기도 해. 여태까지 나한테 얄미운 소리를 하는 사람이 거의 없었으니까. 아, 그렇다고 내가 그런 취미인 건 아니거든? 그래도 화낼 때는 화내긴 하지만. 그야 나는 하이엘프이고, 일반적으로 엘프의 왕족으로 불리지만, 불경죄로 고발당하거나 죄를 뒤집어쓰는 일은 절대로 없어. 실제로 동생한테도 클로프나 사하라셰드가 뭐라고 안 했잖아?"

"네, 그래요."

클로피아의 눈빛에 생기가 돌아오고, 말투도 조금은 원래대로 돌아온 것 같다.

조금은 마음을 열어 준 걸까? 케나는 안도했다.

"동생은 지금까지 그랬던 것처럼 나를 매도해도 괜찮다는 거야. 그건 사하라셰드도 알 거고. 만약 그것 때문에 네가 벌을 받는 일이 생기면 내가 사하라셰드에게 화낼 테니까. 그러니 안심해도 좋을 거야."

"엉덩이, 찰싹찰싹?"

"그래. 엉덩이 찰싹찰싹."

끼어든 쿠가 기억하게, 사하라셰드에게 줄 벌을 정했다.

일개 모험가가 여왕에게 감히 그랬다간 실제로 하고 안 하고 이전에 국가 반역죄가 될 것 같은 안건이다. 실행되지 않기를 바랄 뿐이다.

"케나 님, 그런 소리는 직접 말하지 않는 게 좋을 것 같습니다."

"끙. 나라에 잡혀갈 소리였나? 그렇다면 사람들이 없는 데서 말할게."

"누가 들을지 모르니 사람이 없어도 말하지 말아 주세요!"

"알았어. 알았대도. 클로프 씨도 화내지 마."

워워 하고 클로프를 달래고, 표정이 딱딱하게 굳은 클로피아를 본다.

머리를 쓰다듬으려고 손을 뻗자, 황급히 케나의 손이 닿지 않는 곳으로 물러섰다.

"도망쳐 버렸어."

"아, 아뇨. 이건 도망친 게 아니라……."

"예전처럼 거리낌 없는 태도로 돌아가긴 어려울 것 같아?"

"네……. 죄송합니다, 케나 님……."

빌려온 고양이처럼 얌전해진 클로피아는, 케나에게 나름대로 큰 충격이다.

길고양이처럼 도도한 클로피아를 좋아했던 터라, 아쉬움이 남는다.

(어쩔 수 없네. 언젠가 예전과 같은 관계가…… 되지는 않을지도 모르겠지만. 어느 정도 익숙해지도록 가끔 이 나라에 와야겠네.)

『우선, 그 전에, 여왕의 귀에 들어갈 것 같습니다만.』

(울적해지는 미래를 말하지 마. 눈에 선하니까…….)

곧바로 키가 딴지를 거는 바람에, 케나는 질색했다.

"그때는 꼭 알려주십시오. 숙소로 쓸 방을 준비해 놓겠습니다."

클로프가 집사 같은 말을 하는 바람에 무심코 웃음이 나왔다.

클로프의 집에 머물려고 하면 지금 상태로는 클로피아가 일을 핑계로 어디론가 도망칠 것 같다. 예고 없이 갑자기 방문하는 것이 좋을 것 같다.

케나는 다음에 오우타로퀘스에 올 때는 조금 더 계획을 짜는 것이 좋을 것 같다고 생각했다.

"쿠도, 쿠도 같이."

"쿠는 나랑 떨어지지 않잖아."

"루카도, 루카도 같이."

"루카도? 그러네. 또 다 같이 여행하는 것도 좋겠는걸."

머리를 잡아당기는 쿠에게 약속하자 무척이나 기뻐하며 케나의 주위를 붕붕 날아다녔다. 지난번에는 함께 있었지만 모습을 보여주지 못했다. 있는 것과 없는 것으로도 여행이 많이 달라질 것이다.

25층.

그 바보가 있는 데도 조금만 더 가면 된다.

동행자도 있으니까 던전 안에서 야영한다. 이것으로 던전 체류 4일째다.

광원을 둘러싸고 케나가 만든 고기와 채소 파이를 셋이서 같이 먹는다.

쿠만 미니 토마토처럼 생긴 루슈 열매를 씹고 있었다. 크기가 자기 머리만 한데, 이거 하나만 먹어도 쿠는 2~3일 정도 버티는 것 같다. 요정의 생태는 신비로움으로 가득하다.

"이젠 그냥 바닥을 뚫어 버릴까?"

【쿠킹 스킬】로 만든 파이를 맛있게 먹던 클로프와 클로피아는, 불쑥 중얼거린 케나의 말을 듣고 화들짝 놀란 표정을 지었다.

바닥을 뚫는다=그 거대한 화염의 짐승이 또다시 던전을 공격하는 것으로 여겼기 때문이다.

“저, 저기, 케, 케나…… 님? 또 그걸 하실 건가요?”

“딱딱해. 딱딱하다고, 동생.”

조심조심 말하는 클로피아의 태도에 기가 찬다.

한 번 입장을 분명히 밝힌 이상, 클로피아는 공손한 태도를 고칠 생각이 없는 모양이다.

“여왕님을 공경하는 태도는 이미 숭배의 경지니까요.”는 오빠 클로프가 한 말이다. 반대로 사실을 밝힌 클로프를 때려눕힐까, 하고 생각했을 정도다.

그랬다간 왠지 화풀이 같아서 그만두었다.

키도『이런 건 시간이 지나면 해결될 문제입니다. 느긋하게 지켜보시죠.』라고 훈계했다.

그래도 악담을 퍼붓던 몇 시간 전이 까마득히 옛날 일처럼 느껴진다.

이렇게 되면 케나를 평범하게 대할 사람은 에리네, 아비타, 샤이닝세이버, 코랄에 쿠올케와 엑시즈 정도일 것이다.

그 밖에도 골치 아픈 사태에 직면 중이다.

등 뒤로 이어지는 통로 중간의 바닥에 간판이 서 있는데, 거기에는 ‘28층 직통’ 이라고 적혀 있다.

가까이 가면 머릿속에서 경보가 울려 퍼지는데, 통로 자체가 함정인지, 간판을 만지는 것이 스위치인지 모르겠다.

도착한 곳에 무슨 위험이 있는지도 전혀 알 수 없다.

기다리고 있을 무언가를 가정한다면, 케나가 앞장서는 게 확실하지만.

이 층에 두 사람을 남기면 몬스터에게 맛있게 먹힐 미래가 보이니까, 판단하기 어려웠다.

이 경우 소환수를 불러내 함정에 걸리게 하는 것이 효율적이라는 결론이 나온다.

하지만 소환하는 몬스터에 따라서는 소환자와 어느 정도 멀어지면 통제를 잃고 야생으로 돌아가기도 하므로 신중하게 선택할 필요가 있다.

고레벨 몬스터가 돌발적으로 중간 보스가 되는 상황은 사양하고 싶다.

머릿속에서 몇 가지 후보를 선정하고, 상황에 따라 자율적으로 행동할 수 있는 소환수를 키와 상의하여 결정한다.

【서먼 매직 : load : 스퀴드 잭】.

바닥에 전개된 파란 마법진에서 쑥 튀어나온 것은 열 개의 다리로 몸을 지탱해서 직립하는 오징어다.

크기는 천장에 닿아서 머리 꼭대기의 지느러미가 휘어지는 높이 5미터. 몸통은 푸른 수정처럼 맑고 투명하게 반짝반짝 빛났다. 생물이 아닌 정교한 예술품 같다는 착각마저 든다.

다양한 특수 능력을 보유한 특수전 전용 소환수로, 그 행동 범위는 수중에만 국한되지 않는다.

그 모습에 감탄하며 눈을 떼지 못하는 두 사람을 슬쩍 보고, 케나는 오징어에게 지시를 내린다.

"저기 있는 함정에 뛰어들어서 아래층으로 내려가. 내려간 곳에서 대기하고, 적대적인 것이 있으면 제거하는 걸로……."

"그렇다면 지금까지의 무례함을 사죄하기 위해서 제가 가겠어요!"

""어……?""

케나의 지시를 중간에서 끊듯이, 갑자기 손을 번쩍 든 클로피아가 입후보한다.

그리고 그대로 간판이 있는 통로로 뛰어들었다.

너무 갑작스러워 클로프는 물론, 소환수를 보던 케나도 반응하지 못했다.

클로피아의 손이 간판에 살짝 닿자, 딸깍 소리와 함께 간판이 있던 통로가 잘려 나갔다.

마치 바움쿠헨을 중간에서 자른 것처럼, 통로 자체가 옆으로 이동한다.

그리고 통로 옆으로 튀어나온, 새로운 간판 없는 통로가 그 자리에 끼워진다.

리볼버 권총의 탄창이 돌아가면서 새로운 탄이 장전되는 것과 같다고 생각하면 된다.

"저기?!"

"클로피아!"

두 사람이 황급히 손을 뻗지만, 클로피아는 벽 너머로 사라진 뒤였다.

통로째로 옆으로 밀려난 클로피아는 벽을 사이에 둔 옆 통로를 보며 고개를 갸웃거렸다.

뒤로는 끝이 보이지 않는 내리막길. 그리고 정면에는 사방에서 비추는 빛에 노출된, 사람의 세 배는 됨직한 지름을 보유한 강철 구슬이 자리를 잡고 있었다.

옆으로 밀린 통로 자체는 그 자리에서 해체되어 벽에 박혔다.

남은 간판은 굴러떨어지기 직전의 철구를 가까스로 지탱하고 있었다.

앞으로 기다리는, 자기 몸을 덮칠 미래에 식은땀이 확 난다.

그렇다. 이건 벌이다. 고귀한 혈통에게 대든 벌.

그렇다고 해서 죽을 수는 없다. 이런 걸로 용서받을 수 없다고 마음속으로 다짐해 보지만, 무서운 건 무서운 거다.

한 걸음, 두 걸음 후퇴하는 클로피아의 눈앞에서 마지막 보루였던 간판이 무자비하게 쓰러졌다. 입에서 작게 비명이 흘러나오지만, 떨면서 가만히 죽음을 기다리는 건 자존심이 허락하지 않는다.

중력을 따라 딱 봐도 알 수 있는 초중량 압사체 제조기가 데굴데굴 구르기 시작한다. 그것을 본 클로피아가 취할 방법은 하나밖에 없다.

자존심이고 뭐고 전부 내팽개치고 생존 본능을 우선한다. 이것 말고는 다른 선택지가 없을 것이다.

"꺄아아아아아아아아아아아아아아아악?!?!"

각오해도 본능적인 공포에 따라 입에서 이상한 비명이 흘러나왔다. 그마저도 의식하지 못한 채 가파른 내리막길을 질주한다. 이때, 클로피아는 정말로 환상적인 달리기를 선보이고 있었다.

벽 너머에 있던 두 사람에게는 왼쪽 비스듬히 아래로 도플러 효과와 함께 작아지는 클로피아의 비명과 그 뒤를 따라 무언가 거대한 물체가 굴러가는 소리가 들렸다. 이것도 비명을 쫓아가는 듯 점점 작아진다.

"조급하더라도, 상황 정도는 생각해 보라고!"

"그걸 말씀하실 때가 아닙니다, 케나 님! 클로피아가! 동생이!"

머리를 쥐어뜯는가 싶더니, 클로프는 반쯤 정신이 나간 듯이 손에 든 검을 벽에 내리쳤다. 금속음이 울리고 불꽃이 튀지만, 역시 사람의 손으로 던전 벽을 뚫는 것은 불가능에 가깝다.

자기 발로 뛰어들었다고는 하지만, 클로피아를 내버리는 선택지는 케나의 원칙에 어긋난다.

케나는 대기 상태로 옆에서 대기 중이던 오징어에게 명령을 내린다.

"수직으로 파는 거야. 망설이지 말고 해버려! 그리고 방금 저 아이를 쫓아가서 구해줘!"

"슈르르르르르르!!!"

숨소리 같은 대답과 함께 열 개의 다리가 능숙하게 감겼다가 펴진다.

다리의 수정 같은 빛이 푸른색에서 초록색으로 색을 바꾸며 성질이 변한다.

그 순간, 오징어와 닿은 바닥 부분에서 엄청난 연기와 눈이 시릴 정도로 자극적인 냄새가 퍼졌다.

동시에 소환수가 서서히 그 자리에서 가라앉는다.

자기 몸을 진한 황산 용액으로 변질시켜 바닥을 녹이고 있는 것이다.

어느새 지름 2미터 정도의 구멍이 생기고, 바닥을 관통한 오징어가 쿵 떨어진다.

그 구멍을 통해 더 아래인 26층 바닥을 녹이고 있는 오징어가 보였다.

케나는 뒤따라서 뛰어들려는 클로프의 목깃을 잡고 막았다.

“왜 막는 겁니까, 케나 님?!”

“관통할 때까지 조금 기다려. 저걸 건드리면 클로프 씨도 녹을 거야!”

“네에에에?!”

말은 그렇게 했지만, 비슷한 행동을 하고 싶은 건 케나도 마찬가지다.

25층의 상황을 보면, 오징어가 2개 층의 바닥을 녹이는 데는 오랜 시간이 걸리지 않을 것이다.

케나는 눈을 가리고 옷 속으로 뛰어든 쿠를 보호하고, 눈앞에서 오징어가 바닥을 다 뚫기를 애타게 기다렸다.

28층.

클로피아가 뛰어 내려가는 길은 중간부터 수영장에 있는 듯한 워터슬라이더처럼 바뀌고, 길도 내리막길 언덕에서 나선형 수직 슬라이더로 바뀌었다.

죽음을 예감하게 하던 쇠구슬은 통로가 슬라이더 모양으로 변한 곳에서 멈추고 왔던 길을 따라 도로 올라간다.

지금까지 클로피아를 치어 죽이려고 구르던 것이 뭐였나 싶을 정도로 깔끔하게. 쇠구슬에 그런 의식이 있는지는 모르겠지만.

미끄러지던 클로피아는 쿵 하고 28층 높이의 탁 트인 공중에 던져졌고, 몇 미터를 추락해서 물속으로 떨어졌다.

"흐갸악!!!"

다만, 깊이가 십여 센티미터밖에 안 되는 얕은 물이라서 몸을 세게 부딪혔다.

고통을 참으며 몸을 일으킨 클로피아가 주위를 둘러보니 인공적이고 무기질적인 던전과는 다른 천연 종유굴이 펼쳐져 있었다.

천장은 지금까지 본 다른 층보다 몇 배나 높은 곳에 있고, 수많은 종유석이 줄줄이 달려 있었다.

유백색으로 빛나는 종유석이 주위의 빛을 증폭시켜 새로운 광원을 만들고 있다. 이곳의 광원은 은은하게 빛나는 수면과 공중의 푸르스름한 빛으로, 한낮처럼 밝다.

사실 이 지역도 인공 부분이지만, 200년 동안 미세한 틈새로 떨어진 물방울에 침식된 것으로 보인다.

거대한 돔 형태의 공간과 위아래로 넘쳐나는 빛. 환상적인 풍경

앞에서 클로피아는 감탄과 동시에 자기 목숨이 무사하다는 사실에 기적을 느꼈다.

하지만 안도의 한숨을 내쉬는 클로피아의 주위에서 수면이 갑자기 출렁거린다.

예고도 없이 얕은 호수 바닥에서 우람한 괴물들이 일어났다.

"어? 뭐야?"

뭔가 잠복했다고 해도 고작해야 투구게밖에 없을 것 같은 깊이였다.

그런데도 사람 모양의 물체가 몇 개나 올라왔다는 사실에 클로피아는 경악했다. 아픈 몸을 채찍질하며 일어섰지만, 이미 주위를 포위당했다.

호수 바닥에서 나타난 것은 짙은 녹색 비늘이 몸을 덮은 이족보행 도마뱀. 속칭 리저드맨이다.

이 층은 호수 바닥에 〈부르는 석판〉이 설치되어 있는데, 사람이 침입하면 바로 작동하도록 설정되어 있다. 처음부터 적이 기다리고 있지 않은 것은 그런 이유에서다.

수면이 빛나는 것도 〈부르는 석판〉을 발견하지 못하게 하기 위함이다.

키가 2미터가 넘고, 창과 검 등으로 무장한 리저드맨이 30마리 이상. 혼자서는 도저히 상대할 수 없는 존재들이다.

그들이 일제히 고개를 들어 클로피아를 동공이 세로로 찢어진 눈으로 쳐다본다. 먹잇감으로 찍힌 클로피아는 "히익!" 하고 비명을 질렀다.

엎친 데 덮친 격. 리저드맨은 뱀처럼 빨갛고 긴 혀를 슬쩍슬쩍 내밀며, 물을 헤치고 그들의 둥지에 떨어진 불쌍한 워캣에게 다가온다.

황급히 도망치려 하지만 주위는 포위된 데다가 상대에게 유리한 지형이다. 사방에서 뻗는 손길에 도망갈 길은 봉쇄되고, 몇 걸음도 움직이지 못한 채 순식간에 붙잡히고 말았다.

리저드맨들은 클로피아의 양팔을 잡고 매달고 얼굴을 가까이 대더니 혀로 맛보듯 얼굴을 핥아댄다. 내뱉는 숨결에서 생선 비린내가 난다.

"샤악."

"쉭쉭쉭쉭."

몇 마리가 먹잇감에 대해 상의하더니, 클로피아의 목과 배에 칼과 창을 들이댄다.

이것이 케나 님에게 폭언을 퍼부은 벌일까. 그렇게 클로피아가 포기하려 할 때였다. 천장을 뚫고서 파랗고 길쭉한, 빛나는 수정이 떨어졌다.

이제야 3층분의 바닥을 녹인 스퀴드 잭이다.

스퀴드 잭은 클로피아를 붙잡고 있던 리저드맨의 바로 옆에 착지해 쭉 뻗은 촉수로 휘감아 순식간에 목을 부러뜨렸다.

힘이 빠진 리저드맨의 팔에서 떨어질 뻔한 클로피아는 통상 형태로 돌아온 스퀴드 잭의 다른 촉수 덕분에 다시 엉덩방아를 찧지 않을 수 있었다.

한 리저드맨이 "쉭!" 하고 호령해서 일제히 치고 들어온 검과 창은 스퀴드 잭의 수정 같은 표피에 튕겨져 나간다.

스퀴드 잭이 몸을 기울여 머리를 흔들자, 불행히 그 사거리에 있던 리저드맨 몇몇이 칼날이 된 지느러미에 상하로 잘려 물에 떨어졌다.

다가서려는 리저드맨은 휘감기는 스퀴드 잭의 촉수에 의해 온통 ㄱ자나 ㅁ자로 구부러진다. 그냥 오징어라고 무시했다간, 끔찍한 일을 당한다.

도저히 상대할 수 없다고 판단한 리저드맨들은 스퀴드 잭과 거리를 두고 경계하기로 한 것 같다.

그러나 이번에는 머리 위에서 화염구와 빛의 창이 무수히 쏟아졌다.

용해액이 잠잠해지기를 기다렸다가 뛰어내린 케나의 마법이다.

클로프도 뒤를 따라서 왔지만, 【부유】가 걸려서 착지하려면 시간이 더 걸릴 것 같다. 그 시선은 똑바로 클로피아를 향하고, 초조한 표정이 얼마나 걱정하는지를 알려주고 있다.

도망치는 리저드맨들의 코앞으로 날아온 화염구는 진로를 빼앗고 퇴로를 차단한다. 뭉쳐서 허둥대는 리저드맨들을 한꺼번에 불사른다.

천장에 뚫린 구멍을 통해 내려와 겨우 착지한 클로프는 오징어가 건넨 동생을 두 팔로 받쳐서 들었다. 노도와 같은 전개가 계속

되는 탓인지 클로피아는 정신을 차릴 겨를이 없다.

"아! 진짜! 이렇게 적이 많았어?"

주변에 띄운 열 개의 화염구를 한꺼번에 던지고, 손을 한 번 휘둘러 만든 십여 개의 빛의 창을 기관총처럼 넓게 퍼뜨려 쏜다.

폭발, 폭발, 폭발이 순식간에 겹겹이 포위 중이던 리저드맨들을 해치워 나갔다.

너무 일방적인 전개에 할 일이 없어진 스퀴드 잭이 클로프와 클로피아를 지키는 역할을 맡을 정도였다.

다만, 장소의 문제로 성대한 물기둥이 생겨서, 얼추 다 정리했을 때는 다들 물에 흠뻑 젖었다.

리저드맨이 거의 전멸하고, 움직이는 것이 없는 것을 확인한다.

이 층에서 여러모로 뒤처리를 해도 좋지만, 너무 오래 머무르면 다시 마물이 생기기 때문에 서둘러 이동하기로 했다.

스퀴드 잭에게 29층으로 가는 계단을 찾게 한 후 소환을 해제했다.

그리고 겨우 물에서 벗어나 【건조】 마법을 걸어 모두를 말린다.

이 마법은 '건어물로 유명한 어촌에 비가 오래 와서 건어물을 만들 수 없다' 는 의뢰를 받고 진행하는 '마법을 찾아서 건어물을 말려라' 는 이상한 퀘스트로 입수한 뒤 쓸 일이 없었던 마법이다.

퀘스트에 사용한 뒤로는 게임상 볼일이 없어지는 쓸모없는 마법 중 하나다.

어떻게 보면 '케나' 가 되고 나서 가장 많이 사용하는 마법일지도 모르겠다.

지금처럼 젖은 옷을 입은 채로 말리거나, 비 오는 날에 빨래를 실내에서 말리거나, 말린 과일을 만들거나.

(뭐가 도움이 될지, 인생은 진짜 모르는 법이네.)

『그렇군요.』

쓴웃음을 지으며 중얼거리자, 키도 황당해했다.

그건 그렇고, 지금 가장 하고 싶은 일은 무모한 돌진을 감행한 클로피아에 대한 잔소리일 것이다.

케나도 하고 싶은 말이 많지만, 그 역할은 클로프가 먼저다.

위에서 휘두른 클로프의 주먹에 의해 이 던전에서 몇 번째인지 모를 충격을 머리에 맞은 클로피아를 무릎 꿇리고 잔소리 중이다.

"너는 알기나 하는 거냐! 아무리 네가 불경죄에 가까운 죄를 저질렀다고 생각해도, 네 몸으로 갚으라고 누가 명령했겠어! 케나님이 너를 용서하신 지금은 죄도 없는데, 굳이 마음대로 자포자기해서 죗값을 치를 필요는 없잖아! 넌 왜 항상 항상 똑같은 짓을 반복하는 거야! 내가 얼마나 걱정했는지 알아?"

이미 감정을 못 이기고, 꾸짖는 것보다는 악을 쓰는 것에 가깝다. 클로피아도 항상 태연하게 있는 오빠가 이토록 감정을 드러내는 것을 처음 본 듯, 눈을 동그랗게 뜨고 놀란 것 같다.

"너무 나를…… 걱정, 시키지, 마라……."

"오, 오라버님……"

마지막에는 얼굴을 잔뜩 찌푸리며 클로피아를 껴안고 꺼이꺼이 울었다.

이것에 감정이 자극받았는지, 아니면 공포의 순간이 지나고 감정이 북받쳤는지, 클로피아도 덩달아 울음을 터뜨렸다.

케나도 클로프와 마찬가지로 클로피아를 걱정했지만, 무사했으니 다행으로 친다.

"그나저나 결국 내가 던전을 제일 많이 파괴하는 것 같네……."

『2층분 관통과, 3층분 관통이군요.』

19층과 25층 모두 작지 않은 구멍을 뚫어 버렸다.

도저히 나중에 오푸스에게 던전 존속 여부를 물어볼 수 없는 파괴범 상태. 특수 장비를 사용하지 않아도 〈은색 고리의 마녀〉의 면모를 유감없이 발휘했다.

나중에 이 참상을 안 오푸스가 집요하게 잔소리할 것 같지만, 아무튼 최하층은 얼마 남지 않았다.

29층은 계단을 내려가면 강당 같은 공간이 펼쳐지는데, 계단 맞은편에는 통로가 입을 벌리고 있다.

무언가가 기다리고 있다면, 아마도 이 너머에 있을 것이다.

그리고 여기서부터는 다른 두 사람과 전혀 관계가 없는 일이다.

"다들."

말을 걸자 서로 부둥켜안고 있던 클로프와 클로피아가 고개를 들었다.

그리고 자신들의 지금 상황을 깨닫고 민망한 나머지 후다닥 거리를 버렸다.

그 모습을 보고서 "후훗." 하고 웃은 케나는 말을 이었다.

"여기부터는 내 개인적 볼일이 있으니까, 너희는 여기서 쉬는 게 좋을 거야."

"동행은, 안 해도 되겠습니까?"

"응. 잠시 틀어박힌 멍청이를 데리고 나오기만 하면 되니까. 그게 끝나면 같이 돌아가자."

"네. 기다리고 있겠습니다. 케나 님."

잠시 공백이 있었지만, 클로프는 고개를 끄덕였다. 클로피아는 뭔가 말하려는 것처럼 입을 열었지만, 결국 말을 꺼내진 않았다.

통로 끝은 바로 계단으로 이어져 있었다.

주위의 벽이 희미하게 빛나며 길게 내려가는 계단이 이어지고, 종점에는 호화로운 양문형 문이 있었다.

이것만 보면 마지막 보스 방인 것 같기도 하다.

그렇지 않은 이유는 문 앞에 한 명의 엘프 메이드가 조용히 서 있었기 때문이다.

그녀는 케나와 시선을 맞추자 배 앞에 손을 얹고 공손하게 인사했다.

"오랜만입니다, 케나 님."

"역시 사이렌이구나. 잘 지내나 보네."

뻔한 인사를 나누고, 아무튼 가장 묻고 싶은 사항을 말한다.

"네 주인은 여기 있어?"

"네. 계십니다. 그 전에 한 가지, 이벤트에 응해 주시면 감사하겠습니다"

"보스를 만나려면 중간 보스전을 통과해야 한다는 거야? 오푸스가 계획한 거면 귀찮은 이벤트겠네……."

"네. 주인님께서 말씀하시길, 이것도 하나의 통과의례라고 하니까요. 죄송합니다. 꼭 부탁드리겠습니다."

"통과의례라면 건너뛸 수 없겠지."

다소 지친 얼굴로 중얼거리며 케나는 문을 향해 돌아선다.

어깨에 앉은 쿠는 어떻게 할까 싶어 눈을 마주치자, 왠지 모르게 파이팅 포즈를 취하고 기운을 내고 있었다.

이 자리에 남는다는 선택지는 없는 것 같다.

사이렌도 곤란한 표정을 지으며 다시 한번 고개를 숙인다.

그와 동시에 뒤에 있던 양문형 문이 소리도 없이 스르륵 열린다. 양식미로 따지자면 '쿠구구궁' 하고 열리는 게 맞겠지만, 그 정도로 집착하진 않는 듯하다.

문 너머는 실내 경기장 넓이의 타원형 투기장이었다.

주먹만 한 빛이 여기저기 떠다녀서 안으로 들어선 케나의 발밑에 여러 개로 갈라진 그림자를 만들고 있다.

처음 제작했을 때는 여기 중앙에 여신상(피규어) 같은 것이 있었을 것이다.

그것을 골렘으로 만들어서 움직이게 하니 마니로 오푸스와 실랑이를 벌였던 기억이 난다.

지금은 그 여신상이 보이지 않고, 입구에서 봤을 때 반대편 끝에 검은 인영이 우두커니 서 있었다.

"만약 내 동행들이 쫓아오면……."

"네. 여기서 사정을 말하고 제지하겠습니다. 안심하세요"

"그래? 그렇다면 잘 부탁할게."

사이렌에게 두 사람을 부탁할 수 있다면 케나도 더 걱정할 게 없다. 이 자리에선 그들이 전투에 휘말릴 염려가 없어지는 것이 제일이다.

뒤를 향해 손을 흔들고 안쪽에 보이는 인물을 향해 발걸음을 옮긴다.

뒤에서 문이 소리도 없이 닫혔지만, 그것은 케나가 이제 알 바가 아니다.

그림자가 보였을 때부터 【서치】로 확인해 본 대전 상대가 레벨 800이 넘는 악마로 판명되었기 때문이다.

아무리 레벨이 300이나 차이가 난다고 해도, 후위직 특화 스테이터스인 케나에게 전위직 특화 상대는 매우 어려운 상대다.

선제공격으로 원거리에서 마법을 날리는 방법도 있지만, 오푸스가 선택한 상대라는 점이 걸림돌로 작용했다.

굳이 작전을 짤 필요는 없지만, 조심해서 나쁠 일은 없다.

각종 전투용 액티브 스킬을 발동하고, 아이템 상자에서 룬 블레이드를 두 자루 뽑는다.

천천히 거리를 가늠하며 다가서자, 상대의 모습이 뚜렷하게 시야에 들어왔다.

"크하하하하! 네가 내 상대인가? 내 이름은 드렉두바이. 네게 원한은 없지만, 내 주군의 명령은 절대적이다. 미안하지만 쓰러져 줘야겠다."

"마계 지역의 악마구나!"

상대는 검은 드래고이드였다.

일반적으로 플레이어가 선택할 수 있는 드래고이드보다 머리 세 개 정도 키가 크다.

단순한 드래고이드가 아니라는 증거로 팔이 여섯 개 있고, 등에는 붉은 돌기가 무수히 많이 달렸다.

날개나 깃털에 해당하는 부위가 없는 것이 그나마 다행이다. 이 거대한 몸집으로 하늘을 날면 농락당할 수밖에 없기 때문이다.

드렉두바이라는 이름의 악마형 드래고이드는 위쪽 두 팔로 할버드를 들고, 아래쪽 두 팔에 시미터(곡도)를 한 자루씩 장비하고 있다. 중간 팔 두 개는 아무것도 들지 않았는데, 도중에 붙잡으려고 들지, 아니면 핸디캡으로 사용하지 않는지는 알 수 없다.

상대가 상대인 만큼 일반 드래고이드보다 내구력(VIT)과 근력(STR)이 훨씬 강하다. 힘과 맷집은 케나의 대척점에 위치할 것이다.

"진짜 성격 고약하네."

"마법사라고 해도 봐주진 않겠다."

먼저 단언하는 걸 보면 무인 기질이 있는 것 같다.

붉은 송곳니를 슬쩍 드러내며 씩 웃은 드렉두바이가 잽싸게 덤벼들었다.

덩치에 어울리지 않게 민첩한 움직임을 보고 놀란 케나는 룬 블레이드에 주입하는 마력을 더 늘린다.

대상단에서 내려오는 할버드를 아슬아슬하게 피하고, 동시에 튀어나온 왼쪽 시미터를 룬 블레이드로 걷어낸다.

오른쪽 시미터만 악력에 밀려서 흘리지 못하는 바람에 왼쪽 어깨를 슬쩍 스쳤다.

케나가 놀란 건 따끔한 통증을 느꼈기 때문이다. 아무래도 키의 방벽이 작동하지 않는 모양이다.

머릿속으로 키에게 물어봤지만, 대답은 없었다.

상대는 오푸스. 케나의 능력을 전부 파악하고, 그걸 방해하는 대책도 마련한 것으로 보인다.

접근전의 불리함은 항상 있는 일이다. 사전 준비에 빈틈이 없다.

저레벨이긴 하지만 혼성 플레이어 집단 100명에게 공격당했을 때보다는 그나마 나은 상황이다.

"처음부터 힘드네."

"흥. 항복할 거면 지금 해라…… 흠?"

케나는 전혀 아프지 않은 몸놀림으로 한 발짝 뒤로 물러나 거리를 벌렸다.

천천히 돌아본 드렉두바이가 케나의 어깨에 난 상처를 보고 만족한 듯 고개를 끄덕였지만, 상처가 하얀 빛에 휩싸여 완치되는 것을 보고 시큰둥한 표정을 지었다.

"【상시회복(리제이드)】인가. 그렇다면 그보다 더한 참격에 쓰러져라."

"가능하면 사양하고 싶은데."

다시 정면으로 돌진하는 드렉두바이.

회피하려던 케나는 아래쪽 좌우 팔의 시미터가 포옹과 같은 궤적을 그리며 다가오는 것을 보고 회피에서 방어로 전환했다. 도망칠 곳이 뒤쪽밖에 없었기 때문이다.

너무 거리를 벌리면 위쪽 팔의 할버드가 충분한 원심력을 얻어서 위에서 내려온다.

【매직 스킬 : load : 화염열탄(이아봄)】.

시미터에 포위당해서 꿰뚫리는 미래는 중전차의 직격을 받은 경전차처럼 튕겨 나가는 것으로 피할 수 있었다.

한편, 돌진한 중전차는 가슴에서 발생한 폭발로 직선 경로에서 오른쪽으로 밀렸다.

케나가 할버드와 왼쪽 시미터를 흘리고 오른쪽 시미터는 마법의 폭발로 대응했기 때문이다.

바닥과 몇 미터 거리를 유지하고 평행하게 날아간 케나는 몸을 날렵하게 돌려서 룬 블레이드를 바닥에 꽂아 급제동을 걸고 가볍게 착지했다.

드렉두바이는 폭발로 인해 약간 넘어졌을 뿐, 눈에 띄는 피해는 없었다.

적을 주시한 케나는 계속해서 마법을 발동한다.

【매직 스킬 : load : 번개여 베어내라(보아르 루도)】.

“끄오오오?!”

케나가 날린 번개가 사방에서 드렉두바이에게 쇄도하지만, 절반은 들고 있던 무기에 막혀 영향을 끼친 것은 두 줄기 정도였다.

그마저도 큰 덩치를 뒤흔들 만한 피해를 주지 못했다.

“그 바보 자식. 마법 내성이 높은 적을 준비하다니…….”

“크후후후. 나는 마법사 킬러니까 말이다.”

고개를 절레절레 젓고 한숨을 쉰 케나는 룬 블레이드 하나를 아이템 박스에 도로 집어넣고, 귀걸이에서 여의봉을 떼어내 쭉 늘린다.

한 손으로 다루기 쉽도록 길이를 조절해서 드렉두바이를 향해 역으로 돌진해 육박했다.

설마 마법사가 먼저 돌진할 줄 몰랐던 드렉두바이가 눈을 번쩍 뜬다.

교차하며 내지른 시미터는 케나의 “길어져라.”라는 중얼거림과 함께 길어진 여의봉에 막혔다.

드렉두바이는 봉 따위 그냥 베겠다고 생각한 것 같지만, EX랭크 무기인 여의봉에 상처를 내려면 운영진급 사기가 필요했다.

그리고 늘어난 여의봉이 드렉두바이의 얼굴을 강타해 그 몸을 비틀거리게 한다. 그렇게 무방비해진 배에, 【매직 스킬 : load : 초뢰격사(招雷激射)(잔라가)】를 꽂아 넣는다.

케나의 주위에 모인 번개가 창이 되어 연이어 발사된다. 무수한 돌격을 받은 꼴이 된 드렉두바이가 뒤로 미끄러지듯 밀려났다.

"그워어어어어어어어!"

그러나 도중에 바닥에 고정된 것처럼 멈추고, 포효와 함께 등과 눈과 입에서 빨간 빛이 뿜어져 나온다.

꽂혀 있던 번개의 창이 사라지고, 이성을 잃은 붉은 눈이 케나를 노려보았다.

"우엑, 【버서크】야? 너무하네……."

육체 특화의 상징, 전사계 악마가 쓰면 무시할 수 없는 스킬이 【버서크】다.

근력, 내구력이 2배 넘게 상승하고, 정신력과 민첩성이 감소한다. 육탄전이 필수인 플레이어의 마지막 수단이다.

한편으로 마법에는 극단적으로 약해지며, 효과가 사라질 때까지 전투 상태가 풀리지 않는 단점이 있다. 그러나 물리 대미지가 2배 이상으로 껑충 뛰기 때문에 최종 보스전에서 조금만 더 버티면 이길 수 있는 상황에서는 유효한 수단이다.

이 악마 드래고이드의 경우, 체격이 더욱 커지고 근육량이 늘어난다.

동시에 무기의 칼날도 비대해져 공격 범위와 위력도 커지는 것처럼 보이는 덤이 붙는다. 아무래도 무장도 이 악마와 세트였던 것 같다.

"에잇, 이래서 악마라는 것들은!"

불평한다고 해서 적이 봐주는 것도 아니다.

무기를 재정비하고, 드렉두바이의 움직임이 시작되는 것을 유심히 살핀다. 저런 결단을 내린다고 해도, 스테이터스는 불리해지기만 할 뿐이다.

"끄워어어어어어어!"

"윽?!"

포효와 함께 튀어나온 거대한 육체의 순간적인 속도에 간신히 반응하지만, 음속을 돌파한 것이 아닌가 싶을 정도로 바람 소리를 내며 날아오는 할버드를 아슬아슬하게 피하는 것이 고작이다.

피하더라도, 쏟아지는 풍압이 케나의 피부를 할퀸다.

【단축키】에 등록한 마법을 해방한다.

앞서와 같은 【화염열탄】을 한꺼번에 십여 발 발사해, 격렬한 폭발로 적과 자신을 한꺼번에 날려서 거리를…… 벌려야 했다.

그 폭발에도 아랑곳하지 않는 드래고이드가 화염 속에서 모습을 드러내고, 할버드와 시미터를 동시에 후린다.

"끄워어어어어어어!"

"끄억?!"

폭풍과 함께 뒤로 날아갈 태세를 갖추고 있었기에 치명상은 피할 수 있었지만, 그래도 엄청난 악력으로 베인 케나의 몸은 가슴과 배, 허리에 걸쳐 참격이 훑고 지나갔다.

케나는 망가진 인형처럼 날아가 땅바닥을 굴렀다. 그 궤적을 보여주듯 핏방울이 바닥을 물들인다.

상처 입은 케나를 보고 눈웃음을 띠더니, 드렉두바이가 묵직하게 킥킥거리며 비웃는다.

애초에 【버서크】 중이면 대화가 성립하지 않을 테지만, 이 스킬을 사용하는 악마를 잘 모르니까 원래 그런 거라고 생각하는 게 낫다.

"아프겠지. 괴롭겠지. 삶을 포기하면 편해진다."

"…………."

쓰러진 채로 움직이지 않는 케나에게 말을 건넨 드렉두바이였지만, 곧이어 쓰러진 몸에서 뿜어져 나오는 강렬한 마력에 의아한 표정을 짓는다.

"아프다고? 고통스럽다고? 겨우 이 정도로?"

희미한 하얀 빛에 휩싸여 있던 케나의 분위기가 갑자기 바뀐다.

고통을 아랑곳하지 않고, 무표정한 얼굴로 천천히 일어선다.

마치 역재생한 것처럼 상처가 빠르게 아물어간다.

케나의 눈빛에는 냉철함을 넘어서 냉혹한 빛이 깃들어 있었다.

그 뇌리에 떠오르는 것은 비행기 사고 직후의 참극. 고통도 괴로움도 의식하지 못할 만큼 미칠 듯한 슬픔에 지배당한 하룻밤.

"정말이지, 오푸스는 사람 열 받게 하는 천재라고 할까……."

【액티브 스킬 : 메가 부스트】.

"흠?"

케나의 몸을 푸른 빛이 감싸고, 전신 갑옷 같은 푸른색 갑옷이 나타났다.

일정 시간 동안 전체 능력치를 몇 배로 증가시키지만, 시간이 지나면 24시간 동안 능력치가 절반 이하로 떨어지는 최종 결전용 스킬이다.

"끄워어어어어어어어!!"

뭔가 오한을 느꼈는지, 드렉두바이가 할버드를 번쩍 들어 올리며 도약했다.

그리고 케나를 머리부터 두 동강 내기 위해, 대상단에서 낙하 속도와 자신의 무게를 믿고 아래로 휘둘렀다.

하지만 그것은 표면이 물결치는 칼날을 장착한 여의봉에 의해 케나의 눈앞에서 막힌다.

【버서크】의 힘에 의지해 할버드를 들이대지만, 팽팽한 균형은 무너지지 않는다. 오히려 케나가 힐끗 쳐다보는 바람에 드렉두바이가 그 눈빛에서 불길한 예감이 들어 즉각 이탈을 시도할 정도다.

케나는 오른손에 들고 있던 룬 블레이드를 뒤로 내던지고, 여의봉을 회전시키며 푸른 빛을 축적해 나간다.

【웨폰 스킬 : 풀스윙】.

까앙!!!

"헉?!"

드렉두바이가 공격 범위에서 도망칠 것 같던 순간, 푸른 기운을 머금은 여의봉에 초고속 일격을 맞는다. 모 스포츠처럼 경쾌한 소리와 함께 도망치려던 방향으로 날아가 버린다.

그리고 나선을 그리며 투기장 벽에 부딪혀 몇 센티미터를 파고들었다.

그러나 드렉두바이에게는 치명상이라고 할 수 없는 피해이기에, 슬쩍 웃으며 벽에서 몸을 뺐다. 그동안 케나는 추가 마법을 행사한다.

【엑스트라 스킬: load : 트리플 스펠 : count start】.

와이어 프레임 구체에 싸인 케나의 어깨 좌우에 각각 숫자 30이 표시되고, 초 단위로 줄어든다.

즉, 어떤 마법을 사용하든 30초만 버티면 된다고 판단한 드렉두바이가 속으로 흐뭇한 미소를 지었다. 아무튼 방어 자세를 취해야 한다고 생각한 순간, 바로 뒤에서 케나에 필적하는 엄청난 마력을 감지했다.

깜짝 놀라 뒤돌아보니, 거기에서는 드렉두바이가 보기에 쌀알 같은 요정이 지름이 10미터는 될 법한 붉은 마법진을 전개하고 있었다.

"쿠도, 화낼래!"

"이건 또 뭐냐?!"

어떻게 대처해야 할지 몰라서 할버드를 휘두른 드렉두바이는 예고도 없이 마법진에서 뿜어져 나온 붉은 화살표 모양의 빛에 휩싸인다.

마법진을 향한 몸 정면에 꽂힌 붉은 화살표는 그 거대한 몸을 거침없이 들어 올리며 급격하게 상승한다. 그리고 순식간에 천장에 도달해 드렉두바이를 처박았다.

"끄, 끄아아아아아아악?!"

몸이 천장에 부딪혀도 붉은 화살표의 기세는 멈추지 않는다. 그대로 딱딱해야 할 표피를 뚫고 드렉두바이를 꿰뚫는다. 비유하자면 수백 개의 바늘이 신경을 정확히 찢는 듯 극심한 통증을 느끼며 드렉두바이가 비명을 질렀다.

화살표의 속박은 금방 풀렸지만, 드렉두바이의 피해는 심각했다. 요정이 있던 곳으로 눈을 돌리지만, 그곳에는 여전히 마법진이 전개된 채로 남아 있었다.

뒤에 강한 복병이 있었다고 여긴 드렉두바이였지만, 공격은 이제 시작된 참이다.

천장에서 떨어질 줄 알았던 드렉두바이가 몸을 잡아당기는 감각에 눈을 번쩍 떴다.

쿠의 어마어마한 공격에 잠시 정신줄을 놓았던 케나는 떨어지는 드렉두바이의 몸에 손을 뻗어 빠르게 【매직 스킬 : 끌어당기기】를 실행한다.

중력을 거스르며 옆으로 고속으로 날아간 드렉두바이는 【웨폰 스킬 : 풀스윙】에 의해 두 번째로 날아갔다. 더군다나 이번에는 여의봉이 아닌, 불타는 가시가 달린 철봉이었다.

비록 한순간이긴 하지만, 쇠꼬챙이를 댄 것과 같은 느낌이다.

가뜩이나 온몸이 피투성이인 상태에서 그런 것을 들이대면 참을 수 없다.

상처를 태우는 고통과 함께 포물선을 그리며 날아간 탄환은 장애물에 부딪히기 직전에 【끌어당기기】에 걸려서 강제로 궤도를 바꾸어 다시 케나가 있는 곳으로 돌아온다.

그리고 세 번째 【풀스윙】에 의해 발사되어 천장에 굉음을 내며 꽂혔다.

"끄억……."

나머지는 떨어지는 도중에 【끌어당기기】에 잡히고, 【풀스윙】으로 천장과 벽에 충돌하는 것의 반복이다.

가끔 원호 사격처럼 쿠에게서 화살표로 마구 찌르거나 소금물을 끼얹는 공격이 날아오기도 한다.

아무렇지도 않게 상처에 소금을 묻히는, 이 섬뜩한 공격 방식은 누구를 닮은 것일까. 사랑스러운 겉모습과는 달리 자비가 없다.

【트리플 스펠】의 효과 시간이 지날 무렵, 드렉두바이의 몸은 만신창이가 되었다. 하지만 여전히 【버서크】는 유지 중이고, 호시탐탐 빈틈을 노리는 마음도 건재하다.

할버드나 시미터는 숱한 타격 끝에 부러져 손에서 사라졌지만, 맨손이라도 어린 소녀 한 명과 요정이라면 어떻게든 해볼 수 있다고 생각했다.

그 자만심도 케나가 다음에 사용한 스킬에 허무하게 무너지고 말았다.

【엑스트라 스킬 : 별의 인도Ⅰ】.

스킬 마스터의 강점이라고 할 수 있는, 몇 가지 비장의 무기 중

하나다.

【트리플 스펠】처럼 하루에 한 번만 사용할 수 있는 한정 스킬을 다시 사용할 수 있게 하는 스킬이다.

물론 Ⅰ이 있으니 Ⅱ도 존재한다. 이런 것이 나오면 수적 우열이나 스테이터스 차이 등의 핸디캡은 의미가 없어진다.

상대하기 허무할 정도의 효과를 발휘하기 때문에 게임 시절에는 되도록 사용하지 않으려고 한 스킬이다.

그러나 트라우마 워드로 인해 분노가 하늘을 찌르는 상태가 된 케나는 자중이라는 말을 버렸다.

넋이 나간 드렉두바이와는 반대로, 악마도 소름 끼치는 미소를 짓는 케나는 와이어 프레임의 구체를 다시 두르고 그를 향해 몇 번째인지 알 수 없는 팔을 뻗었다.

다시 시작되는 타격의 참극과 화살의 강습, 그것이 드렉두바이의 마지막 기억이었다.

"고생하셨습니다. 케나 님, 다치신 데는 없으십니까?"

"훅, 훅." 하고 흥분해서 거칠게 숨을 쉬는 케나에게 부드럽게 말을 걸어서 수건을 건넨 인물은 걸어서 다가온 사이렌이다. 그 뒤를 클로프와 클로피아가 따르지만, 그 거리는 꽤 멀다.

아무래도 중간부터 전투를 본 모양인지, 케나에 대한 긴장감이 심상치 않은 것 같다.

【리제이드】 덕분에 전투 중에는 상처가 아물었지만, 망토와 장비에는 피가 잔뜩 묻었다.

어깨에는 역시나 쾌활한 미소를 짓고 있는 쿠가 앉아 기분 좋게 콧노래를 부르고 있었다.

케나는 마음을 안정시키기 위해 천천히 심호흡하며 호흡을 가다듬는다.

그리고 오푸스에 대한 분노를 억누르지 못한 채 살벌한 미소를 지으며 뒤돌아섰다.

사이렌의 뒤에서 두 사람이 "히익?!" 하고 비명을 지르며 몸을 굳힌다. 케나는 그쪽에 최대한 눈길을 주지 않고 사이렌을 돌아봤다.

그 눈은 '빨리 오푸스를 만나게 하지 않으면 어떻게 될지 알고 있겠지?' 라고 말하고 있었다.

아무리 사이렌이라도 식은땀을 흘리며 한 발짝 물러섰다.

어느새 투기장 반대편에 열린 문을 가리키며 "저쪽으로 가주세요." 라며 고개를 숙였다.

"또 보스 같은 거 안 나오겠지?"

【메가 부스트】의 효과가 발동 중이라, 스테이터스에 의해 강화된 【위압】 등의 위력은 일반인이라면 입에 거품을 물 정도다.

사이렌도 쓰러질 것 같은 기분을 긍지로 억누르며 "거짓말이 아닙니다." 라며 빙긋이 웃었다.

본인은 미소를 지었다고 생각했지만, 제삼자가 보기에 그 표정은 잔뜩 굳어 있었다.

분노한 케나는 성큼성큼 걸어서 그쪽으로 향하고, 완만하게 꺾이는 계단을 내려가 투기장 바로 아래에 있는 것으로 추정되는 방에 도착했다.

던전에 들어오기 전에는 오랜만의 재회 인사를 어떻게 할지 고민했지만, 이토록 격노한 뒤에는 이유를 불문하고 한 대 때려주지 않으면 기분이 풀리지 않는다.

조용히 분노를 품은 채로 무표정한 얼굴로 문을 거칠게 걷어찼다.

전투 중에 쓴 【메가 부스트】의 효과가 아직 지속 중이라, 발로 차서 날린 문은 공중에서 산산조각이 난다. 위력이 눈에 보여서 더욱 무서워지는데, 목격자가 없다는 것이 유일한 위안이다.

뭐, 앞으로 그 위력을 몸소 느낄 피해자가 있긴 하지만…….

"음……?"

거기에 있었다. 그토록 찾던 낯익은 마인족이.

여전히 까만 장비를 즐겨 입는지, 머리부터 발끝까지 새까맣다.

"응? 오오…… 우물우물. 케나 아닌가. 으적으적. 오랜만이군. 우물우물. 잘 지냈나? 꿀꺽."

"오…………푸…………스으으."

그 현재 자세가 케나라고 하는 불씨에 기폭제를 추가했다.

지옥 밑바닥에서 울리는 듯 원한이 서린 투로, 케나는 이를 빠득 악물었다.

재회의 감동으로 말이 안 나오는 것으로 착각한 오푸스가 고개를 갸우뚱한다.

"자세히 보니 그대, 엉망진창 아닌가? 무슨 일이 있었나?"

말투는 걱정하는 것 같지만, 그 태도가 문제다.

방 침대에 누워서 납작한 과자를 입에 물고 먹다가 부스러기를 시트에 흘리고 있다.

머리맡에 있는 종이봉투에서 추측건대, 클로프와 클로피아가 23층에서 마주친 사이렌이 지상에서 사 온 것이리라.

그게 아니더라도, 오푸스는 조금 성실한 자세로 케나를 맞이해야 했을지도 모른다.

케나는 그 시점에서 안 그래도 얼마 없는 인내심이 폭발했다.

"썰어 주겠어."

"어?"

【매직 스킬 : load : 에인션트 블레이드】.

"잠깐……?!"

케나의 눈앞에 주위에서 모인 빛이 뭉치고, 빛으로 된 봉이 출현한다.

그것을 두 손으로 쥔 순간, 빛의 봉 끝에 거대한 수정이 형성된다. 블레이드치고는 칼날 부분이 전혀 없지만, 이 마법의 진면목은 지금부터 봐야 한다.

빛의 봉 끝에서 공중에 떠 있는 다면체 수정. 거기서 조금 떨어진 곳에 넓고 거대한 칼날이 서서히 형성되어 간다.

하얗게 빛나는 그 칼날은 직도의 아래쪽 부분밖에 보이지 않고, 나머지는 천장에 박혀 있었다. 칼날의 폭만 3미터에 달한다.

길이가 1미터인 빛의 봉 끝에는 사람 머리만 한 수정이 달려 있다. 그 끝의 3미터 폭의 칼날은 방의 천장을 관통해 29층 바닥에서 삐죽이 튀어나와 있었다.

이 시점에서 위층 투기장에 대기하고 있던 사이렌과 클로프, 클로피아 남매는 바닥을 뚫고 모습을 드러낸 괴물급 광검의 끝부분을 보고 한층 더 안색이 어두워졌다.

사이렌이 두 사람의 손을 잡고 "위험합니다! 도망쳐요!" 라며 데려가지 않았다면, 바닥과 함께 갈가리 찢겼을 것이다.

케나는 문제의 검을 천천히 휘두르며 악귀나찰로 변한 얼굴을 오푸스에게 향했다.

케나는 감정을 완전히 버린 눈으로 아직 끝이 보이지 않는 에인션트 블레이드를, 오푸스의 미간을 향해 힘차게 휘둘렀다.

참격의 대상이 된 오푸스는 얼굴을 부르르 떨며 침대에서 굴러 떨어졌다.

에인션트 블레이드의 칼날은 천장을 자르고 벽을 자르고, 침대를 자르고 바닥도 어렵지 않게 잘랐다.

두부에 꽂힌 칼처럼, 구조적으로 최고 경도를 자랑해야 할 30층의 벽면을 어렵지 않게 베어버렸다.

"저기, 너 말이야, 무슨 생각이야?!"

"시끄러워! 사람이 고생하고, 고생하고, 고생하고, 고생하고, 고생하고, 고생하고, 고생해서! 여기까지 왔는데! 너란 인간은……."

칼을 원래 위치로 돌리면서 오푸스를 썰고자, 거대한 검을 옆으로 휘두른다.

칼날은 바닥에 엎드렸던 오푸스의 머리에 달린 뿔을 스치며, 방을 비스듬하게 갈랐다.

오푸스는 케나에게 달려들어서 폭거를 말리려고 했지만, 옆에서 뭔가 사출되는 소리를 들은 것 같아서 뒤로 몸을 날렸다.

옆에서 날아들어서 푹푹 소리를 내며 바닥에 꽂힌 것은 통나무만큼 두꺼운 빨간 화살표다.

그것이 의미하는 바를 깨달은 오푸스가 화살표가 시작된 곳을 주시하니 마법진을 전개하고 공중에 떠 있는 요정이 눈에 들어왔다.

"헉?!"

"쿠도, 할래."

살기등등한 건 케나만이 아니었던 것 같다.

하는 말도 '한다' 는 건지 '죽인다' 는 건지 모르는 상태로, 뭐든지 절단하는 참격에 일격필살의 화살표가 가세했다.

"잠깐만! 잠깐 기다려 봐! 변명하게 해달라고!"

"벼~연~며~엉?"

습격자는 어둠 같은 실루엣에 흉흉하게 빛나는 눈. 선악은 아무래도 좋다는 식의 포식자. 그런 말이 잘 어울리는 모습이다.

"애초에 나는 그대에게 불편한 일이 생기지 않게끔 음지에서, 양지에서 지원했거늘!"

엉거주춤한 자세로 벽에 찰싹 붙은 상태로는 변명하는 모양새가 살지 않는다. 원래부터 까맣다 보니 인간형 바퀴벌레라고 해도 과언이 아닌 모습이다.

"그렇다면 양지에 있으면 되잖아. 나 혼자 고민할 필요가 없었잖아!"

"끄응……."

그 말을 들으면 찍소리도 할 수 없다.

맞는 말이다. 딱히 음지에 숨지 않아도 지원할 순 있었을 것이다.

"그래서 양지의 지원 담당으로 요정을……."

"오푸스가 깜빡한 물건인 줄 알아서, 이름을 지을 필요성도 못 느꼈거든!"

"끙……."

여담이지만, 오푸스가 변명할 때마다 케나의 압박감이 커지고 있다.

냉정하지 않은 상태에서는 듣고, 생각하고, 납득하는 과정도 성립하지 않았다. 오히려 불에 기름을 붓는 것에 가깝다.

"그대를 스토킹하던 귀족을……."

"오푸스."

"뭐, 뭐지……?"

"이야기는 나중에 들을게. 일단 한 대 맞아."

"맞아."

요정이 조작하는 화살표도 그렇지만, 케나가 손에 쥔 검은 때리는 데 적합하지 않다.

악귀나찰 같은 케나의 분위기를 보고, 오푸스는 무슨 말을 해도 소용없음을 깨달았다.

그리고 더 할 말이 없다는 것처럼, 인정사정없이, 일말의 자비도 없이, 힘껏 휘둘린 거대한 검.

벽과 천장을 가르고 방과 함께 오푸스를 두 동강 낼 것 같은 공격이 위층에 있는 투기장도 절단한다.

필사적으로 도망치는 오푸스를 쫓아서, 30미터급 검과 통나무 같은 화살표가 어지러운 궤도를 그리며 덮쳐든다. 2차 피해나 자신이 생매장당할 위험성은 고려하지 않는 듯하다.

5분도 지나지 않아서, 29층과 30층은 폐허로 변했다.

리아데일의 대지에서

WORLD OF LEADALE

특별 단편

쿠올케의 수난

"잘 왔어요!"

두 팔을 활짝 벌리고 함박웃음을 지으며, 케나는 멀리서 온 친구를 반갑게 맞이했다.

그런 케나의 즐거운 모습에 환영받은 사람도 살짝 미소를 지으며 화답했다.

"기뻐 보이네."

"우리 동네, 하고는 조금 다르지만, 집에 사람을 불러서 불쾌해질 이유도 없잖아."

케나가 입을 살짝 삐죽거리며 뚱한 얼굴로 대꾸하자, 상대는 "맞는 말이네." 라고 너스레를 떤다.

"그건 그렇고……."

환영받은 다른 일행, 드래고이드 전사가 시선을 오른쪽에서 왼쪽으로 돌린다.

바라본 것은 케나의 뒤로 펼쳐진 한적한 풍경이다.

"아무것도 없군."

"변경 마을에 대체 무슨 과도한 기대를 하는 거야?"

조용히 중얼거리는 엑시즈에게 케나가 눈을 흘긴다.

숲에 둘러싸인, 조용하고 별다른 특산물도 없는 마을. 언뜻 보면 대체로 그런 느낌이다.

마을 문을 지나면 가장 먼저 눈에 들어오는 것이 랙스 공무점 건물이다.

입구는 언제나 활짝 열려 있고, 아담한 소소한 생필품을 파는 것 이외에 특징적인 것은 또 하나의 간판이다.

"사카이 상회, 출장, 지점?!"

간판을 보고 눈이 휘둥그레진 엑시즈에 이어 쿠올케까지 입을 쩍 벌리고 놀란 표정을 지었다.

마을에 처음 오는 사람들이 대부분 이 간판에 먼저 놀라기에, 공무점 사람들은 이미 익숙해져 있다.

지금도 카운터에서 가게를 보는 스냐는 엑시즈의 깜짝 놀란 목소리에 귀를 기울이지 않고, 손에 잡은 옷을 수선하는 작업에 몰두하고 있었다.

간판을 가리키며 입을 쩍 벌리고 놀라는 쿠올케에게 케나는 쓴웃음을 지었다.

"다들 똑같이 반응하니까. 이제 마을 사람들도, 점원들도 다 익숙해졌어."

"왜 큰 상회의 지점이 이런 마을에 있는 거야?!"

"그런 건 케이릭한테 물어봐. 나도 처음엔 의아했으니까."

"어이어이……."

이쪽으로 오라며 케나가 안내하고 걷기 시작하자, 간판에 신경이 쓰이면서도 쿠올케와 엑시즈가 뒤따른다. 안내하는 곳은 말레르의 여관이다.

아무리 케나의 집 손님용 방이라도 드래고이드가 묵을 수 있을 만큼 크지는 않다. 그렇다면 처음부터 묵을 수 있는 곳으로 안내하는 것이 무난하리라.

부지런히 함께 걸어가면서, 케나는 마주치는 마을 사람들과 인사를 주고받는다.

개중에는 같이 걷는 두 사람을 보고 "손님이니?" 라고 물어보는 사람도 있어서, 그때마다 케나는 걸음을 멈추고 "모험가 친구예요." 라고 대답했다.

모두가 의심 없이 "그래, 그렇구나. 손님, 아무것도 없는 곳이지만 느긋하게 있다 가시구려." 라고 말하니까, 엑시즈와 쿠올케는 고개를 연신 끄덕였다.

"케나는 정말 환영받는구나."

"그래?"

"보통 모험가라고 하면 난폭하다거나, 외지인이라거나 하는 이유로 경계하는데……."

쿠올케가 심각하게 말해서, 케나는 생각에 잠긴다.

마을 사람들은 처음부터 호의적이었기에, 그렇게 싫은 기분을 느껴본 적이 없다.

정말인지 확인하려고 엑시즈를 보니, 당연하다는 듯이 고개를 끄덕이고 있었다.

"그런 사람들만 있는 건 아닌 것 같은데."

"너는 세상 풍파를 겪어본 적이 없나 보구나! 모두가 다 좋은 사람만 있는 줄 알았어?"

두 사람이 케나를 진짜 황당하다는 눈으로 봤다.

그렇게까지 힘주어 말할 만큼 강렬한 경험을 했다는 뜻이겠지. 아무튼 이 세계에서 머무른 기간은 대부분 플레이어가 케나보다 더 길다.

뭐, 케나도 기사나 귀족의 자식처럼 건방지게 구는 사람과 마주친 적도 있으니까, 그런 게 다른 데도 있을 수 있다는 건 안다.

그걸 기억하는 건 케나가 아니라 키겠지만.

쿠도 슬며시 밖으로 나와 팔짱을 끼고 케나의 어깨 위에서 고개를 끄덕이고 있다.

요정도 고개를 끄덕일 정도라니, 대체 무슨 일이야? 케나는 기가 막혔다.

"그런데 갑자기 프렌드 통신이 와서 깜짝 놀랐어."

"아아, 그건 말이지. 일 때문에 근처에 있었거든."

"일?"

고개만 돌려서 뒤돌아본 케나에게, 엑시즈는 고개를 끄덕였다. 다음 설명은 쿠올케가 이어받는다.

"동쪽 국경에 요새를 짓고 있는데, 그 경비 일을 맡았거든. 일단 교대로 쉬게 할 수 있을 만큼의 인원이 있어."

"아, 이 스카르고가 협의하러 갔다는 그거 말이구나……."

스카르고의 이름을 말하자 엑시즈가 "음?" 하고 생각에 잠긴 표정을 짓는다. 쿠올케는 그런 것도 모르고 말을 이어갔다.

"주변이 온통 숲이라 하루 휴가를 받아도 잠을 자거나 술을 마시는 것 말고는 할 일이 없거든."

"그래서 이 마을에서 시간을 때우려고 생각한 거야?"

"그래. 전에 네가 루카를 데리고 간다고 했잖아? 국경에 가깝다고도 했고. 병사에게 물어보니 펠스케이로 동쪽 변경 마을이 근처에 있다고 했으니까."

"그래서 그랬구나." 라며 케나가 이해했다는 눈치로 고개를 끄덕였다.

'거기 놀러 가도 될까?' 라는 문장의 프렌드 통신이 도착한 것이 어제저녁.

당연히 에리네의 상단이나 다른 무언가를 따라서 온 줄 알았다.

"가도를 따라서 여행하는 줄 알았어."

"그렇다면 더 일찍 일정을 물어볼 거라고!"

쿠올케가 딴지를 걸어서 "아하하." 하고 웃은 케나는 다 도착한 건물을 가리켰다.

"저게 이 마을의 유일한 여관이야."

활짝 열린 정문을 열고 쿠올케와 엑시즈를 안으로 부른다.

두 사람이 안으로 들어갔을 때, 케나는 카운터에서 잠시 쉬고 있던 말레르에게 말을 걸었다.

"말레르 아주머니. 손님 데려왔어요."

케나의 말에 "영차." 소리를 내고 일어선 말레르와 함께 쉬고 있던 리트가 반갑게 맞이하려다 입구 천장에 닿을락 말락 할 정도로 키가 큰 엑시즈를 쳐다보고 입을 쩍 벌렸다.

말레르는 곧바로 아무렇지 않은 척하고 "케나의 친구야? 이렇게 아무것도 없는 곳에 잘도 왔네."라며 두 사람을 안으로 안내했다.

리트는 잠시 멍하니 있다가 엄마를 따라 움직이기 시작했다.

말레르는 숙박부에 이름을 적고 있는 두 사람 중 엑시즈를 보며 미안한 표정을 짓는다.

"그쪽 드래고이드 손님에게는 침대 크기가 안 맞을지도 모르겠는데, 괜찮겠어?"

"그래. 뭐, 종종 있는 일이야. 익숙해졌으니까 걱정하지 마."

"여차하면 바닥에 내던질 거야. 괜찮아."

잠자리가 불편하다는 소식을 받아들이는 엑시즈와 신랄한 쿠올케.

옆에서 끼어든 케나는 "침대를 두 개 붙이면 어떨까?"라고 제안해 봤다.

그러나 쓴웃음과 함께 "그럴 거면 세 개를 붙여야지."라는 대답이 돌아왔다.

"우리는 대체로 드러누워 잘 수 없으니까."

"어, 그래?!"

그런 이야기는 케나도 처음 들었다.

루카가 있던 어촌에서 야영할 때는 모포를 몸에 둘둘 감은 모습만 봤을 뿐, 누가 어떤 모습으로 잤는지는 기억하지 않았다.

"그 왜, 드래고이드는 캐릭터 메이킹 때 날개나 꼬리 같이 붙이는 게 있잖아. 아무것도 없어도 머리 뒤쪽에 울퉁불퉁한 돌기나 뿔 같은 게 있어서 인간처럼 잘 수가 없어."

엑시즈가 자기 머리를 가리키는 것을 보면 납득이 간다.

사람이라면 엎드려 자는 것도 불편할 것 같지만, 드래고이드는 그쪽이 더 편할지도 모르겠다.

"둘 다 하룻밤만 자고 가도 되겠어?"

"그래."

"내일은 국경 요새로 돌아갈 테니까. 오늘은 좀 쉬어야지."

"그러면 두 사람이 하룻밤에 동화 40개네."

""헐……""

말레르에게 숙박비를 들은 두 사람의 눈이 동그래진다. 생각했던 그대로의 반응에 케나도 쓴웃음을 지었다.

"싸잖아?!"

"어? 진짜로? 변경은 이렇게 싼 거야?"

그렇다고 해서 변경, 변경 연호하지 말아 줬으면 좋겠다.

울컥한 케나의 기분을 알아챘는지, 어깨에서 날아오른 요정이 쿠올케의 뒤통수에 날렵한 폼으로 발차기를 날려버렸다.

"아야아아아아아아?!"

소리로 치면 '톡' 하는 가벼운 느낌인데, 쿠올케는 머리를 부여잡고 비명을 질렀다.

고통을 참으며 몸을 웅크린 쿠올케를, 요정이 보이지 않는 말레르와 리트가 걱정스러운 눈치로 본다. 조금 이상한 행동이라고 생각한 것일까?

"저기, 괜찮니? 케나, 이 사람은 무슨 지병이 있는 거니?"

"……."

한 번 코끝을 걷어차인 엑시즈는 지금 벌어진 참극을 보고 얼굴을 실룩거리며 굳었다.

그럴 만도 하다. 가벼운 공격에 엄청난 고통이 엄습했으니까.

지금 대화 중에 케나에게 불쾌한 단어가 있었을 것으로 생각한 엑시즈는 "미안해."라고 머리를 숙였다.

"어, 아니야. 엑시즈가 머리를 숙일 필요가 없잖아?"

"지금 뭔가 너에게 불쾌한 말을 했을지도 모르니까. 미안해."

"뭐야. 후후후. 뭘 잘못했는지도 모르면서 머리를 숙이면 어쩌려고."

너무 성실하다며 웃음을 터뜨린 케나를 보고 엑시즈도 덩달아 웃는다. 자신을 사이에 두고 웃는 친구를 쳐다보며 자신도 웃는 것이 좋겠다고 생각한 쿠올케는 시야 한쪽에서 주먹에 "후우." 하고 입김을 부는 요정을 보고, 재빨리 "제발 봐줘!"라고 애원했다.

그 우스꽝스러운 모습에 말레르와 리트도 웃음을 터뜨리고, 여관 안에는 한동안 즐거운 웃음소리가 퍼져나갔다.

"아, 웃겼어……."

평생의 절반치를 웃었을지도 모른다고 중얼거리는 엑시즈인데, 쿠올케만은 유독 피곤한 기색이 역력했다. 이 자리에는 두 사람 말고 케나와 리트도 동행했다.

웃음이 가라앉은 후, 방에 짐을 놓은 두 사람에게 말레르가 목욕하러 다녀오라고 제안했다.

'기분과 묵은 때를 말끔히 씻고 나서 우리 집 저녁을 맛있게 먹어.' 라며.

"말레르 씨가 해주는 밥은 정말 맛있단 말이지?"

입에서 침을 닦는 듯한 동작과 함께 말한 케나에게, 쿠올케와 엑시즈는 두 눈을 빛냈다.

"오! 케나가 그렇게 말한다면 기대해도 되겠나?"

"오랜만에 제대로 된 식사다!"

"너희는 평소에 뭘 먹는 건데……."

반응이 예사롭지 않은 두 사람을 보고 케나가 어이없다는 듯이 물었다.

"케나 언니도 처음 왔을 때는 배불리 먹었어~."

"리트, 그건 말하지 않기로 약속했잖아?"

아군인 줄 알았던 리트에게 이 세계 첫날의 비밀을 갑자기 폭로당한 케나가 사극에서 나오는 말투로 애원한다.

그 의미를 아는 쿠올케와 엑시즈는 "그런 거군." 이라며 쓴웃음을 짓는다.

리트는 무슨 말인지 모르겠다는 표정을 짓다가 무언가를 알아

차린 듯이 진행 방향을 향해 손을 흔들었다.

"응?"

"아, 루카다."

"어이어이, 케나네 고양이 귀 집사와 메이드도 다 있냐."

변경 마을 공동 목욕탕 앞에는 수건과 갈아입을 옷이 든 봉투를 품에 안은 록시리우스와 록시느, 그리고 루카가 있었다. 때마침 지금부터 목욕하러 가는 모양이다.

리트가 루카에게 달려가고, 록시느는 케나의 뒤에 있는 두 사람을 바퀴벌레 보듯 멸시하는 눈초리로 노려봤다.

록시리우스는 두 사람과 안면이 있어 공손히 머리를 숙였다.

"시이도 루카를 데리고 왔구나?"

"네. 여기 이 흙투성이 고양이를 씻게 하는 김에 말이죠."

고양이 귀와 고양이 귀 사이의 공간에 금이 쩌적 가는 것 같지만, 늘 그렇듯 케나는 신경 쓰지 않았다. 불현듯 공간을 가득 채우는 음산함과 살기에 민감하게 반응한 것은 쿠올케뿐이다.

엑시즈는 그런 쿠올케의 어깨를 토닥이며 "신경 쓰면 고생만 하니까 그냥 무시해."라고 충고한다. 록시느는 레벨 550이라 레벨 430인 쿠올케보다 고수다.

"록스는 오늘 순찰을 돈 거 아니었어?"

"네. 하지만 밭일을 거들기도 했습니다."

"그래서 그런 거구나?"

그래도 록시리우스는 흙투성이로 불릴 만큼 더럽지 않았다.

더욱 들이대려던 록시느는 루카에게 꼬리를 잡혀 혼났다. 시무룩한 느낌이다. 그런 두 사람을 보던 엑시즈는 “루카, 강해졌구나.”라며 감동한 듯이 중얼거렸다.

그건 그렇고, 이제 남탕과 여탕으로 나뉘어서 입구를 통과하려고 하는데 한바탕 소동이 벌어졌다.

쿠올케가 자연스럽게 남탕에 가려고 했기 때문이다.

“저기요! 쿠올케는 이쪽이잖아!”

“어? 어? 어어어어어어?!”

엑시즈와 록시리우스의 뒤를 따라가려던 쿠올케는 잽싸게 반응한 케나에 의해 여탕으로 끌려갔다.

당사자는 그것이 이상하다는 듯이 어리둥절한 상태.

“안 돼, 언니. 저쪽은 남자들만 들어갈 수 있는 곳이야.”

“응. 여자는, 여기, 저기, 들어가면, 안 돼.”

“거참. 아무리 모험가라고 해도 가릴 건 가려야죠.”

두 아이에게 혼나고, 록시느에게 따가운 눈총을 받는다.

“아…….”

그제서야 케나는 쿠올케가 현실에서는 남자면서 게임에선 여자 행세를 하던 사람임을 떠올렸다.

“생각났어?”

“응. 하지만 포기해.”

“뭐?”

정신은 남자지만 몸은 여자다. 보여줘도 아무 문제가 없을 것이다. 게다가 여자로 살 수밖에 없는 이상, 이런 것에는 빨리 익숙해지게 하는 것이 좋겠다고 케나는 혼자 멋대로 판단했다.

두 어린 소녀가 옷을 훌러덩 벗고 탈의실을 빠져나간다. 이건 아직 괜찮다.

"아, 기다려 주세요, 루카 님."

두 사람을 뒤쫓듯 록시느가 우아하게 옷을 벗는다. 쿠올케는 얼굴이 새빨개지며 그 알몸에서 눈을 돌렸다. 솔직히 꼬리가 어디에 달렸는지 그 신비를 확인하고 싶은 마음도 있지만, 이성이 이긴 것 같다.

록시느가 탈의실을 나가면서 긴장했던 어깨를 풀고 한숨을 내쉬다가, 눈앞에서 자기 옷에 손대는 케나를 보고 경직한다.

"훗훗훗훗. 보고 싶어?"

"아, 아니……."

시선을 돌린 쪽으로 케나가 이동하고, 쿠올케가 다시 시선을 돌리고, 케나가 다시 이동하고, 돌리고, 이동하고, 이런 공방이 끝없이 계속될 것처럼 보였다.

그때 또 한 명, 이 자리에 없어서는 안 되는 여성이 끼어들었다.

"아! 케나 씨."

"미미리."

"다들 목욕하러 간다고 들어서요. 지도 껴도 될까요?"

자기 방 겸 세탁실 문을 열고 미끄러지듯 들어온 것은 인어 미미리였다.

그 움직임을 보고 수족관 쇼에 나오는 바다사자 같다는 생각이 든 케나는 망설임 없이 "괜찮아."라고 승낙했다.

인어 미미리의 경우 상반신의 가슴 가리개라고 할까, 수영복 상의를 벗으면 이미 알몸인 상태이다.

하지만 쿠올케의 경우 상대가 인어라는 종족은 둘째 치고, 그 빼어난 미모와 완벽한 몸매를 본 순간 "푸혁!" 하고 뿜었다.

"어머, 이분은 손님이에요?"

그런 쿠올케의 기행을, 미미리는 고개를 갸웃거리며 의아하게 여겼다.

"응. 모험가 친구 쿠올케. 수줍음이 많아서. 좀처럼 옷을 벗으려고 하지 않아."

"잠깐?!"

갑자기 쓸데없는 설정이 생긴 쿠올케가 허둥대지만, 미미리는 웃는 얼굴로 "그러면 제가 도와드릴게요."라며 흔쾌히 쿠올케의 탈의를 도와주려는 듯하다.

케나가 가벼운 마비 공격으로 쿠올케를 마비시키고, 두 사람이 매달려 쿠올케의 장비를 벗기기 위해 낑낑댄다.

그리고 최대한 저항하려는 쿠올케를, 보다 못한 미미리가 자기 하반신으로 구속했다.

"지금이 기회야, 미미리!"

"에잇! 포기하세요!"

"""아……."""

어째서인지 훌렁 흘러내린 건 미미리의 수영복 상의여서.

"◎△＄♪×￥?! ●＆％#?!"

이것을 정면으로 목격한 쿠올케는 얼굴이 새빨개지며 눈이 핑 돌아가 기절해 버렸다.

"어어?"

"순진하긴……."

비명을 듣고 탈의실로 뛰어 들어온 록시느는 당황하는 미미리와 눈빛이 흐릿해진 케나에게서 무슨 일이 일어났는지 전혀 이해할 수 없었다.

남탕 쪽에서 그 소리를 듣던 엑시즈는 여탕을 향해 묵념과 경례를 하고 있었다고 한다.

록시리우스도 주인에게 미움받고 싶지 않으므로, 이변이 일어났는데도 여탕으로 뛰어드는 걸 꺼리며 못 들은 척하고 있었다.

쿠올케는 쓰러진 채로 공동 목욕탕에서 여관으로 옮겨졌다. 그 이후로는 방에 틀어박힌 채 하룻밤을 보내고, 사람들 눈을 피해 다음 날 국경으로 돌아갔다고 한다.

〈끝〉

등장인물 소개

WORLD OF LEADALE

Character Data

5

Character Data

은귀(隱鬼)

스킬 마스터 No.12.
레벨은 800대.

수호자의 탑은 하늘에 떠 있는 일본식 정원&일본풍 건축물.
남들과 잘 어울리지 않고, 게임에선 주로 솔로 플레이를 했다.
동반자는 NPC 여동생들 온리.
본인은 노후 취미로 게임을 시작한 노인으로, 과금 양자 시스템으로 108명의 여동생을 설정한 괴짜다.
다른 스킬 마스터들은 영감님이라고 불렀다.

Character Data

사이렌

오푸스의 소환 메이드.
레벨 550. 무투파 마도사.

기본적으로 누구에게나 정중한 태도를 보이고자 하는 마음씨 고운 언니.
다만 주인인 오푸스 한정으론 가차 없는 태클을 가차 없는 위력으로 날리는 괴수다.
그것만 빼면 자상한 미소가 사라지지 않는, 성모 같은 대응을 보인다.
실은 오푸스의 꼼수로 강화된 탓에 레벨과 실력이 일치하지 않는다.

후기

안녕하세요. 작가인 Ceez입니다.

오늘은 『리아데일의 대지에서』 5권을 구매해 주셔서 진심으로 감사드립니다.

이번 이야기는 전투의 연속. 이렇게 전투 장면이 촘촘하게 짜인 곳은 더 없습니다!

여전히 전투 장면 묘사가 서툽니다. 기대해 주신 여러분, 너무 싱겁게 끝나서 죄송합니다.

이 권은 인터넷 연재판으로 치면 39화에서 45화에 해당합니다. 가필 수정도 정신없이 하다 보니, 인터넷 연재판과는 다른 부분이 조금씩 늘어났습니다.

그리고 이 소설의 또 다른 주인공이라고 할 수 있는 오푸스가 드디어 등장했습니다. 아이고, 길었네요. 모 우주전투용 변신 로봇만큼이나 늦은 등장입니다.

틈틈이 뒤에서 암약하고 있었지만, 밖으로 나오면 입 말고는 제대로 일하지 않는 문제아이기도 합니다. 가만히 놔두면 움직이긴 하지만, 움직일 때까지 거치는 과정이 길다는 것이 난감한 부분입니다.

그리고 이번엔 집필이 무진장 늦어진 데다, 문장과 이미지가 도무지 맞지 않아 편집자님과 교정자님, 일러스트레이터 텐마소 님께도 심려를 끼쳐 정말 죄송합니다.

원고를 제출한 뒤로 쭉 반성하고 있습니다.

다음에는 제대로 할게요.

이번 표지는 거북이가 중심이라서 갈색이라고 멋대로 상상했는데, 녹색. 텐마소 님의 예쁜 그림에 감탄이 절로 나옵니다. 담당 편집자님, 관계자 여러분, 만화 담당 츠키미 다시오 님께 큰 감사를. 출판 관계자 여러분께도 감사를 바칩니다. 정말 고맙습니다.

Ceez

4권 이후로 뵙습니다. 텐마소입니다.
이번에는 개인적으로 그리고 싶었던
사이렌 씨가 등장했습니다.
망설이지 않고 평범한 메이드 옷으로 그렸는데
OK를 받아서 안심했습니다.
얼른 컬러로도 그려보고 싶네요.

리아데일의 대지에서 5

2024년 08월 14일 제1판 인쇄
2024년 08월 21일 제1판 발행

지음 Ceez | **일러스트** 텐마소

편집 · 제작 노블엔진 편집부

발행 데이즈엔터(주)
등록번호 제 2023-000035호
주소 07551 서울특별시 강서구 양천로 570 NH서울타워 19층
대표전화 02-2013-5665

ISBN 979-11-380-5055-5
ISBN 979-11-6524-096-7 (세트)

RIADEIRU NO DAICHI NITE Vol. 5

구매 시 파손된 도서는 구매처에서 교환하실 수 있습니다.
기타 불편사항, 문의사항이 있으신 독자님께서는 노블엔진 홈페이지
[http://novelengine.com] 에서 Q&A 게시판을 이용해 주시기 바랍니다.